Ulla Neumann

Eiskalt

Über dieses Buch

Marie hat einen Traum. Einen Traum von Afrika. Einmal dorthin reisen. Aber dazu müsste sich in ihrem Leben einiges verändern. Da ist zum einen der Franz, ihr Mann, der so gerne viel und fett isst. Dann ist da noch ihr Hund, das Buele, den sie nicht allein lassen möchte. Zum Dritten schwelt in Marie eine gehörige Portion Rache für ihr vergangenes Leben. Doch Anton, ihr ehemaliger Liebhaber ahnt nichts von Maries Gefühlen.

Ulla Neumann erzählt eine Geschichte, die alle Problemfälle auf eine ganz eigene Art löst. Eine ganz normale Story könnte man denken, wenn da nicht immer wieder besondere Umstände eintreten würden. Eine spannende Sache, so ein Traum von Afrika.

Ulla Neumann ist in Sigmaringen geboren, lebt am Bodensee und arbeitet als Keramikerin, Kinderbuchautorin und Designerin. »Eiskalt« ist ihr erster Kriminalroman.

Ulla Neumann

Eiskalt

Ein Donautal-Krimi

Oertel+Spörer

Dieser Kriminalroman spielt an realen Schauplätzen. Alle Personen und Handlungen sind frei erfunden. Sollten sich dennoch Ähnlichkeiten mit lebenden oder verstorbenen Personen ergeben, so sind diese rein zufällig und nicht beabsichtigt.

Postfach 16 42 · 72706 Reutlingen

Titelbild: Gabriella Schäfer-Lehari
Umschlaggestaltung:
PMP Agentur für Kommunikation, Reutlingen
Satz: Uhl + Massopust, Aalen
Druck und Bindung: CPI books GmbH, Ulm
Printed in Germany
ISBN 978-3-88627-987-6

Der Schweinehals hat etwas mehr als ein Kilo. Oder wollen Sie dann doch lieber die Rinderlende?«, fragte fast dialektfrei, freundlich die rundliche, rosagesichtige Verkäuferin, in der Marie unschwer Antons Tochter Jasmin erkannte. Wie kann man einen solchen Trampel nur Jasmin nennen?… Sie müsste so ungefähr 25 sein. So alt, wie…?. Marie spürte, wie der schwarze Ballon angefüllt mit Hass, sich wieder aufzublähen begann. Sie verbot sich, den Gedanken zu Ende zu denken. Nur, sie war ja hier hereingekommen, damit der Ballon schön prall blieb und nicht irgendwann in sich zusammenfiel. Sie zog die Mundwinkel nach oben und zeigte dabei ihre Zähne. Es sah wie ein Lächeln aus. In ihrem Kopf schwirrten noch die Worte, die Dr. Müller, ihr Hausarzt, vor zehn Minuten schon zum wiederholten Mal zu ihr gesagt hatte: »Frau Strobel, ich kann nur immer wieder sagen: Ihr Mann wird sich eines Tages zu Tode essen, wenn er nicht ganz schnell seine Ernährung umstellt. Krank gegessen hat er sich ja schon. Aber das wissen Sie ja selbst.« Marie hatte mit ernsthaftem Gesichtsausdruck mit dem Kopf genickt und geantwortet: »Ich tu', was ich kann, aber Sie wissen ja, wie er ist.« Während sie das sagte, dachte sie: Den Teufel werde ich tun und dabei nickte sie noch einmal zustimmend, wobei sie es sogar fertigbrachte, ein sorgenvolles Gesicht zu machen.
Die Verkäuferin sah Marie immer noch geduldig und erwartungsvoll an. Sie hielt in jeder ihrer, von durchsichtigen Plastikhandschuhen geschützten Hände, die Fleischstücke. Sollen die Handschuhe nun die Hände oder das Fleisch schützen? Maries Gedanken schweiften immer noch ab,

aber dann antwortete sie so, als ob es eine schwere Entscheidung gewesen wäre: »Ich nehm' beides und ein Pfund geräuchten Bauchspeck können sie mir auch noch geben. Ich hätt' mal wieder Lust auf Linsen mit Spätzle und die schmecken ohne Speck nach nichts.«
Mit, »es ist einfach was Gutes«, verteidigte die Senior-Chefin Inge Mezger eines der schwäbischen Nationalgerichte. Marie sagte nichts, sie nickte nur zustimmend. Ein LKW-Fahrer, der sich gerade eine Scheibe Leberkäs auf ein Weckle legen ließ, meinte mit sehnsüchtigem Blick: »Das würd' ich heut' auch gern essen!«
Beim Verlassen der Metzgerei schaute Marie unauffällig um sich. Verärgert registrierte sie, dass ihr auch heute die Knie zitterten. Bei dem Gedanken an das viele Fleisch in ihrer Einkaufstasche überfiel sie das zwingende Bedürfnis, in einem neuen Kochbuch über gesunde Ernährung zu schmökern. Immer, wenn sie ihrer Meinung nach ungesunde Lebensmittel eingekauft hatte, fühlte sie sich gezwungen, den Inhalt ihrer Tasche mit etwas Vernünftigem und wenn es nur geschriebene Worte waren, auszugleichen und zuzudecken.
Marie fuhr die Straße, die sie gerade gekommen war, nochmals zurück zur Hofbuchhandlung. Das Gespräch mit Dr. Müller hatte sie so beschäftigt, dass sie vorher, noch ganz in Gedanken, am Bücherladen vorbeigeradelt war. Normalerweise schaute sie wenigstens kurz in die Auslagen und meistens fand sie auch etwas, vor allem unter den Kriminalromanen. Edle Schweizer Schokolade, Kriminalromane und Bücher über Afrika waren ihre großen Schwächen. Den Büchern frönte sie ausgiebig. Schokolade gestattete sie sich nur in Ausnahmefällen. Ihre gelegentlichen Attacken auf die zart schmelzende, braune Verführung empfand sie eher als Ausrutscher.
Der Lenker ihres Fahrrades fühlte sich trotz des Sonnenscheins eisig an. Marie bedauerte, keine Handschuhe ein-

gesteckt zu haben, aber jetzt Mitte April wollte sie nicht dadurch, dass sie vorsorglich Handschuhe trug, schlechtes Wetter heraufbeschwören. Außerdem war sie wütend, weil Franz sich mit dem Auto, ohne ihr etwas zu sagen, wer weiß wo, herumtrieb. Und sie war auch noch so dumm und hatte sich mit dem Fahrrad auf den Weg gemacht, um das neue Rezept für sein Insulin und die Spritzen abzuholen. Aber sie unterstützte damit auch das Bild der treusorgenden Ehefrau, das sie nach außen unbedingt aufrechterhalten wollte. Marie tröstete sich. Sie selbst tat etwas für ihre Gesundheit. Sie war an der frischen Luft, hatte im Buchladen gestöbert und schenkte sich zur Belohnung einen Krimi von Ingrid Noll und ein neues Gesundheitsbuch und dem Franz würde sie heute einen extra Löffel Schmalz unter das Blaukraut rühren, aber erst nachdem sie sich ihre Portion geschöpft hatte.
Anschließend in der Hofapotheke wurde sie, wie eigentlich überall, sehr freundlich gegrüßt und bedient. Kein Wunder, sie ließ dort jeden Monat mehr Geld für Medikamente liegen, als manche Familie zum Leben zur Verfügung hatte. Ihr Mann, der Franz, war schließlich Privatpatient. Marie war noch immer, trotz ihres Vermögens, AOK Mitglied. Wenn man nie krank war, konnte man auch an der Krankenkasse sparen. Dafür, dass Franz nicht mehr lange seine Krankenversicherung belasten würde, wollte sie schon sorgen.

Die Donau versteckte sich noch unter den letzten Resten von milchig weißem Nebel. Schon bald würde sie wieder glitzernd und träge, wie ein silbernes Band, in der Morgensonne fließen. Bevor Marie aus der Burgstraße über die Donaubrücke in den Tunnel der Eisenbahnunterführung eintauchte, warf sie einen Blick zum Schloss hinüber und wie immer ging ihr das Herz auf. Sie war mit diesem Blick aufgewachsen und stolz darauf. Nicht alle Kinder hatten auf

ihrem täglichen Schulweg ein so prächtiges, fantasieanregendes, richtiges Schloss. Sie stellte auch heute wieder fest, dass das Schloss von der Donauseite aus betrachtet, also von ›ihrer Seite‹ aus, viel beeindruckender war als von der Stadt aus. Dort versperrten zu viele Häuser, Gebäude und Vorbauten den freien Blick. Das Schloss stieg nur langsam aus der Stadt auf. Außerdem war weder die Donau noch der Felsen, auf dem das Schloss thronte und die es so imposant aussehen ließen, von Süden aus zu sehen.
Irgendwie gehörte das Schloss auch ein bisschen ihr. Das Schloss war ein nicht wegzudenkender Teil ihrer Kindheit, ihrer ganzen Vergangenheit und auch ihres jetzigen Lebens. ›Das Schloss und Sigmaringen gehören zusammen‹, war ein Spruch ihrer Großmutter gewesen. Schließlich musste gerade sie wissen, wovon sie sprach. Maries Großmutter Franziska hatte ihr Leben lang als Bedienstete im Schloss gearbeitet. Sie war stolz und dankbar für den schönen Arbeitsplatz, der ihr, auch nachdem ihr Mann aus dem Ersten Weltkrieg nicht zurückkam, sicher geblieben war. Maries Mutter wurde auf den Namen Amalie getauft und erst elf Monate nach dem letzten Heimaturlaub des Vaters geboren. Übertragen, sagten die Leute hinter vorgehaltener Hand und rollten bedeutungsvoll die Augen in Richtung Schloss. Maries Großmutter Franziska war damals jung und hübsch gewesen. Sie hatte blonde Locken und Zähne wie Perlen, die sie gerne beim Lachen zeigte und die sie alle, ohne je einen Zahnarzt gesehen zu haben, in ihrem 81sten Lebensjahr mit ins Grab nahm. Ihre jüngste Tochter Amalie, Maries Mutter, war groß, schlank und hatte ihr Leben lang immer Probleme mit ihren Zähnen. Sie hatte strohblondes, glattes, langes Haar, das sie seit Marie sich erinnern konnte, mit zwei Kämmen am Hinterkopf eingeschlagen trug. Ihr Gesicht war länglich, aristokratisch, so hatte sie es selbst bezeichnet. Im Gegensatz zu ihrer drei Jahre älteren Schwester, Maries Tante Rosa, die auf alten Fotos ganz wie

ihr Vater aussah. Rosa hatte dunkle Haare, ein rundes Gesicht mit Stupsnase und eine stämmige Figur.
Marie hatte viel Ähnlichkeit mit ihrer Mutter Amalie. Sie hatte auch ihre nicht gerade guten Zähne geerbt und bereits seit einiger Zeit eine Teilprothese, die sie aber zu verheimlichen suchte. Ihr einst von Natur aus blondes, in der Zwischenzeit ergrautes, kurzes Haar, ließ sie regelmäßig alle sechs Wochen färben und kurz schneiden. So wie Sharon Stone, die amerikanische Filmschauspielerin. Marie war älter als Sharon und vermutlich auch etwas kleiner. Aber sie sah ihr ähnlich und sie achtete darauf, die Haare immer so geschnitten zu bekommen, wie Sharon Stone sie gerade trug. Ihre Friseurin wusste das und beim letzten Besuch hatte sie ein neues Foto von Sharon aus einer Klatschzeitung ausgeschnitten und es Marie gezeigt. Während Marie auf dem Stuhl Platz nahm, fragte sie: »Und Frau Strobel, ist das auch unser Schnitt heute?« Marie brauchte nur zu nicken.
Sie hätte es sich leisten können, öfter zum Friseur zu gehen, aber sie sah darin nur eine Verschwendung von Zeit und Geld. Außerdem konnte sie dazu ihren Hund, den sie liebevoll ›Buele‹ nannte, nicht mitnehmen. Am Tag zuvor hatte sie mal wieder den Friseurbesuch hinter sich gebracht und somit für die nächsten Wochen Ruhe. Franz hatte sich so lange um ihren Liebling gekümmert. Er zeigte ihr dann auch sehr deutlich, dass er es nur widerwillig getan hatte.

Die erste Hälfte ihres Weges den Brunnenberg hinauf strampelte Marie fast lässig und ohne vom Rad abzusteigen. Den Rest dagegen schaffte sie nicht ganz so mühelos. Immerhin wurde sie in der nächsten Woche 65 und es war ja erst Frühling. Nach dem langen Winter fühlte sie sich noch nicht richtig fit. Ihr momentanes Lauftraining hinkte ihrem Herbstpensum hinterher. Sie schob ihr Rad hinter das Haus. Franz silberne A-Klasse parkte nicht vor dem Haus.

Ein kurzer Blick in die zur Garage umgebaute, gerade offen stehende, alte Scheune, bestätigte ihr, dass er noch nicht wieder zuhause war.
Als Marie den Schlüssel ins Schloss steckte, konnte sie bereits das aufgeregte Auf-der-Stelle-treten und das Kratzen der Nägel der Pfoten ihres Hundes auf dem Laminatboden des Hausflurs hören. Es wurde begleitet von einem unterdrückten, freudigen Winseln und Schnauben. Ado, der eigentlich Adolf von Irgendwo hieß, stand, mit seinem dünnen Schwanz heftig wedelnd, direkt hinter dem Eingang. Er erwartete sie ungeduldig. Marie zwängte sich mit ihrer vollen Tasche vorsichtig durch die halb geöffnete Tür. Sie schloss sie mit dem Ellbogen und lehnte sich dagegen. Der Hund setzte sich zitternd vor Aufregung vor sie und schaute sie mit bettelndem Blick an. Er war gut erzogen und blieb wirklich sitzen, bis sie rief: »Ja, wo ist denn mein Schatz? Ja, wo isch denn 's Buele?« Dabei klopfte sie sich mit der freien Hand auf ihre, vom vielen Joggen kräftigen aber nicht dicken Schenkel, die in braunbeigen, karierten, unempfindlichen Wollhosen steckten. Das war das Zeichen, oder besser gesagt der Startschuss. Der Hund sprang ihr aus dem Stand entgegen, während er vor Freude winselte und sein nasses Maul sich ihrem Gesicht näherte. Er warf sie fast um. Aber sie war darauf vorbereitet. Sie ließ ihre Einkaufstasche fallen und suchte Halt an der Tür. Ado wusste nicht wohin mit seiner Freude, weil sein Frauchen wieder da war. Eine Begrüßung nach monatelanger Abwesenheit hätte nicht stürmischer ausfallen können. Marie drehte ihr Gesicht etwas zur Seite, weil sie nicht unbedingt auf den Mund geküsst werden wollte. Sie wischte sich lachend die nasse Backe ab und den Sabber von ihrer hellbraunen Steppjacke. Sie rief nur einmal energisch: »Aus!« und versuchte dabei ein ernsthaftes Gesicht zu machen. Ado warf sich daraufhin auf den Boden und hielt Marie seinen Bauch entgegen. Sein Hinterteil rutschte dabei unablässig hin und her. Mit seinen

Beinen ruderte er wie ein Maikäfer in der Luft, voller Vorfreude, dass er nun ausgiebig getätschelt, gekrault, gestreichelt und gekitzelt werden würde. Als Marie mit ihren kalten Händen seinen Bauch berührte, zuckte er zusammen, warf dann seinen Kopf nach hinten und genoss seine Streicheleinheiten fast menschlich. Marie rieb, streichelte und klopfte den ganzen Hund, bis ihre Hände wie durch ein Büschel Brennnesseln gezogen, vor Wärme prickelten. Sie packte ihr Buele zärtlich an der Schnauze und das ›Hundle‹ ließ sie spielerisch seine scharfen Zähne spüren.
Ado war ein einziges braunes Muskelpaket von einem Staffordshire Bullterrier. Kaum einen halben Meter Schulterhöhe, aber dafür ein komprimiertes Kraft- und Energiebündel. Der Blick aus seinen braunen Augen hing unverwandt an Marie. Die Geräusche, die aus seinem rehbraunen Bauch drangen, waren dem Schnurren einer Katze nicht unähnlich. »So, jetzt reicht es aber!«, sagte Marie und griff nach ihren Einkäufen. Der Hund folgte ihr in die Küche, während er immer wieder an ihr hochsprang. Marie packte zuerst das Rinderfilet aus und schnitt davon ein Stück für ihren Liebling ab. Dann erst briet sie den Schweinehals für ihren Mann an. An das Blaukraut, das sie bereits am Vortag zubereitet hatte – Blaukraut muss aufgewärmt werden, dann schmeckt es erst richtig –, gab sie noch einen extragroßen Löffel Schweineschmalz, aber erst nachdem sie für sich etwas in einen kleinen Kochtopf gefüllt hatte. Während die Kartoffeln für das Püree kochten, briet sie das Rinderfilet rosa und teilte sich ein Stück des Fleisches, das zart wie Butter im Mund zerging, mit dem Hund. Den Rest des Filets schnitt sie in kleine Scheiben und packte es in eine Tupperdose mit dem Aufkleber ›Hund‹. Die Dose kam in den Kühlschrank. Als Marie im angrenzenden Esszimmer, das »Schtub« genannt wurde, im Gegensatz zum Wohnzimmer, in dem der Fernseher seinen Platz hatte, den Tisch deckte, verzog sich Buele in seinen Korb in der Küche. Von dort

aus hatte er durch die offene Tür immer sein Frauchen im Blickfeld.
Das Buch, das Marie am Morgen gekauft hatte, war ein Buch über Heilfasten. Heilfasten war groß in Mode. Im Fernsehen hatte sie neulich einen Bericht darüber gesehen. Man wanderte den ganzen Tag und aß nichts. Nur Wasser, Kräutertee und eine dünne Gemüsebrühe waren erlaubt. Die Leute, Männlein und Weiblein aller Altersklassen, hatten sich dabei sauwohl gefühlt. Marie legte das Buch mit der Schrift verkehrt herum neben ihren Teller, sodass Franz von der gegenüberliegenden Seite des Tisches, den Titel mit einem Blick erfassen könnte.
Kurz nach halb eins kam er schwer atmend durch die Hintertür und den langen Flur in die kleine Diele gestampft. Der Flur trennte den Wohnbereich vom alten Wirtschaftsteil mit Stall und Scheune. Von der Diele aus ging es rechts in das Bad und direkt daneben in die Speisekammer. Früher lagerten dort größere Vorräte an Mehl, Schmalz, Wurstkonserven und von all dem, was der Garten so hergab. Heute standen dort die Gefriertruhe, der Bierkasten und die Gastherme. Die Tür links von der Diele führte in das Wohnzimmer und geradeaus ging man in die Küche. Das Esszimmer erreichte man nur durch die Küche. »Essen fertig?«, rief Franz fragend auf dem Weg ins Bad. Der Geruch von Gebratenem war ihm schon vor der Hintertür appetitlich in die Nase gestiegen. »Fertig«, sagte Marie und schnitt den fetten Braten, aus dem der Saft quoll, in dicke Scheiben für Franz und eine hauchdünne für sich selbst. Das Fleisch würde für heute und morgen reichen und für ein Vesper am Abend sicher auch noch. Franz aß gern kalten Braten mit Senf und frischem Bauernbrot und dazu trank er ein nicht zu kaltes Bier. Als er sich an den Tisch setzte, bemerkte Marie, dass er ein hellblaues Hemd trug und eine blau gestreifte Krawatte über seinen Bauch hing. Nur für ganz bestimmte, wichtige Anlässe war er bereit, sich zu ei-

ner solchen Verkleidung aufzuraffen. Außerdem hatte er reichlich Aftershave benutzt. Sie hatte es schon gerochen, als sie von ihrem Morgenspaziergang mit Buele zurückgekommen war. Franz musste das Haus kurz vorher verlassen haben. Sein Duftwässerchen, ›Eau Sauvage‹ von Dior, hatte noch in der Luft gehangen. Sie hatte es bei ›Douglas‹ in Ulm gekauft, weil ihr der Name gefiel und es so frisch zitronig roch. Sie hatte es ihrem Mann dann zu Weihnachten geschenkt.
Marie bemerkte seinen Blick auf ihr neues Buch. »Das solltest du auch mal lesen«, sagte sie mit Betonung auf dem du. Franz gab einen undefinierbaren Laut von sich, machte eine wegwerfende Handbewegung und legte sich die dickste Scheibe Fleisch auf den Teller. Dann kam ein Berg Kartoffelbrei daneben. In den Kartoffelbrei drückte er mit dem Löffel eine glatte, tiefe Kuhle, die er mit reichlich brauner Soße füllte, bis sie überzulaufen begann und der Rand vor goldenem Fett glänzte. Vom grünen Salat badete er drei Blätter in dem so vorbereiteten »Kächele«, damit sie schön weich und lappig wurden und von alleine den Hals hinunterrutschten. Damit hatte er, seiner Meinung nach, seinen Pflichtteil an Vitaminen gegessen. Vom Blaukraut schöpfte er sparsam. Es war kein Platz mehr auf seinem Teller. Er aß wie üblich viel zu schnell. Während er noch kaute, stand die nächste Gabel schon einfuhrbereit vor seinem für einen Mann viel zu schönen Mund mit vollen Lippen und kräftigen, gesunden, weißen Zähnen. Marie hätte gern seinen Mund, vor allem seine Zähne gehabt.
Sie fragte sich, wo er den Vormittag verbracht hatte, aber Franz schwieg sich aus, und ihn direkt fragen wollte sie nicht. Sie wusste nicht, wie er reagieren würde. Er würde es ihr bestimmt als Kontrolle auslegen und dann unfreundlich werden. Als er sich zum zweiten Mal nicht gerade wenig auf seinen Teller häufte, zwang sich Marie zu einem missbilligenden, scheinbar besorgten: »Aber du weißt doch, was

der Doktor sagt«, einzuwerfen. Sie wusste, dass es Franz nicht vom Essen abhalten würde, außerdem sagte sie es ja auch erst, nachdem er sich seinen Teller wieder vollgeladen hatte. Franz blickte mürrisch auf. Dann glitt ein spitzbübisches Grinsen aus seinen grauen Augen über sein Gesicht und breitete sich bis über seine glänzende Halbglatze und sein Doppelkinn aus. Er versuchte seine etwa 150 Kilo, bei 175 cm Körpergröße, auf eine Pobacke zu verlagern. Der Stuhl ächzte. Marie wusste, was jetzt kam. Sie verzog angewidert ihren Mund und runzelte Stirn und Nase. Laut knatternd verschaffte Franz seinen geplagten Eingeweiden in seinem viel zu dicken Bauch Erleichterung. Marie legte ihr Besteck demonstrativ laut scheppernd in ihren halb geleerten Teller und verspürte den Wunsch zu flüchten. Franz versuchte ein schuldbewusstes Gesicht zu machen, konnte dabei aber seine Zufriedenheit nicht verbergen, sei es über Maries angewiderten Gesichtsausdruck oder seine körperliche Erleichterung.

Marie zwang sich sitzenzubleiben. Sie versuchte Franz zu ignorieren. Sie sah, wie schon oft, an ihm vorbei auf die Wand hinter ihm. Auf ein großes, altes Ölbild in einem breiten Goldrahmen. Es passte nicht zu der sonst eher einfachen Einrichtung des Zimmers. Mit dem viereckigen Tisch mit der abwaschbaren Blümchentischdecke, vier Stühlen aus hellem Holz, einem Büffet nicht alt nicht neu und einer Chaiselongue mit unempfindlich, klein gemustertem Stoffbezug. In einer Ecke an der Wand zur Küche sollte ein alter, grüner Kachelofen mit geschmiedeten Eisentürchen wohnliche Behaglichkeit vermitteln. Er verströmte immer noch jeden Winter seine Wärme. Trockenes Holz um ihn zu füttern, lag zu hohen Reihen aufgeschichtet unterm Scheunendach und im vollen Holzschopf hinter dem Haus. Im Ofenröhrle, hinter den mit Goldbronze gestrichenen Türchen, ließen sich herrlich Bratäpfel brutzeln.

Das Bild, das Marie zur Ablenkung betrachtete, hatte sie

von ihrer Großmutter Franziska geerbt. Von der Großmutter, die einst im Schloss als Bedienstete gearbeitet hatte. Diese Großmutter hatte das Bild von ihrem Herrn geschenkt bekommen. Als Kind zweifelte Marie an dieser Aussage. Der Herr war für sie Gott aus der Stadtpfarrkirche, aus der Kirche in Gorheim oder aus der Krankenhauskapelle. Wobei sie annahm, dass der Herr am liebsten in der Stadtpfarrkirche wohnte, weil die doch am größten und prächtigsten war. Dieser Herr verschenkte bestimmt keine alten wertvollen Bilder. In Gorheim bekam man von den Patres, die wirklich arm waren, weil sie auch im Winter nur Sandalen trugen, kleine Heiligenbilder geschenkt. Aber nur, wenn man ein Heidenkind gekauft hatte. Für zwanzig Mark konnte man sich damals einen Namen aussuchen und auf den wurde dann ein Heidenkind in Afrika getauft. Damit war wieder eine arme Seele dem Teufel entrissen und für das Paradies der katholischen Kirche gerettet. Aber alte, wertvolle Bilder verschenkten die Patres nicht. Marie bekam regelmäßig eines der Heidenkinder zum Geburtstag, zum Namenstag und zu Weihnachten geschenkt. Über die Errettung der Kinder in ihrem Namen freute sie sich zwar, nur, sie hätte zu gern den Namen, auf den dieses Kind, immer ein Mädchen, getauft wurde, einmal selbst ausgesucht. Sie hätte ihnen Namen wie Anita, Gisela und Bettina gegeben, anstatt Maria, Elisabeth und Johanna. Marie stellte sich vor, dass die armen Kinder auch lieber moderne Namen gehabt hätten. Aber da blieb Oma Franziska hart. Sie bezahlte, also suchte auch sie die gottgefälligen Heiligennamen aus. Die Bildchen bekam Marie für ihr Magnifikat als Lesezeichen. Dafür hatte ihr die Großmutter, bevor sie starb, das Geschenk ihres Herrn, das alte Bild vermacht. Für die Oma war Marie für die frommen Bilder zuständig. Obwohl auch ihre Tante Rosa das Ölbild gerne gehabt hätte.

Im Schloss wohnte der Fürst und irgendwann begriff Marie dann den Unterschied zwischen ›Gott dem Herrn‹ und

Großmutter Franziskas ›Herrn‹. Das Bild war vom Alter gedunkelt und von einem Gitter feiner Risse überzogen. Es sah aus, wie ein in der Dämmerung geknipstes Farbfoto, bei dem der Blitz nicht funktioniert hatte. Aus der Dunkelheit des Bildhintergrundes tauchten zwei sanfte Frauengesichter auf. Sie sollten Maria und ihre Mutter Anna darstellen. Ihre hellen Hände hatten sie seltsam über das im Vordergrund liegende, nackte Jesuskind erhoben. Die Hände hielten einen fast unsichtbaren Schleier. Wenn man nicht gesagt bekam, dass da ein Schleier war, konnte man ihn auch nicht sehen. Der Schleier sollte das Kind wohl vor Mücken und Fliegen schützen.

Das Bild hatte Marie schon immer magisch angezogen. Sie hatte fast bei jedem ihrer Besuche die Großmutter gefragt: »Wo hast du denn das Bild her?« Die Großmutter hatte auch nach dem 100sten Mal geduldig das gleiche geantwortet: »Mein Herr hat es mir geschenkt« und fast immer hatte sie noch hinzugefügt: »Es ist ein sehr wertvolles, altes Bild.« Für Marie war später, als das Bild bereits ihr gehörte, Großmutters Herr der Fürst persönlich. Nur, es gab leider keine Urkunde, keinen schriftlichen Beweis, dass das Bild zu Recht in ihrem Esszimmer hing.

Marie ging regelmäßig ins Schloss und widmete bei den Führungen ihre besondere Aufmerksamkeit der Sammlung alter Meister. Sie studierte sie und hoffte, den Maler ihres Bildes herauszufinden. Sie hatte eine Vermutung. Ihr Bild wies eine nicht klar erkennbare Signatur auf. Sie hätte das Bild gerne einem Sachverständigen gezeigt, befürchtete aber, solange sie dessen Herkunft nicht beweisen konnte, dass man ihr den Besitz streitig machen könnte. Das Bild war von Geheimnissen umwoben, so wie das geheimnisvolle Lächeln der Frauen und des Kindes hinter dem kaum sichtbaren aber doch vorhandenen Schleier. Vielleicht sollte es so sein und auch so bleiben.

Der Geruch, das Ergebnis der Gewichtsverlagerung von Franz, holte Marie in die Wirklichkeit zurück. Sie riss die Tür zur Terrasse auf und trat in die bereits wärmende Frühlingssonne hinaus. Sie stützte sich auf die gemauerte Brüstung, die zwei Seiten umfasste, und atmete erleichtert tief ein und aus. Der Frühling drückte an allen Ecken und Enden aus der Erde. Alles roch neu und erwartungsvoll. Im Wald platzten bereits die Knospen der Buchen. Es sah aus, als ob ein zarter, zu erahnender, hellgrüner Schleier, genau wie über dem Jesuskind, nun über den sonst noch kahlen Ästen der Bäume hing. Es würde nicht mehr lange dauern und die ersten Maikäfer würden sich auch in ihren Garten herunter verirren und über das frische Grün hermachen. Marie betrachtete die mit Narzissen und Tulpen dicht bepflanzten Ränder der an dieser Seite das Grundstück begrenzenden Hecke. Ein paar blaue Hyazinthen schmeichelten mit ihrem süßen Duft ihrer gekränkten Nase. Auf der Suche nach einem Wurm scharrte ein Amselweibchen eifrig die Erde von den Blumenzwiebeln. Der Vogel ließ sich von Marie nicht stören, hielt nur ab und zu kurz inne und schaute mit schief gelegtem Kopf und glänzenden, wachen Äuglein zu Marie hinüber. Auf dem Dach des Nachbarhauses saß ein Amselmännchen und sang sich fast die Seele aus seinem kleinen, schwarzen Leib.

Buele kam angetapst und stupste mit seiner kühlen Schnauze sanft gegen Maries Wade. Sie riss sich von der Idylle los. Sie räumte den Tisch ab. Dann zog sie sich ihren Jogginganzug und ihre Laufschuhe an. Franz goss sich einen kleinen Verdauungsschnaps ein, und Marie registrierte befriedigt: Noch ein Sargnagel! Als Marie nach der Leine griff, um mit dem Hund eine Runde zu laufen, sagte Franz: »Nach dem Essen sollst du ruh'n.« Dabei ließ er sich mit einem Rülpser ächzend auf die Chaiselongue fallen. Marie sagte: »Oder tausend Schritte tun«. Sie schloss die Tür hin-

ter sich und dem Hund und dachte dabei: Wenn er es noch einmal sagt, schlage ich ihn oder fang an zu schreien.
Sie ging zügig, den Hund an der Leine, den Weg zum Kriegerdenkmal hinauf und dann querfeldein über die Panzerwiese den Berg hinunter. Warum der Hang Panzerwiese heiße, hatte sie ihren Vater einmal gefragt. »Wahrscheinlich, weil dort mal das Panzerfahren geübt worden ist«, war seine kurze Antwort gewesen. Er hatte nie sehr viel gesprochen und Geschichten hatte er auch nie erzählt. Ihre Oma sagte mal zu einer Bekannten als Marie unbeachtet danebenstand: »Der braucht nicht viel zu sagen, das macht alles die Amalie, seine Frau.«
Als Kind war es für Marie und die anderen Kinder, die am Brunnenberg wohnten, aber auch für die aus der Brenzkoferstraße und die von der Leopoldstraße der ideale Schlittenhang. Sie hatten sich Schanzen gebaut, über die sie meterweit mit dem Schlitten fliegen konnten, bevor sie krachend irgendwo im Schnee landeten oder auch nicht. Mancher alte Vorkriegsschlitten hat diese Sprünge nicht überstanden. Marie fragte sich: Wo war all der Schnee geblieben, den es früher, den ganzen Winter über von Dezember bis März gegeben hatte? Oder hatte er nur in ihrer Fantasie existiert? Früher wuchsen auch noch im Frühling samtene, lilafarbene Küchenschellen am Hang, der sich von Freiheits Wiese zum Kriegerdenkmal hinaufzog. Es war bald Blütezeit. Vielleicht hatte sie ja Glück und entdeckte noch ein paar dieser Blumen. An diesem kargen Wiesenhang wuchsen auch sonst noch so einige Schätze. Im Juli gab es Zittergras und dann die Silberdisteln. Sie hatten böse Stacheln und wehrten sich nach Kräften gegen das Pflücken durch allzu eifrige Kinderhände. Marie dachte in letzter Zeit immer öfter und intensiver an Dinge aus der Vergangenheit. Hoffentlich fängt so nicht Alzheimer an!, sorgte sie sich gelegentlich. Aber dann tröstete sie sich wieder mit den Bibelworten: ›Wenn ihr nicht werdet wie die Kindlein, werdet

ihr nicht in das Himmelreich eingehen.‹ Ins Himmelreich wollte sie allerdings noch nicht. Dazu hatte sie noch zu viel vor. In ihrem Leben gab es einige offene Rechnungen, die noch beglichen werden mussten und sie hatte noch Träume, die sie verwirklichen wollte.

Als Marie auf der gegenüberliegenden Seite der Panzerwiese den Berg wieder hinaufgelaufen war und sich weit genug von anderen Spaziergängern mit Hunden entfernt hatte, ließ sie Buele von der Leine.

In Baden-Württemberg, und darin war nun mal leider Hohenzollern aufgegangen, war es nicht erlaubt, einen Staffordshire Bullterrier ohne Leine laufen zu lassen. Aber Marie wusste, dass Buele nicht jagte und auf ihre Rufe hin immer sofort zu ihr zurückkam. Er war gut erzogen und hatte von Geburt an einen friedlichen Charakter. Er war ihr noch nie weggelaufen. Er jagte keine Katzen. Er hatte noch nie jemanden gebissen. Nur einmal hatte er ein totes Huhn gebracht. Er hatte mit ihm spielen wollen und dabei war die Henne vermutlich an einem Herzschlag gestorben, aber sicher nicht durch seine Zähne. Alles, was ihr Hund wollte, war bei seinem Frauchen zu sein und von ihm gestreichelt und gelobt zu werden. Marie konnte nicht verstehen, dass die Haltung eines Bullterriers in einigen Bundesländern sogar verboten war, oder dass er nur mit Maulkorb und Leine auf die Straße durfte. Eine Unbedenklichkeitsprüfung mussten auch sie und der Hund ablegen. Natürlich hatten sie alle Aufgaben glänzend bestanden.

Marie hatte sich das Buele nicht ausgesucht. Sie hatte überhaupt nie den Wunsch nach einem Hund gehabt. Franz hatte ihn vor fünf Jahren eines Tages heimgebracht. Er kam zur Tür herein und hielt das kleine zappelnde Bündel Hund im Arm, das nackt und hilflos aussah, mit einem viel zu großen, kantigen Kopf. Er überließ es dann ihr, sich um das Tier zu kümmern. Buele liebte Marie bedingungslos vom ersten Augenblick an, und sie liebte ihn in der Zwischenzeit ebenso.

Marie hätte es sich früher nicht vorstellen können, einmal so an einem Tier zu hängen. Im Internet machte sie sich über die Hunderasse der Staffordshire Bullterriere schlau und erfuhr dabei, dass dieser in Deutschland so gefährlich eingestufte Hund, in England als der beliebteste Familienhund, sogar als Beschützer für kleine Kinder gehalten wurde. Also, das widersprach sich doch!

Ihr Leben hatte sich allerdings, seitdem der Hund da war, völlig verändert. Er bestimmte einen großen Teil ihres Tagesablaufs. Mit Buele konnte sie nicht verreisen. Ihn in ein Tierheim geben, auch nur vorübergehend, brachte sie nicht mehr übers Herz. Bereits beim ersten Versuch hatte er jede Nahrungsaufnahme verweigert. Buele litt so sehr unter Heimweh, dass er in Hungerstreik getreten war. Marie musste damals ihre Gesundheitswoche im Allgäu nach drei Tagen abbrechen.

Das Buele war auch einer der Gründe, weshalb Marie immer noch nicht in Afrika gewesen war. Seit sie als Kind die Bildchen von den armen, afrikanischen Heidenkindern bekommen hatte, träumte sie von diesem Kontinent. In dem Jahr, in dem Albert Schweitzer den Nobelpreis erhalten hatte, sprachen sie in der Schule von ihm und seinen guten Werken für Afrika. Damals beschloss sie, wenn nicht als Ärztin, dann als Krankenschwester nach Lambarene zu den Leprakranken zu gehen. Aber ihre Mutter bestimmte, dass sie bei Gaissmaier eine Lehre als Verkäuferin machen sollte. Ihr Vater hatte, was seine Kinder anbetraf, nicht viel zu sagen. Ihr drei Jahre älterer Bruder Peter wurde gezwungen, eine Lehre als Maler zu machen, um später den elterlichen Betrieb zu übernehmen. Das tat er aber nie. Er meldete sich gleich nach der Ausbildung als Freiwilliger zur damals noch jungen Bundeswehr und kam, sicher auf eigenen Wunsch, weit weg von Sigmaringen, nach Norddeutschland. Die Entfernung zu Sigmaringen und den Eltern konnte für ihn nicht groß genug sein. Marie tat es leid, dass er nicht mehr da war. Aber sie konnte ihn verstehen. Er machte später sein Abitur nach und schlug die Offizierslaufbahn ein, die ihn dann auch bis nach Brüssel zur Nato brachte.

Am 24. April feierte Marie ihren 65sten Geburtstag. Es war ein Samstag und Fidelistag, der Tag des Schutzpatrons von Sigmaringen und Hohenzollern. Es regnete und stürmte, sodass man keinen Hund vor die Tür jagen mochte. Der Monat machte mit seinen Launen seinem Ruf alle Ehre. Marie fuhr ausnahmsweise mit dem Auto zum Supermarkt bei der Stadthalle und kaufte die ersten frischen Erdbeeren des Jahres. Sie kamen aus Afrika, genauer gesagt aus Marokko. Gerade als sie wieder in ihr Auto gestiegen war, kam Anton Mezger mit seiner Frau Inge angefahren. Marie machte sich ganz klein hinter dem Steuer und rutschte dabei fast vom Sitz. Beide machten mürrische Gesichter, sahen sich nicht an und die rundliche, dauergewellte Inge stöckelte hinter Anton, der nicht nach rechts oder links schaute, zur Eingangstür. Inge war schick angezogen, gut frisiert und geschminkt. Sie trug sogar Schuhe mit Absätzen. So wie es sich für eine Geschäftsfrau, die ihr Leben freundlich und adrett hinter einer Ladentheke verbracht hatte, gehörte. Anton war wie üblich in grünem Loden gekleidet. Allerdings sah alles etwas verbeult aus. Er war unrasiert und wirkte im Gegensatz zu seiner Frau ungepflegt. Er hatte so etwas von ihrem Franz an sich. Nur, er war nicht ganz so dick und auf seinem Kopf befanden sich noch jede Menge grauer Haare. Er bewegte sich verhältnismäßig schnell auf den Supermarkt zu. Franz hätte das nicht mal mit Keuchen geschafft. Die Mezgers hatten Marie nicht bemerkt.

Marie hatte schon am Vortag einen Biskuitboden gebacken. Es war Tradition, immer an ihrem Geburtstag gab es den ersten Erdbeerkuchen des Jahres. Ihre Freundin Uschi

Winter kam zum Kaffee und schenkte Marie den neuesten Krimi von Donna Leon mit Commissario Brunetti in der gebundenen Ausgabe. Marie kaufte sich selbst meist nur Taschenbücher. Sie verkniff sich das Lesevergnügen solange, bis die billigere Ausgabe in der Buchhandlung lag. Franz stopfte am Abend, zwischen Leberwurstbrot und lauwarmem Bier, ein zweites Viertel des Kuchens in sich hinein. Von ihm hatte sie nichts bekommen. Aber das beruhte auf Gegenseitigkeit. Bereits vor Jahren hatten sie beschlossen, dass sich jeder seine Wünsche selbst erfüllte. So vermieden sie Unzufriedenheit wegen eines falschen Geschenkes.
Am nächsten Tag, dem Sonntag, war schönes Wetter. Die Sonne schien schon morgens von einem zartblauen, ausgeregneten und von Wolken blankgefegten Himmel. Marie und Uschi fuhren zusammen an den Bodensee auf die Insel Mainau. Franz war bereit, sich um den Hund zu kümmern, vorausgesetzt, Marie blieb nicht all zulange weg.
Sie waren über den Heiligenberg gefahren. Das ganze Alpenpanorama breitete sich vor ihnen aus. Es war, als ob sie direkt in die Berge hineinfahren könnten. Das Auto parkten sie in Unteruhldingen und fuhren mit dem Schiff zur Mainau hinüber. Der Bodensee zeigte sich blau und glatt von seiner Schokoladenseite. Die Mainau hatte ihr buntes Frühlingskleid übergeworfen. Auf den Wiesen und Beeten leuchteten bereits Blumen in allen Farben um die Wette. Vor dem Schloss war ein riesiges Ei mit Primeln bepflanzt und Tulpen und Narzissen waren viel weiter, als im doch einige Grade kälteren Sigmaringen.
Marie lud Uschi in die Schwedenschenke zum Mittagessen ein. Sie bestellten einen leckeren Gemüseteller und ein mit Mandeln gebackenes Felchenfilet. Marie und Uschi hielten etwas wehmütig Rückblick auf die vielen Jahre ihres Lebens, die sie sich nun kannten und auf ihre Freundschaft, die sich erst in den letzten Jahren intensiver entwickelt hatte. Früher war Uschi mit ihren Kindern beschäftigt

gewesen und Marie mit der Besitzvermehrung. Beides war ungerecht verteilt. Marie hätte gern ein Kind gehabt. Dann hätten ihre Bemühungen, das Vermögen ständig zu vermehren, mehr Sinn gemacht. Uschi hingegen wäre für mehr finanzielle Sicherheit dankbar gewesen. Aber es sollte wohl nicht so sein.

An solchen Tagen, wie Geburtstagen, stellte Marie sich immer häufiger die Frage: Was war eigentlich ihre Aufgabe auf dieser Welt? Warum war sie überhaupt geboren worden? Irgendetwas musste das Schicksal doch noch mit ihr vorhaben. Sie wollte nicht sterben und ihre unerfüllten Träume mit unter die Erde nehmen. Immer noch war Afrika ihr großer Traum.

Nach dem Essen sahen sie sich eine Ausstellung im Schloss an. Marie konnte an keinem Schloss vorbeigehen, wenn die Möglichkeit bestand hineinzuschauen. Anschließend machten sie noch einen Spaziergang durch den Park unten am See und dann drängte es Marie wieder nach Hause zu ihrem Buele. Der Franz würde sicher nicht weit mit ihm laufen. Vielleicht machte er auch nur die Terrassentür auf, damit der Hund mal durch den Garten rennen konnte. Marie war dann auch so zeitig wieder zuhause, dass sie noch mit Buele den Berg hinauflaufen konnte, bevor es dunkel wurde.

Marie hegte ihre Träume von Afrika und sie pflegte ihr Verlangen nach Rache, so wie sie das kostbare alte Gemälde pflegte. Die Träume und die Rache hielten sie auf den Beinen und trieben sie an. Sie schwebten in einem imaginären, schwarzen Heißluftballon über ihr. Bis die Zeit reif war und sie diese Pläne verwirklichen konnte, gab es ihren Hund und meterweise Bildbände, Reiseführer von Afrika und Afrikaromane. Es mussten nicht immer Bücher mit Bildern sein. Worte konnten ihr genauso Bilder zeigen. Hinter jedem Wort stand ein bewegtes, lebendiges Bild. Wenn sie in einem Roman das Wort Busch oder Savanne las, dann sah sie im heißen Wind endlos wogendes, silbriges Gras. Sie

hörte irgendwo das Brüllen eines Löwen und Gazellen mit weißen Hinterteilen sprangen erschrocken mit unglaublich hohen und weiten Sprüngen davon. Ein einziges Wort öffnete einen ganzen Film. Riechen konnte sie die Weite und die Wärme fühlen. »Marie verschlingt die Bücher«, hatte früher ihre Mutter gesagt, dabei waren es die Bücher, die Marie verschlangen. In Worten lagen Macht und Zauber. Nur weil die richtigen Buchstaben nebeneinanderstanden, trugen sie die Leserin in eine andere Welt.
Es gab Träume, die waren vage, verschwommen, nicht benennbar, eben Träume. Aber es gab auch klare Träume. Träume, die Gewicht hatten. Und ein Traum mit viel Gewicht war Afrika. Afrika war ja auch ein ganzer Kontinent, dieser Traum musste groß und schwer sein.
Inzwischen waren es nicht mehr die armen Heidenkinder, die sie nach Afrika zogen, es waren die Tiere und das so fremde und vielfältige, andere Land, von dem sie so viel aus Büchern, dem Fernsehen und dem Internet wusste und das, je mehr sie darüber erfuhr, nur noch geheimnisvoller und anziehender für sie wurde.
Marie hatte im Internet eine Reiseroute durch Länder des südlichen Afrikas ausgearbeitet und sie war sicher, diese Reise eines Tages anzutreten. Im Internet surfen und sich informieren fand sie spannender als das Fernsehprogramm. Es war fast so, wie in ihrer Kindheit das Suchen an Ostern. Man wusste vorher nie so genau, was man entdeckte, auf was man stieß. Und seit es Google Earth gab, konnte sie sich direkt in ein afrikanisches Dorf in der Kalahari hineinzoomen. Sie konnte sich zu jeder Tageszeit, mit einem Klick nach Kapstadt begeben und über eine Webcam direkt ansehen, wie das Wetter am Tafelberg war. Und von dieser Seite aus kam sie mit nur einem weiteren Mausklick zu Häusern, die zum Verkauf oder zum Mieten angeboten wurden. Wenn sie eines Tages Witwe sein würde, könnte sie sich dort eine schöne Villa mit Pool kaufen und den

Rest ihres Lebens in Afrika verbringen. Mit dem, was in Deutschland ein Pflegeheim kostet, könnte sie sich in Afrika drei Bedienstete leisten, die sich nur um sie kümmerten, wenn sie einmal nicht mehr so gesund wäre. Marie war noch immer körperlich und geistig fast so fit wie mit vierzig und sie würde dafür sorgen, dass es auch in Zukunft so blieb. Nur mit vierzig ist Zukunft noch etwas Großes, Offenes, ein riesiges Überraschungs-Ei, dessen Inhalt man noch entdecken konnte. Statistisch gesehen hatte sie noch Zeit. Aber mit 65 Jahren war Zukunft etwas, das jeden Tag viel zu schnell, wie das Eis auf einer Wasserpfütze, dahinschmolz. Wenn man eine Weile nicht hinsah, war nichts mehr davon da, außer schmutziges, kaltes Wasser. Die Zeit war jetzt. Jedes Jetzt, das sie nicht lebte, dem sie nachsah, war verschenktes Leben.

Marie war vor kurzem in ein eigenes Schlafzimmer im ersten Stock des Hauses gezogen. Sie begründete den Umzug damit, dass das nächtliche Schnarchen von Franz sie nicht mehr schlafen ließ. Sie hatte sich das kleine Zimmer hinter dem als Büro genutzten Raum, in dem auch der Computer stand, gemütlich eingerichtet. Buele war mit ihr von seinem Korb hinter der Eingangstüre im Flur, in den er sonst nachts verbannt worden war, die Treppe hinauf in ihr breites neues Bett umgezogen. Da war Franz bis jetzt hart geblieben. In das gemeinsame Schlafzimmer hatte Buele nicht gedurft. Es hatte lange gebraucht, bis Marie sich mutig genug für diesen Schritt fühlte.

Franz meinte entrüstet: »Komisch, bis jetzt ging's doch auch.« In Wirklichkeit war es nicht so sehr das Schnarchen, das sie nur als Begründung für ihren Umzug vorgeschoben hatte. Der wirkliche Anlass für ihren Umzug war, dass sie auf keinen Fall bemerken wollte, wenn es ihrem Mann eines Nachts schlecht gehen würde. Sie wollte keine Hilfsmaßnahmen einleiten müssen, um ihn am Leben zu halten. So wie Franz keuchte, wie sein Blutdruck oft trotz der Medikamente in die Höhe schnellte, war einfach abzusehen, dass sein Herz eines Tages schlappmachen würde. Marie wollte eine Situation vermeiden, in der sie sich schlafend stellen musste, während er vielleicht mit dem Tod rang. Sie wollte und sie wünschte sich, dass ihn das Zeitliche segnete. Aber sie wollte nicht dabei sein.

Marie hatte einen Termin bei ihrem Steuerberater in Biberach. Seit Franz fast eine halbe Million D-Mark an der Börse verspekuliert hatte, war sie der alleinige Finanzminister. Sie hatte immer darauf geachtet, dass niemand in Sigmaringen über ihre Vermögensverhältnisse Bescheid wusste. Seine Börsenpleite hatte Franz selbst durch seine früheren Angebereien über Spekulationserfolge publik gemacht. Darum zog Marie und in der Zwischenzeit auch Franz den Steuerberater in Biberach vor. Die Angestellten, die dort in der Kanzlei arbeiteten, hatten kein Interesse, ihren Angehörigen etwas über das Vermögen der Familie Strobel auszuplaudern. Marie hatte das Geld, das sie durch den Verkauf, auch von ihren eigenen Eltern geerbtem Land, erzielt hatte, immer gut angelegt. Marie und Franz waren die Besitzer von repräsentablen und rentablen Immobilien in Biberach, Ulm und Friedrichshafen. Alle Anlagen lagen in den Stadtzentren und waren gut vermietet an Banken, Arztpraxen und Apotheken. Ihr Einkommen war bedeutend höher als das Geld, das sie jeden Monat ausgaben. Dabei lebten sie bescheiden. Keiner stellte große Ansprüche. Sie warfen kein Geld zum Fenster raus, wie viele andere es taten, zum Beispiel mit unnötig hohen Heiz- und Stromkosten. In diesem Fall waren sich Marie und Franz einig. Sie besaßen nur ein Auto, das war allerdings ein Mercedes, wenn auch nur eine A-Klasse. Aber an einem sparten sie nicht, das war am Essen. Das betonte Marie immer wieder, wenn ihre Freundin Uschi sagte: »Das grenzt doch schon an Geiz.« Uschi durfte so was sagen. Denn die wusste, was sparen hieß. Sie hatte ihr Leben lang hart gearbeitet, und heute war ihre

Rente so klein, dass sie putzen gehen musste, um mal ein paar Euro zusätzlich zur Verfügung zu haben. Meistens gab sie die dann für Geschenke für ihre Kinder und Enkelkinder aus, und manchmal spendete sie noch etwas für eine Schule in Indien. Ja, wenn sie Marie und Franz auch Kinder hätten, dann wäre das sicher anders gewesen. So aber kam immer wieder noch etwas zu ihrer Immobiliensammlung hinzu. »Schon wegen des Finanzamts« musste weiter investiert werden.

Seit Franz mit seinen Anlagekünsten Schiffbruch erlitten hatte, nörgelte er zwar grundsätzlich an Maries Anlageplänen herum, aber im Großen und Ganzen stimmte er ihren Entscheidungen am Ende doch zu. Im Heimbüro, dem Zimmer über dem Wohnzimmer, war der Computer, von dem aus er jederzeit Zugang zu allen Daten ihres Vermögens gehabt hätte, wenn er sich hätte merken können, wie er was machen musste. Er hätte sich schon gerne eingemischt, aber es war ihm alles zu kompliziert. Ins Büro ging er nur sehr selten. Er hätte ja eine Treppe hinaufsteigen müssen. Franz mied, wenn möglich, unnötige Anstrengungen. Außerdem hätte es unter Umständen mit Arbeit und dem Eingeständnis, etwas nicht zu verstehen, verbunden sein können. Es war besser, als Mann Dinge zu ignorieren, als das eigene Unvermögen einzugestehen. Wichtig war für Franz, dass er Zugang zu den Bankkonten hatte. Für größere Transaktionen waren allerdings immer beide Unterschriften nötig. So war gesichert, dass weder Marie noch Franz heimlich etwas beiseiteschafften.

Franz konnte jederzeit so viel Geld abheben, wie er brauchte. Das war heute viel mehr, als damals, als er noch als Zivilangestellter bei der Bundeswehr arbeiten musste. Er war für das Rasenmähen und Heckenschneiden auf einem Teil des Kasernengeländes zuständig gewesen. Außerdem hatte er Hausmeisterarbeiten erledigt, die nicht allzu viel handwerkliches Geschick erforderten. Wenn er noch weiter zurück an die Zeit als Jungbauer dachte, dann fühlte er sich heute wie ein König. Damals hatte er mit seiner Landwirtschaft, bei 14 Stunden harter Arbeit am Tag, gerade das, was man fürs Überleben benötigte, verdient. Wenn Franz sich der Sorglosigkeit, mit der er jetzt leben konnte, bewusst wurde, war er eigentlich ganz zufrieden. Selbst dem Fürst im Schloss konnte es nicht besser gehen. Als er das Dach seines über 150 Jahre alten, nicht gerade kleinen, aber im Vergleich zum Schloss doch winzigen Hauses neu machen lassen musste, erschrak er über den Kostenplan. Dann schaute er zum Schloss hinüber und dachte beim Anblick dieses riesigen Daches: Nein ich möchte auf keinen Fall tauschen.

Wenn Marie nach Biberach zum Steuerberater fuhr, konnte sie Buele nicht mitnehmen und Franz musste mit ihm spazieren gehen. Franz tat es nicht gern. Weit laufen oder gar rennen, so wie Marie, war bei ihm nicht drin.
Nachdem Marie vom Hof gefahren war, leinte Franz den Hund an und Buele ging von alleine die Straße den Berg hinunter. Er wusste ganz genau, dass Franz nicht bergauf laufen würde. Wenn Marie nicht mit dem Auto unterwegs gewesen wäre, hätte Franz die Strecke bis hinunter an die Donau zum Bootshaus auch nicht zu Fuß gemacht. Er war der Meinung, dass Autos dazu da waren, dass sie einem das Leben erleichterten und nicht, dass sie in der Garage herumstanden. Beim Thema Auto kam bei Franz die Bequemlichkeit vor der Sparsamkeit. Der Hund kannte den Weg und blickte nur gelegentlich nach Zustimmung heischend zu Franz empor. Es war trockenes Wetter, leicht bewölkt, nicht gerade heiß und sonnig, aber man konnte draußen sitzen. Die Tische waren bereits alle besetzt, als sie ankamen. An einem der Tische saßen zwei Frauen, die jede ein Glas Wein vor sich stehen hatten. Franz fragte, ob für ihn und seinen Begleiter noch ein Platz frei wäre. Die bei-

den Frauen schienen sich über seine Gesellschaft und vor allem über die des Hundes zu freuen. Sie fragten nach dem Namen von Buele und er sagte: »Ado«, Buele schien Franz zu albern. Ado ließ sich streicheln und legte sich dann so ins junge, frische grüne Gras, dass er die Enten, die auf der Donau schwammen und am Ufer herumwatschelten, beobachten konnte.
Franz bestellte, obwohl es noch nicht lange her war, dass er zu Mittag gegessen hatte, für sich und den Hund je eine Wurst mit Pommes. Es roch aus der Hütte einfach zu verführerisch. Richtige Pommes bekam er zuhause nur ganz selten. Marie machte lieber Ofenkartoffeln mit Rosmarin und Olivenöl. Das aß sie selbst gern. Franz hasste den Geruch und Geschmack von Olivenöl und Knoblauch. ›Balkanfraß‹ nannte er es. Franz fütterte Spatzen und Enten mit einem Teil von Bueles Pommes. Die Portionen waren riesig ausgefallen, und wenn der Hund hinterher kotzte, bekam er Ärger mit Marie.
Bis zur Kaffeezeit hatte Franz sich mit den zwei Damen, die in Laiz wohnten, ganz gut unterhalten und er lud sie zu Kaffee und Kuchen ein. Die Wolken rissen auf und Franz sagte: »Am Mittelmeer kann es jetzt doch auch nicht schöner sein, wie an diesem Stück Donau mit Blick aufs Schloss.« Die Frauen stimmten ihm zu. Es war warm geworden. Kanufahrer aus dem Donautal legten an und zogen ihre Kanus an Land. Irgendwo zirpte eine frühe Grille. Spatzen tschilpten und stritten sich um die Pommes-Stückchen. Die jüngere der zwei Frauen war rothaarig und hieß Patrizia König. Franz erinnerte sich, sie früher auf dem Landratsamt bei der Kfz-Zulassungsstelle gesehen zu haben. Sie war gerade arbeitslos und klagte, dass sie keine ihren Fähigkeiten entsprechende Stelle angeboten bekam. Sie war nicht bereit als Aushilfe zu arbeiten. »Darauf können sie lang warten. Das kommt für mich nicht in die Tüte«, sagte Patrizia König und meinte mit sie, das Arbeitsamt, das jetzt Arbeitsagen-

tur hieß. Ihre Freundin Karin Kwiatkowski schien etwas älter und nicht so gesprächig. Franz und Patrizia unterhielten sich so prächtig, dass er die Damen an einem der nächsten Nachmittage zu einer Kaffeefahrt ins Blaue einlud. Er war dann aber doch erstaunt als Patrizia, die Pat genannt werden wollte, sofort zusagte und ihre Freundin Karin überredete, doch mitzukommen. Franz bedauerte hinterher seine spontane, unüberlegte Einladung. Marie würde Ärger machen, wenn sie es erfuhr. Aber er brauchte es ihr ja nicht zu erzählen und Buele konnte ihn zum Glück nicht verpetzen. Was war das schon, eine harmlose Einladung zu einer Kaffeefahrt? Nichts, worüber er sich Gedanken machen musste. Er war schon lange nicht mehr so beschwingt den Berg hinauf nach Hause gelaufen, wie an diesem Spätnachmittag, an dem die tief stehende Sonne alles vergoldete.
Marie war noch nicht zurück. Franz war ungern allein zuhause. Er machte den Fernseher an und ging sich ein Bier holen. Der Kasten, der unter der Gastherme in der Speis, neben der Gefriertruhe stand, war leer. Er erinnerte sich, dass Marie es ihm gesagt hatte. Er hatte es vergessen. Als er mit einer viel zu kalten Flasche, die er noch im Kühlschrank entdeckt hatte, zurück ins Wohnzimmer kam, lag der Hund in seinem Sessel, den Kopf gemütlich auf eine Pfote gelegt. Franz machte eine entsprechende Handbewegung und sagte energisch: «Los runter!« Buele blinzelte, regte sich aber nicht vom Fleck. Franz versuchte, ihn vom Sessel herunter zu schubsen. Der Hund sah ihn herausfordernd an und ließ ein warnendes Knurren hören. Da griff er zur Zeitung, brüllte und schlug Maries im Moment gar nicht braven Liebling auf den Kopf und sein Hinterteil. Buele bequemte sich endlich aufzustehen, nicht ohne vor sich hin zu knurren. Er trottete in die Küche in seinen Korb, wo er schmollend liegen blieb.
Franz suchte einen Kochtopf, füllte ihn mit fast kochend heißem Wasser aus der Leitung und maulte verärgert: »Das

kostet doch viel zu viel unnötige Energie.« Er drehte den Thermostat des Durchlauferhitzers herunter. Das kalte Bier stellte er in das heiße Wasser. Als er die Flasche nach einer Weile öffnete, spritzte das Bier ihm entgegen und Schaum lief über seine blaue Cordhose. Als er den ersten Schluck aus der Flasche nahm, war es ihm dann doch viel zu warm. Franz mochte die Dinge nicht, wenn sie zu kalt, aber auch nicht, wenn sie zu warm waren. Die Frühstücksmarmelade durfte nicht in den Kühlschrank. Sie musste immer genau Zimmertemperatur haben. Er mochte kein hartes Brot, es sollte aber auch nicht zu weich sein. Seine Kleidung durfte nicht steif und kratzig sein, sonst zog er sie nach fünf Minuten wieder aus. Er bestand auf vierlagigem Softklopapier. Recyceltes Papier lehnte er trotz des niedrigeren Preises rundweg ab. Marie erinnerte ihn daran, dass er als Kind und noch als Jugendlicher seinen Hintern mit der in Vierecke geschnittenen Schwäbischen Zeitung putzen musste. Wenn er das letzte Blatt von einer Rolle benutzt hatte, war er nicht fähig, eine neue aus dem Schrank zu holen und sie aufzuhängen. Geschweige denn, dass er die leere Rolle entsorgte. Er wollte alles genauso angenehm haben, wie es seine Mutter für ihn gemacht hatte. Marie kochte gut, sogar sehr gut. Das musste Franz zugeben. Aber er weigerte sich, Experimente mit neuen Rezepten auch nur zu probieren. Er aß Gerichte nur, wenn er sie kannte. Es reichte ja, dass trotzdem alles, was Marie kochte, etwas anders als bei seiner Mutter schmeckte. Auch wenn es den gleichen Namen hatte.

Für den nächsten Sonntag hatte sich Lore, die Schwester von Franz, zu Besuch angemeldet. Sie lebte mit ihrem Mann Rainer und ihrem Sohn Andreas in Basel, in der Schweiz. Sie war es gewesen, die Franz und Marie verkuppelt hatte. Lore war ein Jahr jünger als Marie. Als Kinder hatten sie zusammen Verstecken um die Häuser gespielt.

An Ostern hatten sie ihre Ostereier auf Freiheits Wiese rollen lassen und gegeneinander geditscht. Sie hatten das Weiße und das Gelbe der Eier getauscht. Marie mochte kein Eigelb von hart gekochten Eiern. Es brachte sie zum Würgen. Ihre Mutter zwang sie, es trotzdem zu essen. Lore dagegen liebte das trockene Eigelb und gab Marie dafür ihr Eiweiß.

Ihren Schulweg hatten sie morgens und mittags zusammen gemacht. Er führte sie vom Brunnenberg am alten Krankenhaus, das später Landratsamt wurde, vorbei. Vor dem Laden von Frau Mateis überquerten sie die Straße. War eines der Mädchen im Besitz eines Zehnpfennigstückes, setzten sie es dort gegen etwas Süßes um. Für einen Zehner bekam man zwei kleine oder einen großen Lutscher. Wenn sie aus dem Laden rannten, hofften sie, dass nicht gerade dann die Bahnschranken runter gingen. Denn sonst wären sie zu spät gewesen. An der Schranke tat noch ein Schrankenwärter seinen Dienst. Er drehte von Hand das Rad, mit dem der rot-weiß gestreifte Balken herabgelassen wurde. Jedes Mal, wenn das eiserne Gestänge, das wie ein senkrechter Lamellenvorhang aussah, auf der Straße aufhüpfte, sprang es gleich darauf noch einmal in die Höhe. Der Schrankenwärter achtete darauf, dass keines der Kinder noch schnell an der Absperrung vorbei, vor dem meist noch ewig lang nicht anrollenden Zug, hinüberhuschte. Über die frühere Sägebrücke ging es dann weiter durch die Burgstraße, an der Vorstadt vorbei und beim Café Schön wieder über die Straße. Die Antonstraße hinauf mussten sie meistens rennen und am runden Turm überquerten sie zum letzten Mal die Straße zur Volksschule hinüber. Im Turm, heute ein Heimatmuseum, wohnte zu der Zeit eine Familie. Im Sommer standen die Fenster offen, im Garten blühten viele Blumen und fröhliche Kinder rannten auf Kieswegen um den Turm. Marie wäre damals gern einmal in den Turm hineingegangen und hätte sich angesehen, wie und warum es sich

darin so glücklich leben ließ. Sie dachte damals: Es liegt sicher daran, weil der Turm rund ist und keine Ecken und Kanten hat.
Nach Schulschluss gingen sie, wenn Lore zur gleichen Zeit aus hatte, den Weg wieder zusammen zurück nach Hause. Bei Hochwasser hatten sie einmal versucht, die bereits überflutete Burgstraße zu überqueren. Als sie morgens zur Schule gingen, standen nur die Burgwiesen unter Wasser. Sie hofften und wünschten, dass die Donau nicht so schnell steigen würde und sie auf dem Heimweg auch noch ohne nasse Füße durchkämen. Den längeren Weg, auf der Eisenbahnbrücke über die Donau, mochten sie beide nicht. Es war unheimlich, wenn direkt neben ihnen, kaum einen Meter entfernt, eine schwarze Dampflok mit Anhang, wie ein vor Wut schnaubendes Ungetüm, vorbeidonnerte. Die Metallkonstruktion der Brücke grollte. Alles zitterte. Die Luft roch nach Eisen, nach Gefahr und Zorn. So musste es sein, wenn man am Ende seines Lebens in die Hölle hinunterfuhr. Die Kinder fürchteten sich und rannten meist wie um ihr Leben, um vor der Lok auf der anderen Seite am Mühlberg anzukommen. Um den Weg über diese unheimliche Brücke zu vermeiden, hofften sie immer, dass das Hochwasser bei Schulschluss noch nicht über die Straße gestiegen war. Es kam ja auch meist langsam. Über die ersten Rinnsale konnte man noch gut hüpfen. Das Rauschen der angeschwollenen Donau klang bedrohlich, aber es sah hübsch aus, wenn das Wasser sich glitzernd über die Straße einen Weg suchte, eine Vertiefung nach der anderen ausfüllte und dann weiter zum nächsten Loch floss. Am Bordstein zum Trottoir staute es sich wieder, bis es weiter anstieg und auch diese Hürde nahm. Dann ging nichts mehr ohne nasse Füße. Nasse Schuhe verhießen zuhause Ärger. Aber lieber Ärger, als neben den riesigen Rädern des schwarzen, fauchenden Ungetüms über die Eisenbahnbrücke zu müssen. Als die Freundinnen dann doch einmal, als

die ganze Burgstraße bereits unter Wasser stand, zur Sägebrücke hinüberzukommen versuchten, war Lore vom Wasser umgerissen worden und Marie konnte sie mit letzter Kraft festhalten, bis ein Erwachsener zu Hilfe kam und die zwei Mädchen rettete. Zuhause bekamen sie beide, zu ihrem Schrecken hinzu, noch eine Tracht Prügel verpasst. Danach hatte keine mehr von ihnen einen Fuß auf eine Straße mit Hochwasser gesetzt. Aber fasziniert waren sie von den Wassermassen trotzdem. Die wälzten sich laut rauschend unterhalb des Schlosses entlang. Wenn Lore und Marie von der Brücke in die braunen Strudel in der Donau hinuntersahen, wurde ihnen ganz schwindelig und sie mussten sich anschreien, um sich zu verstehen.
Nachdem Marie zu ihrem dreizehnten Geburtstag einen ›Agfa Klack‹ Fotoapparat bekommen hatte, lief sie zum gerade stattfindenden Frühjahrshochwasser hinunter und schoss ihre ersten Bilder in Schwarzweiß. Es waren sehr kleine Bilder und Marie ging sparsam mit dem Film um. Sie musste das Entwickeln von ihrem Taschengeld bezahlen. Und ihr Taschengeld musste sie sich auch selbst verdienen. Um zu Geld zu kommen, trug sie das Konradsblatt aus. Im Pfarrhaus bei der Stadtpfarrkirche holte sie jede Woche ihr Bündel Heftchen ab und am Freitagnachmittag verteilte sie das Blatt im ganzen Gebiet zwischen Brunnenberg und Gorheim. Marie war für alle Abonnenten, die nördlich der Donau wohnten, zuständig. Und das jede Woche und bei jedem Wetter. Damals fürchtete sie sich noch vor Hunden. Und es gab einige, die ihr den Zutritt zu den Briefkästen schwer machten. Das war lang her und damals hatte die Donau noch ein etwas anderes Flussbett.
Lore und Marie waren seit sie denken konnten befreundet. Schon im Sandkasten spielten sie zusammen. Nach der Volksschule lernte Marie Verkäuferin beim Gaissmaier mitten in der Stadt und Lore wurde Sekretärin beim Hüttenwerk im Laucherthal. Der oberste Chef von Lore war der

Fürst von Hohenzollern, der, dem auch das Schloss gehörte und Marie vermutete, dass es sein Vater oder Großvater war, den ihre Oma Franziska ›ihren Herrn‹ genannt hatte. Sie musste ihn noch mit ›Durchlaucht‹ ansprechen und vor ihm knicksen. Lore sagte auch ›Durchlaucht‹, aber knicksen brauchte sie nicht mehr.

Lore war gerade 21 Jahre alt, als sie heiratete. Ihr Mann Rainer war acht Jahre älter und ein studierter Kaufmann. Er war also etwas Besseres und er kam aus Stuttgart. Sie hatten sich bei der Arbeit kennengelernt. Nach der Hochzeit bauten sie sich in der Fürstin-Margarethe-Straße ein schickes, modernes Haus, sodass Lore es nie weit nach Hause hatte. Danach haben sie auf Kinder gewartet. Aber die ließen lange auf sich warten. Marie war zu dieser Zeit mit Werner Schröder aus Inzigkofen verlobt. Die Verbindung wurde von den beiden Müttern sehr begrüßt. Die Verlobung dauerte genau fünf Jahre und drei Monate. Anstelle einer Hochzeit, wie bei Lore, gab es eine hässliche Trennung. Jeder stritt mit jedem und Marie flüchtete sich in eine Affäre mit einem Bundeswehrsoldaten. Als dieser dann wegen eines Vergehens für drei Monate ins Gefängnis musste, trennte Marie sich von ihm. Alles, was ihre Mutter dazu sagte, war: »Ich hab's dir doch gleich gesagt. Rheinländer taugen nichts.« Marie wollte damals weit weg, am liebsten nach Afrika. Aber dann erlitt ihr Vater einen Schlaganfall, und sie konnte die Mutter nicht mit dem pflegebedürftigen Mann allein lassen. Also ging sie weiter zum Gaissmaier. Sie arbeitete meist an der Kasse und am Abend unterstützte sie ihre Mutter. Zum Ausgleich rannte sie, sooft es ihr möglich war durch Feld und Wald. Das Joggen war in Mode gekommen. Ohne das Laufen war für Marie das Leben und die Enge nicht auszuhalten.

Bei ihren weiten Waldläufen, oft noch spät am Abend, traf sie ab und zu auf den Metzgermeister Anton Mezger, der wirklich so hieß, nur ohne t im Familiennamen. Da er in

eine Familie mit diesem Namen hineingeboren worden war, war es für Anton fast zwingend gewesen, diesen Beruf zu ergreifen. Er war außerdem ein passionierter Jäger und hatte seine Jagd im Norden von Sigmaringen. Der Saustock gehörte zu seinem Revier. Nachdem er die joggende Marie dort in der Gegend getroffen hatte und sie sich in einer Verschnaufpause gut unterhalten hatten, suchte Anton diese Ecke, sooft es ihm möglich war, auf. Wenn man in Sigmaringen geboren war und aus einer Handwerkerfamilie stammte, kannte man sich, egal ob man ein paar Jahre jünger oder älter war. Anton traf von da an Marie immer wieder zufällig. Dann verabredeten sie sich regelmäßig. Marie erzählte niemandem davon. Anton war vier Jahre älter als sie. Er hatte in eine gut gehende Metzgerei mitten in der Stadt eingeheiratet und war Vater von zwei Kindern. Zuerst war es für beide nur ein Abenteuer, das Abwechslung und Aufregung in ihr sonst langweiliges, unzufriedenes Leben brachte. Anton war in Sachen Liebe und Sex das Beste, das Marie bis zu diesem Zeitpunkt begegnet war. Und es schien, als ob Anton genauso verrückt nach ihr war. Marie war mit ihrem Leben plötzlich zufrieden. Mit Anton als heimlichem Geliebten ließ sich das Zusammenleben mit ihrer grundsätzlich unzufriedenen, nörgelnden Mutter in Sigmaringen besser aushalten. Irgendwann hoffte sie, würde Anton sich scheiden lassen und sie heiraten. Anton versprach ihr, dass bei seiner Frau in Sachen Sex nichts mehr lief, und Marie glaubte ihm. Aber die Kinder waren noch zu klein und dann war es das Geschäft, das vergrößert werden musste. Dann wurde seine Frau krank. Es gab immer einen Grund, warum eine Trennung im Moment gerade nicht möglich war. Marie hoffte und wartete. Ihr Vater starb. Nun hätte sie nach Afrika gehen können, aber jetzt gab es Anton.
Marie und Anton kannten alle Waldarbeiter- und Jagdhütten im Umkreis von dreißig Kilometer. Anton wusste, wie er an die Schlüssel kam. Marie musste nur immer eine Ge-

schichte für ihre Mutter ausdenken. Sie wäre vermutlich vor Scham tot umgefallen, wenn sie gewusst hätte, dass ihre Tochter ein Verhältnis mit einem verheirateten Mann hatte. Oder sie wäre zu den Patres nach Gorheim gelaufen und hätte an Maries Stelle die Sünden gebeichtet. Ab und zu musste Uschi für ein Alibi herhalten. Aber Marie erzählte ihr nie, mit wem sie sich traf. Manchmal kletterte Marie auch, sobald ihre Mutter im Schlafzimmer verschwunden war, aus dem Fenster. Anton stand mit seinem Opel in der Nähe vom Haus Nazareth und wartete auf sie. Für seine Familie war er auf der Jagd. Ob seine Frau jemals Verdacht schöpfte? Marie wusste es nicht. Es war ihr auch egal.
Die Zeit verging. Ihr Verhältnis dauerte bereits über zehn Jahre. Von Scheidung sprachen sie kaum noch. Und dann passierte das völlig Unerwartete. Marie wurde schwanger. Zuerst konnte sie es nicht glauben und dann wollte sie es nicht wahrhaben. Aber dann dachte sie: Jetzt muss er es seiner Frau sagen. Marie war 39 Jahre alt und hatte nicht mehr viel Zeit, um Kinder zu bekommen. Maries biologische Uhr tickte. Als sie Anton die Nachricht von ihrer Schwangerschaft mitteilte, reagierte er nicht so, wie sie es sich gewünscht hätte. Er musste plötzlich ganz dringend zu einer Verabredung mit einem Viehhändler und wollte am nächsten Abend wieder an der gleichen Stelle auf sie warten und dann mit ihr über das Problem sprechen. Am nächsten Abend war Marie, wie verabredet da, Anton nicht. Am nächsten Abend dasselbe Spiel. Dann war Sonntag. Marie rief bei Anton an. Seine Frau nahm den Hörer ab und Marie legte auf. Handys gab es zu dieser Zeit noch nicht. Am Montag machte Marie eine halbe Stunde früher Mittag und lief zu Antons Metzgerei. Was sie dort wollte, wusste sie auch nicht. Doch dann stand dort Antons Frau unübersehbar hochschwanger hinter der Kasse. Marie wusste nicht, wie ihr geschah. Sie kaufte stotternd ein wenig gekochten Schinken und verließ fluchtartig das Geschäft. Ihr war ster-

bensübel. Den Schinken steckte sie in den nächsten Papierkorb. Wie sie den restlichen Nachmittag verbracht hatte, daran konnte sie sich später nicht mehr erinnern. Kurz vor Feierabend rief Anton unter einem falschen Namen beim Gaissmaier an und verlangte sie zu sprechen. Er sagte nur, dass er sich an diesem Abend Zeit für sie nehmen könnte und wollte.

Sie trafen sich. Anton war fremd und distanziert. »Ich bedauere, dass ich dir wehtun muss«, sagte er wörtlich. Er versuchte ihr, einen Umschlag mit Dreitausend D-Mark und einer Adresse in Amsterdam zu geben. »Man wird dir dort helfen.« Maries Welt brach zusammen. Sie weinte und war sprachlos. Sie sah nur noch schwarz. Sie wollte sterben. Sie sah keinen Ausweg mehr für sich. Ihre bigott fromme Mutter, die den Kopf unter ihrem Hut am Sonntag immer sehr hoch zur Kommunion im Hochamt vor den Altar trug, die sich immer für etwas Besseres hielt, weil ihre Mutter vielleicht einst von einem Blaublütigen geschwängert worden war. Sie würde ihr sicher nicht helfen. Marie wäre 40, wenn das Kind zur Welt kommen würde. Der Schadenfreude und Häme der meisten ihrer Bekannten wollte sie sich nicht aussetzen. »Die alte Kuh ist 40 und blöd wie ein Teenager.« So, oder so ähnlich würden sie reden. Was ja auch stimmte und sie sich selbst eingestand. Wo sollten sie und das Kind denn hingehen. In Sigmaringen wollte sie es nicht aufziehen. Mit einem Kind nach Afrika? Da könnte sie sich gleich aufhängen.

Marie rief ihren Bruder in Brüssel an und fragte ihn, ob sie ein paar Tage kommen könnte. Ihr fiele die Decke auf den Kopf und die Mutter würde immer unausstehlicher. Sie bat ihn aber, er solle nicht zuhause zu ihr Kontakt aufnehmen, sie wolle vorher noch einen Besuch bei einem Freund machen, von dem die Mutter nichts wissen dürfte. Peter sagte ihr, dass sie willkommen wäre und er und seine Familie sich freuen würden, sie mal wieder zu sehen. Nachdem ihr Bru-

der selbst Familienvater war, hatte er die alten Bande zu Sigmaringen wieder etwas, wenn auch sehr locker, geknüpft. Peter war zur Beerdigung des Vaters gekommen und Marie war auch schon einmal bei ihm in Brüssel gewesen.
Peter war mit ihr ins Königlich-Afrikanische-Museum gegangen. Dort waren all die Tiere, die Marie bereits aus ihren Afrika-Büchern kannte, ausgestopft, in echt wirkender, nachgebildeter Umgebung zu sehen. Marie fragte sich, wenn der König und die anderen Jäger, wie sie gelesen hatte, an einem Tag oft mehrere hundert oder sogar tausend Tiere geschossen hatten, waren dann noch genügend in Afrika? Aber Afrika war ja riesig, und bis sie, Marie, es schaffte, dorthin zu kommen, hatten sie sich sicher auch wieder vermehrt. Beim Anblick all der präparierten Tiere und der Listen, der bei einer einzigen Jagd getöteten Tiere, musste sie doch die Frage stellen, ob das Land nicht leer geschossen war.
Marie reichte Urlaub ein und kaufte eine Fahrkarte nach Amsterdam. Dabei achtete sie darauf, dass hinter dem Schalter im Bahnhof jemand saß, den sie nicht kannte. Während der Bahnbeamte ihr von Hand umständlich ihren Fahrschein ausstellte, hoffte sie inbrünstig, dass nicht gerade jetzt jemand, der wusste, wer sie war, hinter sie treten würde. Dann hätte sie nur eine Fahrkarte bis Ulm gelöst.
Mit ihrer Mutter brach Marie bewusst einen Streit vom Zaun. Nachdem sie einige Tage lang nicht miteinander gesprochen hatten, sagte Marie, dass sie ihren Bruder besuchen würde. »Du musst es ja haben«, war der kurze Kommentar ihrer Mutter. Sie hatte mit fast allen ihren Nachbarn Streit. Sie sah auf sie hinunter und hielt mit ihrer immer besserwisserischen Meinung nicht ›hinterm Berg‹, wie man so treffend am Brunnenberg sagte. Sie war nicht beliebt, und Maries Vater war, als er noch lebte, nicht um sein Los beneidet worden.

Am Sonntag vor Maries Reise nach Amsterdam stand Lore unvermutet vor ihrer Zimmertür. Marie hatte die Klingel nicht gehört. Ihre Mutter hatte Lore hereingelassen. Die Freundin wollte Marie, so wie früher, zu einem Spaziergang über den Berg abholen. Es war Februar und bitterkalt. Die klare Luft biss in der Nase. Der Schnee war an der Oberfläche gefroren und knirschte unter ihren Füßen. Als Kind hatte Marie immer versucht, auf dem vereisten Schnee zu gehen und nicht einzusinken. So wie Jesus über das Wasser. Nur bei ihr hatte es nie geklappt.
Oben auf der Höhe schien die Sonne vom strahlend blauen Himmel und ließ die Eiskristalle wie winzige geschliffene Edelsteine glitzern und funkeln, sodass es in den Augen schmerzte.
Marie wunderte sich über Lores spontane Idee. Sie hatten in den letzten Jahren nur wenig Kontakt gehabt. Ab und zu waren sie sich begegnet, hatten aber nie viel Zeit zusammen verbracht. Marie merkte, dass Lore etwas auf dem Herzen hatte, und war gespannt. Ablenkung, auch wenn sie noch so klein war, war genau das, was sie jetzt brauchte.
Lores Mutter war vor einem Jahr gestorben. Jetzt hatte Lore außer ihrem eigenen Haushalt auch noch den ihres Vaters und Bruders am Hals. Vor zwei Jahren hatte sie eine Fehlgeburt gehabt. Danach hörte sie auf zu arbeiten. Sie pflegte ihre kranke Mutter bis zu deren Tod. Jetzt war ihrem Mann eine interessante, gut bezahlte Stelle in der Nähe von Basel, in der Schweiz, angeboten worden. Marie dachte sich: Der weiß, warum er so weit von Sigmaringen weg will. Nun hatte er Lore gedroht: Wenn sie aus Pflichtgefühl ih-

rem Vater gegenüber nicht mit ihm käme, würde er sich scheiden lassen. Lore war wieder schwanger und er verbot ihr, den Haushalt ihres Vaters und Bruders weiter zu versorgen. »Es sind erwachsene Männer. Was sie nicht können, können sie lernen. Und wenn sie dazu keine Lust haben, müssen sie sich halt eine Frau suchen. Zum Heiraten oder zu sonst was, das ist mir egal. Aber ich werde nicht zusehen, wie du noch mal das Leben unseres Kindes aufs Spiel setzt, nur weil dein Herr Bruder ein verwöhnter Egoist ist.« So wütend hatte Lore ihren Rainer noch nie erlebt. Lore selbst wollte dieses Kind unbedingt. »So viele Möglichkeiten habe ich auch nicht mehr«, sagte sie bedauernd zu Marie. Sie hatte sich immer eine große Familie gewünscht. Marie dachte unglücklich und neidisch: Warum kann's mir nicht so gehen? Dann rückte Lore mit dem Grund ihres Besuches heraus. Es war nur ein Vorschlag, eine Idee, die sie hatte: Marie und Franz kannten sich doch ganz gut. Sie hatten ein ähnliches Schicksal. Franz war zwei Wochen vor seiner geplanten Hochzeit von seiner Braut verlassen worden. Sie beichtete ihm, dass sie von einem anderen Mann schwanger war. Interessant dachte Marie. Das hatte sie bis jetzt noch nicht gewusst. Vier Jahre war das nun schon wieder her und seitdem hatte sich bei Franz in puncto Frauen nichts mehr getan. Dabei brauchte der Männerhaushalt ganz dringend eine Frau. »Marie, du hast doch auch niemanden?«, versicherte sich Lore. »Marie, du könntest dich doch aus Vernunftgründen mit Franz zusammentun.« Sie, Lore, würde dann leichter in die Schweiz ziehen. Marie sollte es sich überlegen. Mit Franz hatte sie schon gesprochen. Wenn Marie einverstanden war, würde er sie offiziell fragen. Lore sollte nur vorfühlen. Sie waren früher doch dicke Freundinnen gewesen. Franz wollte sich keinen Korb holen.

Marie wusste nicht, wie ihr geschah. Sie war nicht in der Lage etwas zu sagen. In ihrem Kopf überschlugen sich die

Gedanken. Sie versprach Lore, über den Vorschlag nachzudenken, und wenn sie vom Besuch ihres Bruders aus Brüssel zurück war, würde sie sich melden.
Maries Gedanken kreisten. Sollte sie das Kind Franz unterschieben? Aber zum Unterschieben war es schon zu spät. Sollte sie es ihm sagen? Jetzt, wo sie sich zu der Abtreibung entschlossen hatte, nochmals umdenken. Sie hatte sich mit dem Gedanken an ein Kind von Anton vertraut gemacht. Sie hatte sich sogar dann doch ein bisschen gefreut. Als sie aber merkte, dass Anton sie nur benutzt und belogen hatte und als er ihr dann noch den Umschlag mit dem Geld einfach so in die Hand drücken wollte, da hasste sie ihn bereits. Sie hatte den Umschlag nicht angenommen. Daraufhin schob er ihn in ihre Manteltasche, so als würde er ihr für etwas ein Trinkgeld zuschieben. Sie war von einer Sekunde auf die andere nur noch voll Hass. Ihre ganze Liebe für Anton löste sich einfach auf, so wie der Nebel über der Donau. Marie überlegte nur noch, wie sie sich rächen konnte. Ihr Zorn und ihre hilflose Wut richteten sich auch gegen das, was nun in ihr war und wenn sie nicht aufpasste, ein Kind werden würde. Sie wollte nicht, dass es in ihr zu wachsen begann. Sie wollte es nicht spüren. Es sollte so schnell wie möglich weg, einfach weg.

Marie fuhr nach Amsterdam. Es war eine lange Zugfahrt und sie hatte viel Zeit über Franz und den Vorschlag von Lore nachzudenken. Amsterdam war entsetzlich. Sie kam sich so verlassen und ausgeliefert vor, wie auf einer Schlachtbank. Nie im Leben würde sie diese Tage vergessen. Zuerst hatte sie nur geweint und dann war aus ihrer Verzweiflung der Hass auf Anton ins schier Unermessliche gewachsen. Sie machte allein ihn für ihre erniedrigende Situation verantwortlich. Der Hass blähte sich jede Nacht ein Stück mehr auf, wie ein riesiger, schwarzer Ballon, der ihr die Sicht auf die Sonne verdeckte. Mit Franz zu leben, erschien ihr in dem trostlosen Zimmer im verregneten, kalten Amsterdam, wie ein Lichtschimmer, wie die noch einzige Hoffnung in ihrem Leben. Sie dachte über Selbstmord nach, aber nicht ernsthaft, dazu war der katholische Glaube zu tief in sie hineingepredigt worden. Außer einem schlechten Gewissen würde es auch bei Anton nichts bewirken. Sie musste sich Zeit nehmen und gut planen. Aber sie wollte Rache und zwar furchtbare Rache, an der sie ihr Vergnügen haben würde.

Von Amsterdam aus fuhr sie nach Brüssel. Sie schluckte die Psychopharmaka und andere Medikamente, die sie vom Arzt erhalten hatte. Halbwegs normal verbrachte sie die gemeinsamen fünf Tage. Sie sprach mit Peter über die Möglichkeit, Franz zu heiraten. Er kannte Franz ganz gut. Sie waren der gleiche Jahrgang. Er hatte manchmal mit Franz auf der Wiese im Wald Fußball gespielt. Auf der Straße konnten sie das nicht, weil es immer bergab ging und sie die halbe Zeit hinter den Bällen herlaufen mussten. Richtige Freunde, so wie Marie und Lore, waren sie aber nie gewesen.

Peter konnte oder mochte ihr keinen Rat geben. Marie entschloss sich nach gründlichem Nachdenken, eine Ehe mit Franz zu versuchen. Im Zug, auf der langen Heimfahrt, hatte sie nochmals ausgiebig Zeit zum Überlegen. Es war sicher besser ihn zu heiraten, sonst würde sie womöglich als alte Jungfer enden. Und sie musste sich nicht mehr von ihrer Mutter gängeln lassen. Es war sonderbar. Egal was eine Frau arbeitete, was sie leistete, sie bekam in ihrer eigenen Familie erst einen unabhängigen, anerkannten Status, wenn sie einen Mann hatte. Egal wie blöd der war. Hauptsache man hatte einen Ring am Finger, der einen als Besitz eines Mannes ausgab. Ihre Freundin und Arbeitskollegin Uschi wurde ihr immer als Beispiel vorgehalten; verheiratet und drei Kinder. Dass ihr Mann ein Taugenichts und Drückeberger war, spielte keine Rolle. Als er dann eines Tages mit einer Jüngeren verschwand, war Uschi plötzlich in den Augen von Maries Mutter ›ein armes Schwein‹. Nicht, weil sie alleine mit den drei Kindern dastand, sondern weil sie keinen Mann mehr hatte.

Marie kam erst spät zu der Erkenntnis, dass der Grund für das Verhalten ihrer Mutter, in deren eigenen, unklaren Herkunft lag, über die niemand etwas Genaues wusste und über die immer nur gemunkelt wurde.

Marie betrachtete das Angebot von Franz sie zu heiraten als Wink des Schicksals. Franz war kein schlechter Kerl. Dass er etwas eigen und von seiner Mutter verwöhnt war, wusste Marie. Sie waren beide alt genug, um vernünftig miteinander zu reden. Sie würden sicher Kompromisse und Lösungen finden, wie sie miteinander auskommen konnten.

Arrangierte Ehen gab es in allen Fürsten- und Königshäusern. Und oft kamen dabei die besten Sachen heraus. Die Prinzessin Amalie Zephyre, nach der ihre Mutter benannt war, war sicher auch eine arrangierte Ehe mit ihrem Fürsten Anton Aloys von Hohenzollern-Sigmaringen eingegangen. Dieser Prinzessin hatte die hohenzollersche Bevölkerung, außer dem schönen Park in Inzigkofen, zu verdanken, dass Hohenzollern nicht von Napoleon von der Landkarte radiert worden war. Sonst wären sie schon lange Württemberger und nicht Hohenzollern. Das Ländle war allerdings trotzdem ein Teil von Baden-Württemberg geworden. Aber es bestand ein feiner Unterschied und egal was die Regierung sagte: In Sigmaringen war man zuerst in Hohenzollern und erst dann in Baden-Württemberg. Denn als normale Württemberger wären die Sigmaringer nichts Besonderes mehr.

Wenn also wichtige Persönlichkeiten Vernunftehen eingegangen waren, warum sollte dann nicht auch Marie, eine vielleicht außereheliche Nachfahrin dieser klugen Prinzessin Amalie, eine Vernunft-Ehe eingehen? Es kam immer nur darauf an, was man daraus machte. Und außerdem konnte

sie damit Anton eins auswischen. Marie wusste, dass es ihn treffen würde, wenn sie sich so schnell tröstete. Auch wenn er es nie zugeben würde.
Die Leute würden vermutlich reden, so oder so ähnlich wie: »Franz und Marie? Die haben aber lang suchen müssen. Komisch, wo sie doch so nah beieinander wohnen!« Aber, wie war doch Uschis Lieblingssprichwort: »Und morgen wird eine andere Sau über den Markt getrieben.«

Maries Entschluss, Franz zu heiraten, lag nun bereits 25 Jahre zurück. Dieses Jahr im Sommer müssten sie eigentlich Silberhochzeit feiern. Marie hatte keine Lust dazu. Sie wäre lieber Witwe. Nicht, dass es ihr leid tat, dass sie Franz geheiratet hatte. Nur jetzt hatte sie genug von ihm. Er war wie ein dickes, fettes, faules, eigensinniges Kind, das sie zu gängeln versuchte. Marie musste immer auf der Hut sein, sonst schob Franz sie in eine Ecke, in die sie gar nicht wollte.

Ein paar Mal im Jahr kam Lore immer noch nach Sigmaringen. Sie lebte nach wie vor in Basel. Früher war sie öfter gekommen. Seit Franz und Marie den Hund hatten, übernachtete sie kaum noch in ihrem Elternhaus. Lore mochte keine Hunde und schon gar keinen Staffordshire-Bullterrier. Aus Anlass eines Klassentreffens oder einer Beerdigung, die Zeiten der Hochzeiten und Geburten waren längst vorbei, blieb Lore ausnahmsweise auch mal über Nacht. Dann wurde Buele eingesperrt und jammerte fast ununterbrochen, dass Franz ihm schon mal drohte, ihn zu »verschießen«. Aber das war nur eine leere Drohung, denn Franz hatte gar kein Gewehr.
Sonst kam Lore den nicht gerade kurzen Weg von Basel nach Sigmaringen nur zum Mittagessen, und nach dem Kaffeetrinken machte sie sich wieder auf den Heimweg in die Schweiz. Ihr Mann Rainer und ihr Sohn Andreas reagier-

ten allergisch auf Hundehaare und kamen überhaupt nicht mehr. Dabei waren Bueles Haare ganz kurz. Das, was er auf seiner Haut hatte, konnte man kaum Fell nennen. Als Marie und Franz noch keinen Hund hatten, waren sie ab und zu übers Wochenende nach Basel gefahren. Jetzt fuhr Franz nur noch allein. Er brachte dann Marie ihre Schweizer Lieblingsschokolade mit. »Drachenfutter« nannte er es spaßeshalber.

Marie hatte im alten Gewölbekeller, in einer gemauerten Nische, eine Blechdose als Schokoladentresor untergebracht. Der Keller war sonst vollständig leer geräumt. Nur Heerscharen von dicken, schwarzen Spinnen, die überall ihre Netze angebracht hatten, bewohnten ihn und vermutlich Mäuse. Marie ekelte sich vor beiden. Darum bewahrte sie ihre Schokolade dort unten auf. So zwang sie sich, für jedes Stückchen ungesunde Sünde den Weg hinunter in das Reich der Spinnen und Mäuse anzutreten. Das war auch der Grund, warum sie es sich zweimal überlegte, ob sie wirklich Lust auf Schokolade hatte. Das Wissen, dass Weißmehl, Zucker und tierisches Fett die drei schädlichsten Dinge für ihre Gesundheit waren, hielt sie nicht davon ab, Schokolade fast süchtig in sich hineinzuschlingen. Vor allem, wenn sie sich geärgert hatte. Und das geschah immer häufiger. Maries Lieblingsschokolade bestand zum überwiegenden Teil aus Zucker und Sahne von guter Schweizer Alpenmilch, was gleichbedeutend mit tierischem Fett war. Sie hatte nur einen kleinen Prozentsatz Kakaoanteile, die nicht schädlich, sondern sogar gesund waren. Wenn Schokolade auf dem Tisch lag, dann konnte sie eine ganze Tafel ohne Probleme an einem Abend aufessen. Aber danach war ihr immer so übel, dass sie sich schwor, nie mehr so viel Schokolade auf einmal zu essen. Wenn die Tafel erst einmal angebrochen da lag, bediente sich Franz auch davon. Ihre Schweizer Schokolade gönnte sie ihm nicht. In den Keller stieg er nicht hinunter. Die Treppe war ihm zu steil und zu anstrengend. Außerdem

aß er genauso gern deutsche Schokolade mit Rum, Trauben und Nuss. Marie hatte sie immer vorrätig und sorgte dafür, dass sie gut sichtbar in der Küche und im Wohnzimmer neben seinem Fernsehsessel lag. Schließlich sägte jedes Stück Schokolade an seiner Lebenszeit. Neben der Schokolade lagen Salzbrezeln, damit er sich, wenn er zu viel gegessen hatte, mit etwas Salzigem wieder Appetit auf etwas Süßes holen konnte. Marie wurde von Trauben und Nuss nicht verführt. Es war nicht ihr Geschmack. Diese Schokolade war ihr nicht zart schmelzend genug. Sicher war sie nicht so lange congiert worden, wie sie das in der Schweiz machten. Im Fernsehen hatte Marie das gesehen. Außerdem wanderten die Nusssplitter grundsätzlich unter ihre Prothese, wo sie sich schmerzhaft bemerkbar machten.
Franz war erwachsen und wusste, dass er nicht nur unter Bluthochdruck und zu viel schlechtem Cholesterin, sondern auch höchst dramatisch an Diabetes litt. Wenn er sich nicht beherrschen konnte, war das sein Problem. Man konnte von Marie nicht erwarten, dass sie Gewalt anwendete, um Franz gesund zu ernähren. Außerdem lag neben der Schokolade und den Brezeln auch der Jahreszeit entsprechendes Obst. Marie bot ihm die Auswahl. Franz traf die Entscheidung.

Ochsenbrust mit Meerrettichsoße, Petersilienkartoffeln, Butterbohnen und zum Nachtisch Obstsalat mit Diät-Vanilleeis gab es zum Mittagessen, als Lore da war. Marie beschwerte sich, dass Franz sich so unvernünftig beim Essen verhielt. Sie erzählte Lore, dass sie sich den Mund fusselig reden würde, aber der Franz einfach nicht auf sie hörte. Neben seinem Fernsehsessel stand an diesem Tag natürlich nur eine Obstschale. Marie zeigte Lore ihre neuesten Gesundheits- und Diätkochbücher und breitete ihr angelesenes Wissen über gesunde Ernährung vor ihr aus.
Nach dem Essen beschlossen die Frauen einen Verdauungs-

spaziergang zum Kriegerdenkmal und anschließend vor auf den Zollerfelsen zu machen, um ungestört schwätzen zu können. Sie wollten Franz nicht dabei haben. Er machte erst gar nicht den Versuch mitzukommen. Er ließ sich auf seinem Sofa nieder mit dem üblichen Spruch auf den Lippen: »Nach dem Essen sollst du ruhn.« Und diesmal sagte Lore: »Oder tausend Schritte tun.«

Franz war wütend. Das ewige Gemecker über seine Essgewohnheiten ging ihm auf die Nerven. Und der Hund, der es sich immer öfter auf seinem Sessel bequem machte, ebenso. Er musste jeden Abend um seinen Platz kämpfen. Das angeblich so liebe Buele knurrte ihn aber nur an, wenn Marie nicht im Raum war. Irgendwann wird er nach mir schnappen, befürchtete er. Wenn er zu Marie etwas sagte, antwortete sie nur: »Das bildest du dir doch ein und wer hat den Hund denn angebracht? So etwas muss man sich halt vorher überlegen.« Dann ignorierte sie ihn wieder.
Wie viel angenehmer war es da doch mit Pat. Sie nörgelte nie an Franz herum. Im Gegenteil, sie fand alles, was er sagte »sehr interessant« und sie lachte viel mit ihren braunen Kulleraugen und dem Kirschmund. Sie hatten viel Spaß zusammen. In der Zwischenzeit traf er sich mit Pat auch ohne die Karin Kwiatkowski. Pat hatte kein Auto aber ein Handy. Franz rief, sobald er eine Möglichkeit sah, bei ihr an, um ihr zu sagen, wo er auf sie wartete. Pat hatte fast immer Zeit, wenn er sich meldete. Franz parkte meist in der Nähe von Pats Wohnung, immer an einem anderen, unauffälligen Platz. Sie wollten keinen Anlass für Dorfklatsch geben. Spazierfahrten ins Donautal, einmal sogar bis nach Meersburg an den Bodensee, waren ihr Nachmittagsvergnügen. Franz lud Pat zu Kaffee und Kuchen und zum Wein ein. Er hatte sehr bald bemerkt, dass sie ein bisschen Alkohol brauchte. Nach zwei Viertele war sie fröhlich und Franz auch. Sie rauchte und Franz kaufte Zigaretten. Sie

lebte von Hartz IV und das war nicht viel. Nach einer Flasche Rotwein erzählte sie ihm auch, warum sie ihren Job verloren hatte: Sie hatte im Amt Spezialwünsche von Kunden erfüllt und sich dafür Geschenke geben lassen.
Pat war geschieden. Sie war 48 Jahre alt, was sie stolz zugab, weil man es ihr nicht ansah. Über zwanzig Jahre war Franz älter, aber mit ihr zusammen, kam er sich gar nicht so alt vor. Pat war klein, kleiner als Marie und er stellte sie sich schön weich vor. Sie hatte sich das, was man ein Arschgeweih nennt, auf ihren unteren Rücken tätowieren lassen. Sie war hübsch. Sie war immer geschminkt und modisch gekleidet. Nicht wie 50, eher wie 25 und nicht wie Franz sich eine Hartz-IV-Empfängerin vorgestellt hätte. Ihr Haar trug sie lang und hatte es rot gefärbt. Wenn sie sich bückte, rutschten ihre kurzen Blusen oder T-Shirts hoch und er konnte ihre Tätowierung sehen, die wie ein Geheimnis aus der Tiefe ihrer Hose rankte. »Du möchtest sicher wissen, wo sie anfängt?«, fragte sie Franz, als sie sich umgedreht und seinen Blick erhascht hatte, mit dem er immer noch in die Richtung der verschwundenen Ranke schielte. Franz lachte ertappt und verlegen. Pat sagte: »sehr interessant« und kicherte.

Marie roch, dass Franz die Zeit, in der er einfach verschwand, mit einer Frau verbrachte. Mit einer Frau, die zu viel Duft an sich sprühte und die rauchte. Marie konnte Franz schon lange nicht mehr riechen. Schon bald, nachdem sie verheiratet waren, bemerkte sie, dass Franz es nicht so wichtig mit Waschen, Duschen, oder gar dem Baden nahm. Schwarze, schmutzige Füße streckte er unter seiner Bettdecke hervor. Wenn sie etwas sagte, antwortete er meist ausfällig, oder er spielte auf ihre gemunkelte Abstammung an und sagte nur: »Du hältst dich wohl für was Besseres!« In den paar Monaten vor ihrer Hochzeit, in denen sie mit Franz gegangen war, hatte er immer frisch gerochen. Er hatte ›Tabac‹ als Rasierwasser benutzt. Er hatte sie sonntags frisch rasiert mit seinem grünen VW Käfer zu einem Ausflug abgeholt und zum Essen oder Kaffee ausgeführt. Er fragt sie grundsätzlich: »Wo sollen wir heute hinfahren?« Marie hatte sich meist Ausflüge zu Schlössern gewünscht. Sie waren im Schloss in Heiligenberg, in Salem und in Meersburg gewesen. Sogar bis zur Burg Hohenzollern bei Hechingen waren sie gefahren. Aber mit diesen Hohenzollern hatte Marie und ihre Abstammung vermutlich nichts zu tun. Oder vielleicht doch? Irgendwann einmal waren sie alle eine Familie gewesen. Die Burg Hohenzollern galt als die Stammburg aller Hohenzollern, auch der preußischen Könige und des letzten deutschen Kaisers.

Marie musste am Anfang ihrer Beziehung noch aufpassen, dass Franz ihr nicht zu schnell an die Wäsche ging. Amsterdam war noch nicht so lange her. Seine anfängliche Zurückhaltung legte er schnell ab, als sie ihm sagte, dass sie sich gut vorstellen könnte, seine Frau zu werden. Danach verbrachten sie die Abende in seinem Zimmer, das war dort, wo sie später das Büro einrichteten. Franz ist dann auch immer sofort zur Sache gekommen. Sein schneller Sex hat Marie nie großen Spaß gemacht. Sie hat es versucht, aber da tauchten immer die Spiele, die sich Anton hatte einfallen lassen, in ihrer Erinnerung auf. Franz war leider für keine Experimente zu haben. Folglich hatte dann auch Marie die Lust verloren. Schwanger wurde sie nicht, obwohl sie nicht verhütete. Vielleicht hätte ein Kind alles verändert. Marie nahm an, dass sie durch die Folgen von dem, was man ihr in Amsterdam angetan hatte, nicht mehr schwanger werden konnte. Das hatte sie Anton zu verdanken.
Irgendwann wusch Marie dann die Wäsche von Franz getrennt von ihrer eigenen. Sie empfand alles von ihm als schmuddelig. Sie wollte nicht, dass ihre Unterwäsche in der Maschine in Kontakt mit der von ihrem Mann kam. Franz war wasserscheu und roch meist nicht gerade appetitlich.

Jetzt plötzlich verbrachte er mehr Zeit im Badezimmer, als in den ganzen 25 Jahren ihrer Ehe. Im Juli würden sie silberne Hochzeit feiern müssen, wenn nicht noch etwas dazwischen kam. Ihr lag wirklich nichts mehr an Franz. Es war ihr noch nie viel an ihm gelegen. Es hatte sich einfach nicht richtig entwickelt. Franz sollte verschwinden, aber nicht zu einer anderen Frau. Scheidung war für Marie kein Thema, und sie nahm an auch für Franz nicht. Aber man konnte nie wissen. Sie wollte sich nicht lächerlich machen. Aber jede betrogene Frau machte sich doch irgendwie lächerlich. Sie wusste, dass Franz im Bett nichts mehr zustande brachte, dazu schluckte er viel zu viele Medikamente. Sie war auch nicht eifersüchtig, aber so ging es natürlich nicht.
Als Franz eines Abends zur Tür herein kam und nach Zigaretten roch, obwohl er selbst nicht rauchte, überfiel sie ihn mit einer Schimpfkanonade, dass er nicht wusste, wie ihm geschah. Und dazwischen zischte sie immer wieder drohend das Wort Scheidung. Dabei fuchtelte sie mit ihrem Zeigefinger am weit ausgestreckten rechten Arm vor seinem Gesicht herum. Mit den fünf Fingern der linken Hand strich sie sich ständig nicht vorhandene Haarsträhnen aus dem Gesicht. Ihre sonst hellen blauen Augen sprühten plötzlich veilchenblau vor Zorn. Franz sah an ihr hinunter, ob sie Schuhe mit hohen Absätzen anhatte. Marie wirkte viel größer als sonst. Er kam nicht dazu, etwas zu sagen. Er schaffte es kaum, den Mund aufzumachen. Marie schrie jeden Ton, den er, wie ein Ochsenfrosch mühsam herausbrachte, sofort nieder. Er wartete, bis sie sich erschöpft hatte. Dann sagte er nur: »Warum schreist du so? Was sollen denn die Nachbarn denken, oder Fritz, wenn er gerade zufällig vorbeijoggt?« Bevor Marie den Mund noch mal aufmachen konnte, war er im Wohnzimmer verschwunden und hatte die Tür hinter sich zugeschlagen. Er warf Buele von seinem Sessel und schaltete den Fernsehapparat ein.

Marie legte sich um acht Uhr mit einem Afrika-Bildband und Buele auf ihr bequemes breites Bett. Vorher war sie noch in den Keller hinuntergestiegen und hatte sich eine halbe Tafel Schokolade genehmigt, als Belohnung für die ihrer Meinung nach gute Show, die sie gerade geliefert hatte. Lore hatte Marie so viel von ihrer Lieblingsschokolade mitgebracht, dass die Schatzkiste wieder randvoll war. Es war Schokolade, die noch in richtiges, glattes, raschelndes Silberpapier eingepackt war. Schokolade in Kunststofffolie, auch wenn sie silberfarben war, war nicht das gleiche.
Für Marie gab es kaum einen größeren Genuss, als eine ganze Tafel in der Hand zu halten. Die dünne Folie zu öffnen, war schon für die Hände ein Vergnügen. Das leise Rascheln ein Genuss für die Ohren und es steigerte die Vorfreude auf das, was sich danach in ihrem Mund abspielen würde. Ein glattes Rippchen auf der Zunge langsam schmelzen lassen und dann darauf warten, dass sich der süchtig machende Geschmack im ganzen Mundraum ausbreitete. Marie gab sich der Sünde hin.

Am nächsten Morgen rief Franz Patrizia an und erzählte ihr, dass Marie ihm Ärger gemacht hatte. »Vielleicht sollten wir unsere Ausflüge vorerst einschränken.« Pat reagierte sehr vernünftig.
»Was machst du gerade?«, fragte er, nur um etwas zu sagen. Er wollte nicht so schnell wieder auflegen. »Ich versuch ein Bild aufzuhängen und könnte Hilfe brauchen«, sagte Pat. »In einer Viertelstunde bin ich da«, antwortete Franz und legte schnell auf. So kam er das erste Mal in Pats Wohnung, obwohl er gerade beschlossen hatte, den Kontakt zu ihr auf Sparflamme laufen zu lassen.
Franz hängte das Bild an einer Perlonschnur über Pats Bett auf. Die Rolle, von der er die Schnur abgeschnitten hatte, steckte er in seine Jackentasche. Das durchsichtige Material brachte ihn auf eine Idee.

Das Bild hatte keinen Rahmen. Es war ein Geschenk von Karin. Ein Sonnenuntergang, hauptsächlich in Rot und in Acryl gemalt. Franz fand es etwas zu laut, aber zu Pat und ihrer kleinen Wohnung passte es. Pats Hände zitterten und wurden erst ruhiger, nachdem sie zusammen ein, zwei, oder vielleicht auch drei Bier getrunken hatten, die Franz kurz zuvor eingekauft hatte und die zufällig im Auto gewesen waren. Franz ließ den ganzen Kasten bei Pat stehen, so als ob er ihn vergessen hätte.
Bevor er nach Hause fuhr, besorgte er sich einen neuen Kasten Bier, aber bei einem anderen Getränkehändler. Wie sah das sonst aus, wenn er zweimal am Tag einen ganzen Kasten kaufte? Am Ende kam er noch in den Ruf, Alkoholiker zu sein.
Den Rest des Tages verbrachte er in seiner Werkstatt. Mit Marie wechselte er kein Wort. Aber das war nichts Besonderes. Marie kochte. Es gab halbe Hähnchen, knusprig braun und saftig, aus der Fritteuse, mit Kartoffelsalat. Marie legte die Haut, die nach dem Geschmack von Franz gerade das Beste an den Vögeln war, zur Seite und stocherte auch sonst nur in ihrem Teller herum. Franz ließ es sich schmecken. Er aß auch noch den Rest von Maries kaum berührtem halben Hahn. Nach dem Essen legte er sich mit seinem ewig gleichen, dummen Spruch aufs Sofa. Da hatte Marie mit Buele bereits das Haus verlassen. Also sprach er eben mit sich selbst.
Marie war mit Uschi zu einem Spaziergang über den Berg verabredet. Seit Uschi Rentnerin war, hatte sie angeblich noch weniger Zeit, aber die Freundinnen trafen sich doch regelmäßig. Uschi lebte früher in der Vorstadt, in einem alten Haus an der Donau, in dem bei Hochwasser regelmäßig der Fluss im Keller stand. Jetzt wohnte sie ganz in der Nähe, in den Burgwiesen, in einem der neuen Häuser. Sie hatte eine kleine Zwei-Zimmer-Wohnung unter dem Dach, mit Blick auf den Fluss und das Bootshaus auf der anderen Seite.

Marie war kaum fünf Minuten aus dem Haus, da hockte Franz mit Nägeln und einem Hammer bewaffnet auf der Treppe, die nach oben zum Büro und zu Maries Zimmer führte. Über der zweitobersten Treppenstufe schlug er einen Nagel in die Holzverkleidung der Wand. Den zweiten Nagel klopfte er in das hölzerne, weiß gestrichene Treppengeländer. Weil die dunklen Nagelköpfe im weißen Holz, beim näheren Hinsehen auffielen, tupfte er jeweils noch ein bisschen weiße Farbe darauf. Maries scharfen Augen entging normalerweise nichts. Diese Nägel sollte sie nun wirklich nicht gleich entdecken. Die steile Kellertreppe wollte Franz ebenfalls so präparieren. Da die Treppe aus Sandstein und das Mauerwerk daneben aus Naturstein war, ließ sich kein Nagel einschlagen. Franz sagte: »Jetzt erst recht.« Er holte seine Bohrmaschine und versenkte mühsam zwei Dübel mit Schrauben in den Mauern, ebenfalls über der zweitobersten Stufe.
Obwohl er sicher war, dass er sich alleine im Haus befand, schlich er auf Zehen ins Badezimmer. Aus dem Apothekenkasten nahm er eine Schlaftablette aus einem noch fast vollen Röhrchen. Seine vor Gesundheit strotzende Frau, die jedem, ob er es wollte oder nicht, Vorträge über gesunde Lebensweise hielt, hatte Schlaftabletten im Apothekerkasten. Er nahm eine Tablette, Marie sollte nur schlaftrunken sein, wenn sie in der Nacht aufs Klo musste. Franz wusste, sie kam jede Nacht einmal herunter. Wenn er zwei Tabletten in ihrem Wein auflöste, würde das Risiko zu groß, dass sie etwas schmeckte. Sollte sie das Glas trotzdem austrinken, würde sie vielleicht nicht aufwachen, sondern die Nacht durchschlafen. Franz warf also eine Tablette in Maries Rotweinflasche aus dem Kühlschrank und schüttelte sie solange, bis keine Flocken mehr zu sehen waren und sich die Tablette wirklich vollständig aufgelöst hatte. Marie trank aus Gesundheitsgründen fast jeden Tag ein Achtele Rotwein. In ihren schlauen Büchern hatte sie gelesen, dass ge-

nau das die Menge war, die den Menschen gesund erhält. Marie verstand nichts von Rotwein und bewahrte ihre Flasche im Kühlschrank auf. Sie trank ihr Glas wie Medizin und Franz hoffte, dass sie das Schlafmittel nicht herausschmeckte. Es war nicht mehr viel Wein in der Flasche. Sobald Marie diesen Rest getrunken hatte, könnte er den nächsten Schritt seines Planes in Angriff nehmen. Nach getaner Arbeit legte er sich wieder auf sein Sofa und schlief tief und fest als Marie mit Uschi und dem Hund von ihrer Runde zurückkam.
Uschi blieb zum Kaffee. Marie hatte morgens frischen Apfelkuchen mit Streuseln auf Hefeteig gebacken. Das konnte sie wirklich. Der Rand war schön knusprig, der Rest weich und saftig und die Streusel rösch, süß und buttrig. Oben drauf kam ein Wölkchen aus süßer Sahne. Weil das für Franz eine Sünde war, die er sich auch eingestand, erhöhte er vorbeugend seine Insulindosis.

Nach dem Abendessen schluckte Franz seine weiteren Medikamente. Mit einem nicht zu kühlen Bier machte er es sich danach vor dem Fernseher gemütlich. Marie legte sich mit ihrem Gläschen Rotwein aufs Sofa und Buele kuschelte sich zu ihr. Der Hund lag dicht neben ihr, und wenn er sich mit den Pfoten gegen die Rückenlehne stemmte, brauchte er so viel Platz, dass er Marie fast vom Sofa warf. Der Stoff war an dieser Stelle schon ganz zerkratzt und abgewetzt. Das störte Marie nicht. Aber, dass der Sessel von Franz von seinen dunkelblauen Cordhosen, etwas abgewetzt war, monierte sie ständig. Sie hatte Franz eine alte Wolldecke zum Schutz des Sessels hingelegt. Der Hund dagegen durfte überall liegen, sogar halb auf Maries flachem Bauch und das ganz ohne Wolldecke.
Franz hatte den SWR, das dritte Fernsehprogramm, eingeschaltet. Ein Dokumentarfilm über einen Tierpräparator lief über den Bildschirm. Marie rief: »Mein Gott, wie eklig!

Mach's aus!« Franz, der die Oberhoheit über die Fernbedienung hatte und auch nicht bereit war, sie abzugeben, ignorierte ihren Einwand. Am Ende durfte er dann nur noch das anschauen, was dem Hund gefiel. Am Schluss des Berichtes über die Firma des Präparators, konnte eine Frau ihr zu Katzenlebzeiten heiß geliebtes Tier, zwar ausgestopft, aber wieder glücklich, in ihre Arme schließen. Der Stubentiger sah mit seinem rosa bemalten Schnäuzchen und seinen grünen Glasaugen wie schlafend aus. Zuhause bettete die Frau ihren Liebling danach dekorativ auf eine schicke Sofalehne. Die in der Zwischenzeit ersatzweise angeschaffte schwarze Katze kam an und beschnupperte aufmerksam ihren getigerten Vorgänger. Was die Dame zu dem tröstenden Satz ermunterte: »Gell Morle, wenn du mal stirbst, dann lassen wir dich auch ausstopfen.«

Franz musste schallend lachen. Anstelle der Katze stellte er sich einen Staffordshire Bullterrier vor. Selbst Marie schmunzelte. Sie hatte dabei aber sicher nicht an einen ausgestopften Hund gedacht.

Sie sahen noch die Landesschau und die Nachrichten im ersten Programm an. Anschließend kam ein Rosamunde-Pilcher-Film. Es waren Maries Lieblingsfilme. Aber noch vor Ende des Films stand sie auf, murmelte: »Gut Nacht«, und verschwand nach oben.

Franz wartete eine Stunde, bis er sicher war, dass Marie wirklich schlief. Dann schlich er die Treppe hinauf, sorgsam bedacht, dass die Holzstufen nicht zu laut unter seinem Gewicht knarrten, und spannte zwischen den am Nachmittag eingeschlagenen Nägeln den von Pat mitgebrachten Perlonfaden. Anschließend wiederholte er die Arbeit zwischen den Schrauben im Keller. Er kam sich vor, wie früher, wenn er als Schüler einen Streich ausgeheckt hatte. Heute Nacht würde er über Marie lachen. Das war seine Rache für ihren Tobsuchtsanfall, und dass sie ihn nicht hatte, zu Wort kommen lassen. Sie hatte immer von Scheidung geredet, geschrien hatte sie. Wenn Marie eine Scheidung wollte, konnte sie eine Scheidung haben, aber auf seine Weise. Franz ging in sein Schlafzimmer ohne die Zwischentüren zu schließen, legte sich auf sein Bett und ließ die Dinge auf sich zukommen. Er wartete darauf, dass Marie, wie jede Nacht, die Treppe herunterkommen würde. Nach Mitternacht war es dann endlich soweit. Franz lag mit Herzklopfen in seinem Bett. Er hörte das Blut in seinen Ohren rauschen und überlegte, ob er nicht seinen Blutdruck kontrollieren und vielleicht eine zweite Dosis von seinen Blutdrucksenkern nehmen sollte. Dann hörte er oben die Tür gehen und die Holzdielen knarren. Kurz darauf rumpelte es, gefolgt von einem spitzen Schrei und einem dumpfen Schlag. Buele fing zu bellen an. Franz stieg nicht zu schnell aus seinem Bett und sah scheinheilig und verschlafen nach, was passiert war. Buele stand auf halber Treppenhöhe auf dem Treppenabsatz neben Marie. Sie saß am Boden. Als Franz um die Ecke schaute, bellte der Hund Franz an. Marie hatte eine Hand am Kopf und die andere vor ihren Mund gepresst. Zwischen ihren Fingern, die sie gegen die Stirn hielt, quoll Blut. Es rann über ihr Gesicht und tröpfelte auf ihren Schlafanzug. Franz schrie, um das Bellen des Hundes zu übertönen: »Was ist denn passiert?« Marie schob den Hund beiseite und sah auf ihre blutverschmierte Hand. »Hol ein Handtuch und guck nicht so blöd. Ich bin gestürzt und gegen den Fenstersimsen gefallen«, nuschelte sie. Sie hatte immer noch ihren Mund verdeckt. Franz riss im Bad das erste Handtuch, das er greifen konnte, vom Halter und wickelte es Marie um den Kopf. Er war betroffen. Blut wollte er keines fließen lassen. Er half Marie aufzustehen. »Hast du dir auch nichts gebrochen«, fragte er scheinbar besorgt und versuchte, sie die zweite Hälfte der Treppe hinunter ins Bad zu führen. Aber die Treppe war für sie beide nebeneinander zu eng und so ging Franz voraus und Marie stützte sich auf seinen Rücken. Der Hund zwängte sich zwischen

seine Beine und es hätte nicht viel gefehlt, dann wäre Franz auch noch gefallen. Marie schaute sich im Bad im Spiegel die am Haaransatz stark blutende und klaffende Wunde an und murmelte hinter ihrer Hand: »Komis, es tut gar nich weh.« Franz befürchtete, bei all dem Blut gleich ohnmächtig zu werden. Er rannte zum Telefon und rief nach einem Krankenwagen und dem Notarzt. Dann eilte er die Treppe hinauf und zog mit einer im Flur versteckten, kleinen Zange die zwei Nägel mit der Perlonschnur aus dem Holz und steckte sich alles in die Taschen seines Schlafanzuges. Mit kaum schlechtem Gewissen ging er zur Badezimmertür und schaute hinein. Marie schob gerade ihre Zähne in den Mund. Er hatte vergessen, dass sie schon seit ein paar Jahren ein Gebiss hatte. In der Hand hielt sie eine Cremedose. Franz überlegte: Lagert sie die Zähne über Nacht in Creme?
Drei Minuten später hielt der Krankenwagen mit Notarzt vor dem Haus. Praktischerweise war die Rotkreuzzentrale am Brunnenberg, fast vor der Haustüre. Der Arzt hätte zu Fuß genauso schnell herkommen können. Er sah sich Maries Verletzung an und machte einen Notverband. Wegen des Verdachts auf eine Gehirnerschütterung, oder vielleicht sogar eines Schädelbruchs und um die Wunde zu nähen, sollte Marie ins Krankenhaus. Sie musste sich auf eine Bahre legen. Der Hund sprang immer noch bellend von einem zum andern. Der Arzt verlor die Geduld und forderte energisch: »Schafft mir endlich diesen Köter vom Hals.« Marie zuckte beim Wort Köter zusammen und machte Anstalten wieder aufzustehen. Der Arzt drückte sie zurück und Franz sperrte Buele in die Küche, wo er sofort jaulend an der Tür zu kratzen begann. Franz legte Marie ihren blauen Frotteemantel über die Beine. Sie trug einen Schlafanzug mit kurzen Hosen und einem nun völlig verbluteten Oberteil. Franz versprach ihr, ein paar saubere Sachen einzupacken und bald nachzukommen. Marie rief, als sie be-

reits in den Krankenwagen geschoben wurde: »Ruf Uschi an, sie wird dir helfen!« Der Krankenwagen verschwand ohne Blaulicht und ohne Sirene in der Dunkelheit Richtung Krankenhaus. Während Franz dem Wagen nachsah, räusperte sich plötzlich Kriminalhauptkommissar Fritz Wagner neben ihm. Franz zuckte erschrocken zusammen. »Was ist denn passiert?«, wollte Fritz wissen. Er schien gerade vom Joggen zu kommen. Seltsam, dachte Franz: Ist der verrückt? Ein normaler Mensch joggt doch nicht um Mitternacht den Brunnenberg rauf und runter?
»Kann ich dir irgendwie helfen?«, fragte Fritz. Franz hatte sein Gleichgewicht schnell wieder gefunden und erzählte seinem Nachbarn, der drei Häuser weiter in Maries ehemaligem Elternhaus wohnte, dass Marie die Treppe hinuntergefallen und mit dem Kopf dumm aufgeschlagen war. Fritz wollte ein Scherz machen und sagte mit seiner Dienststimme: »Ich hoffe doch, du hast sie nicht gestoßen?« Dabei drängte er sich an Franz vorbei ins Haus und in Richtung Treppe. »Sie ist auf dem Podest mit dem Kopf auf die Kante des Fenstersimses gefallen«, sagte Franz beinahe entschuldigend. Dann bemerkte er, dass er im Schlafanzug herumstand. Verlegen steckte er seine Hände in die Taschen und spürte unangenehm Zange, Schnur und Nägel. Franz fragte sich, ob Fritz im Privatleben das Schnüffeln auch nicht lassen konnte und nachts um die Häuser joggte und beobachtete, was die Nachbarn so trieben.
»Also nichts mit versuchtem Mord? Eigentlich schade!«, grinste Fritz, dabei knuffte er Franz nachbarschaftlich in seinen dicken Bauch und rannte dann sportlich in Richtung seines Hauses den Berg hinauf.

Gleich am nächsten Morgen brachte Franz seiner Frau einen frischen Schlafanzug, Unterwäsche, T-Shirt und einen ihrer Jogginganzüge. Es war ihm unangenehm in ihrer Unterwäsche nach BH und Slip zu suchen. Sie schliefen zwar bis vor Kurzem noch in einem Zimmer, aber Körperkontakt hatten sie schon lange nicht mehr, ganz zu schweigen von Sex. Franz hatte noch nie unter zu starkem Verlangen nach Befriedigung gelitten. Mit einer Frau war es so anstrengend. Man musste immer etwas tun, etwas was die Frau wollte, um sich selbst Spaß und Erleichterung zu verschaffen.

Der Hund machte ihn verrückt. Er suchte sein Frauchen, winselte und knurrte abwechselnd. Franz wusste nicht, woran er bei ihm war. Er wusste nicht, was er ihm zu fressen geben sollte. Die Tupperdose mit der Aufschrift ›Hund‹ im Kühlschrank war leer und das Dosenfutter, das er ihm hinstellte, beschnüffelte er nur verächtlich.

Marie schien bei seinem Besuch im Krankenhaus auch mehr ums Buele, als um sich selbst besorgt zu sein. Franz musste ihr versprechen, dass er gleich nachher in die Metzgerei gehen würde, um Rinderhack für ihren Liebling zu besorgen. »Nicht im Supermarkt, beim Metzger, hast du gehört, und nur frisch gehacktes Rind. Lass dir kein Schwein unterjubeln!«, verlangte sie.

Als sie auf ihren Sturz zu sprechen kamen, sagte sie: »Es war, als ob ich über ein Hindernis gefallen wäre.«

»Was für ein Hindernis außer deinem Hund soll schon auf der Treppe herumgestanden sein?«, antwortete Franz ungläubig und scheinheilig. Dabei schaffte er es, mit seinem Doppelkinn sorgenvoll zu wackeln. Marie war sicher, dass etwas auf der Treppe gewesen war und das war nicht ihr Buele. Der hätte auch gleich gejault, wenn sie ihn getreten hätte. »Nein, nein, da war etwas auf der Treppe. So verkalkt bin ich noch nicht, dass ich den Unterschied nicht gemerkt hätte«, versicherte sie bestimmt und schaute Franz dabei vorwurfsvoll an.

Marie sollte zur Beobachtung im Krankenhaus bleiben. Der Arzt wollte noch eine CT machen, um ganz sicher zu sein, dass ihr Kopf in Ordnung war.

Franz tat, was Marie befohlen hatte. Er fuhr in die Stadt, um beim Metzger das Hackfleisch fürs Buele zu besorgen. Franz Strobel und Anton Mezger, der Seniorchef, kannten sich gut. So wie man sich kennt, wenn man in Sigmaringen geboren und zusammen in die Volksschule gegangen war. Früher gab es ab der siebten Klasse keinen gemeinsamen Unterricht von Jungen und Mädchen. Dafür wurde die siebte und achte Klasse in einem Raum unterrichtet. Aber eben schön nach Geschlechtern getrennt. Die Jungs links, die Mädchen rechts im Gebäude.
Ein Teil des Waldes, in dem Anton jagte, gehörte Franz. Einmal im Jahr luden Anton und seine Frau zu einem großen Jagdessen ein. Es gab Reh- und Wildschweinbraten und auch sonst wurde an nichts gespart. Das Fest endete grundsätzlich erst im Morgengrauen. Marie hatte immer eine Ausrede, warum sie nicht mitkommen konnte.
Anton hatte die Metzgerei vor ein paar Jahren an seinen Sohn übergeben. Der erweiterte das Ganze um einen Party-Service und einen Stehimbiss. Anton, wie auch seine Frau Inge, halfen nur noch gelegentlich im Betrieb aus. Ansonsten war Anton immer noch passionierter Jäger.
Die beiden Rentner trafen zufällig gleichzeitig auf dem Parkplatz vor der Metzgerei ein. Anton kam von rechts und Franz von links. Anton ließ Franz den Vortritt bei der Parkplatzwahl. Sie stiegen beide etwas mühsam und behäbig aus ihren Autos. Anton war gut beieinander. Er hielt sich selbst für stattlich. Aber er hatte bei weitem nicht den Umfang von Franz. Anton tat sich etwas schwerer dabei, aus seinem Opel Vectra zu kommen. Er musste sich erst hochstemmen. In der A-Klasse saß man höher und so war Franz schneller aus seinem Wagen geklettert. Er reichte Anton hilfreich die Hand und zog ihn auf die Beine. Sie begrüßten sich sichtlich erfreut und hielten einen Schwatz zusammen. Franz erzählte von Maries Treppensturz und beklagte sich über den unmöglichen Hund, über den sie vermutlich gestol-

pert war und den er im Moment allein am Hals hatte. Aber diesen Hund hatte er sich selbst vor fünf Jahren andrehen lassen. Er, der sich nichts aus Hunden machte. Anton bot leichtsinnig und eigentlich nur spaßeshalber seine Hilfe an. »Jeder Hund, den ich in meinem Revier ohne seinen Besitzer antreffe, wird verschossen«, sagte er grinsend zu Franz. »Du kannst ihn mir ja mal schicken. Du weißt doch, wo mein Revier ist.« Sie schüttelten sich die Hände, bevor sie sich wieder trennten und Anton rief Franz nach: »Gruß an Marie und gute Besserung!«, bevor er um die Hausecke, zum Hintereingang der Metzgerei verschwand.

Der Tag war schön, er versprach sogar, heiß zu werden. Franz zerrte den Hund ins Auto. Er holte Patrizia ab und sie fuhren ins Donautal. Franz hatte nicht nur für den Hund eingekauft. Er hatte auch an ein ausgiebiges, luxuriöses Picknick für sich und Pat gedacht. Sogar eine Flasche Sekt hatte er noch besorgt. Sie suchten sich bei Tiergarten ein schattiges, abseits von den Wandertrampelpfaden gelegenes Plätzchen am Waldrand und machten es sich gemütlich. Buele rannte zur Donau hinunter und suchte sein Frauchen. Als Franz den Sekt auspackte, dachte Pat, dass Franz vielleicht heute mal zur Sache kommen würde. Er küsste sie auch tatsächlich. Sie hatte sich so platziert, dass er gar nicht anders konnte. Franz wäre auch gerne weitergegangen, aber es regte sich nichts bei ihm. Das hatte er die ganze Zeit befürchtet und war der Situation auch deshalb immer aus dem Weg gegangen. Pat ahnte sehr schnell, was sein Problem war. Sie hatte es sich schon gedacht und brachte das heikle Thema direkt zur Sprache. Franz schob die Schuld auf all die Medikamente, die er gezwungen war einzunehmen. »Hast du es denn noch nie mit Viagra versucht?«, fragte Pat ungeniert. »Ich hatte bis jetzt nicht das Verlangen danach«, gab er ehrlich zu. »Und deine Frau?«, wollte sie wissen. »Ach die«, sagte er mit verächtlich he-

runtergezogenen Mundwinkeln und einer wegwerfenden Handbewegung, »interessiert sich nur noch für den Hund und Afrika.«
»Dann schick sie doch in die Wüste. Beide zusammen.«
»Wenn das so einfach wäre«, sagte Franz und wackelte mit dem Kopf.
Pat munterte ihn auf, sich so hinzulegen, dass sein Kopf auf ihrem Schoß lag. Sie streichelte sein Gesicht und fragte: »Soll ich mal was besorgen?« Er sagte nichts und genoss ihre Zärtlichkeit.
Gegen Abend, als die Sonne schräg stand, schauten sie auf die Donau hinunter, die wie flüssiges Gold, völlig unwirklich, in ihrem Bett dahinfloss.

Sie waren wieder in Laiz angekommen. Franz schaltete sein Handy ein. Es hatte den ganzen Nachmittag unbeachtete im Auto gelegen. Es klingelte sofort. Marie war dran.
»Wo bist du denn? Was macht's Buele? Warum hast du denn das Handy ausgeschaltet?« Sie wollte unbedingt und sofort vom Krankenhaus abgeholt werden. Die Untersuchungen hatten keinen Befund ergeben, und deshalb war sie nicht bereit, die kommende Nacht nochmals in einem fremden Bett, ohne ihr Buele zu verbringen. Sie hatte sich selbst entlassen und wartete bereits in der Cafeteria ungeduldig auf Franz.
Pat beseitigte die Überreste des Picknicks aus dem Auto und Franz fuhr los, um Marie nach Hause zu holen, bevor sie sich zu Fuß auf den Weg machen würde, wie sie ihm angedroht hatte, wenn er nicht in einer halben Stunde da wäre.

Dann ging alles Schlag auf Schlag. Marie dachte hinterher: Warum nur bin ich nicht noch diese Nacht im Krankenhaus geblieben?
Sie hatte es sich mit Buele auf dem Sofa vor dem Fernseher

gemütlich gemacht. Der Hund drückte sich so fest an sie, dass man hätte meinen können, er wollte in ihr verschwinden. Er hatte Marie, seit sie zurück war, keine Sekunde aus den Augen gelassen. Seinen Kopf hatte er auf ihren Bauch gelegt und schmachtete sie mit seinen braunen Augen unentwegt an. Marie spielte mit seinen Ohren. Franz war in seiner Werkstatt. Sie fragte sich: Was hat er da heute nur mal wieder rumzukruschteln? Etwas Sinnvolles war dabei bisher noch nicht herausgekommen. Kurz darauf hörte sie, wie er durch die Hintertüre ins Haus kam. Der Fernseher lief nicht laut, und Marie registrierte irgendwo im Hintergrund ihres Bewusstseins, dass er langsamer und leiser als üblich die zwei Stufen, die zur Kellertür und zur hinteren Eingangstür führten, heraufkam. Dann rumpelte es so, als ob ein Sack Kartoffeln unachtsam abgesetzt wird. Sie wusste sofort. Jetzt war es soweit. Marie griff nach der Fernbedienung und stellte den Ton so laut, dass es ihr in den Ohren schmerzte. Sie wollte nicht hören und schon gar nicht wissen, was sich draußen im Flur abspielte. Warum muss es gerade jetzt passieren?, fragte sie sich. Warum nicht heute Nacht, wenn ich oben in meinem Bett lieg und schlaf?, war Maries erster Gedanke. Buele lief zur Tür. Er wollte hinaus. Marie rief ihn zu sich und klopfte auf den Platz neben sich. »Komm Buele, komm zu Mama.« Aber Buele blieb an der Tür stehen und schaute nur zweifelnd und unsicher zu ihr hinüber. Dann läutete es an der Haustür. Das Klingeln drang nur schwach durch die laute Musik aus dem Fernseher. Marie blieb liegen. Buele bellte. Es klingelte wieder, Marie wusste nicht, was sie tun sollte. Als das Läuten stürmischer wurde, stand sie auf. Im Flur lag Franz reglos mit ausgestreckten Beinen und gekrümmten Oberkörper. Er schien bewusstlos.

Das Läuten hörte nicht auf. Marie stieg über Franz hinweg und öffnete die Haustür. Aus dem Fernseher im Wohnzimmer plärrte ein Schlagerstar etwas von Liebe. Vor der

Tür stand Fritz Wagner, ihr neugieriger Nachbar, der bei der Kriminalpolizei arbeitete. Sie und Franz nannten ihn auch den selbst ernannten Blockwart vom Brunnenberg. Er stand da, schielte neugierig um die Ecke und hielt ein Bücherpaket von Amazon unter dem Arm. »Das hat die Post heute bei meiner Frau abgegeben. Du hast wohl wieder Afrikabücher bestellt?«, sagte er laut, um den Fernsehton zu übertönen. Er versuchte immer noch, an Marie vorbei in den Flur zu schauen. Mit einem Blick erfasste er den am Boden liegenden Franz. Marie gab den Eingang frei und stotterte: »Er muss, als er dir öffnen wollte, umgefallen sein.« Fritz drückte Marie das Paket in den Arm, Marie stellte es hinter sich an die Wand. Zusammen beugten sie sich zu dem leblos wirkenden Franz hinunter. Fritz ging ins Wohnzimmer und machte den Fernseher aus. Vom Telefon in der Diele rief er den Notarzt. Er legte Franz gerade hin und öffnete sein Hemd. Marie wusste nicht, was sie tun sollte und reichte ihm eine Decke. »Weißt du, ob er sich sein Insulin gespritzt hat?«, wollte Fritz wissen. Marie schüttelte den Kopf. »Keine Ahnung, ich bin erst vor zwei Stunden aus dem Krankenhaus gekommen und da ging es ihm noch gut.«

Der Krankenwagen mit Notarzt kam genauso schnell, wie in der Nacht zuvor. Vor der Tür sagte der Arzt noch ironisch: »Na, wer ist jetzt die Treppe heruntergefallen? Wird das jetzt Standardprogramm? Zur Information, morgen habe ich frei. Ich hoffe, Sie haben es nicht auf mich abgesehen?«, dann schaute er erstaunt Marie an: »Und warum sind Sie nicht mehr im Krankenhaus?« Als er dann den am Boden liegenden Franz sah, wurde er ernst und Fritz sagte: »Diabetiker« und Marie »Bluthochdruck« und der Arzt »Krankenhaus, aber schnell.« Und wieder fuhr der Krankenwagen, jetzt mit Blaulicht, vom Hof.

Franz überlebte den Schlaganfall, dank der schnellen Hilfe, ohne größeren bleibenden Schaden. Sein linkes Auge hing etwas nach unten und es schien, als ob sein Gedächtnis für kurze Zeit etwas langsamer arbeitete. Aber Franz war noch nie sehr schnell gewesen und so fiel es auch nicht besonders auf. Marie war entsetzt bei der Vorstellung, dass Franz am Leben bleiben, aber geistig und körperlich auf ihre Pflege und Hilfe angewiesen sein könnte. Sie erinnerte sich an die Arbeit, die sie und ihre Mutter mit ihrem Vater nach dessen Schlaganfall hatten. Ihr Vater wog damals bestimmt nicht mal die Hälfte von dem, was Franz zurzeit auf die Waage brachte.

Eine ganze Woche hing Franz auf der Intensivstation an Schläuchen. Sogar angebunden hatten sie ihn. Marie überlegte, ob es so einfach sein würde, wie es manchmal in den Krimis im Fernsehen gezeigt wurde, einen der Schläuche zu entfernen. Ob Franz deswegen wirklich sterben würde? Aber es auszuprobieren, das war ihr dann doch zu riskant. Sie war sicher, sie würde wieder eine Chance bekommen. Sie kannte ihren Franz. Er würde sich nicht mehr groß ändern.

Franz hatte sich noch nie in seinem Leben so hilflos gefühlt. Als er endlich auf die normale Station verlegt wurde, empfahlen ihm die Ärzte ganz dringend, sich im Anschluss an die Krankenhausbehandlung in eine Reha-Klinik zu begeben. Er musste unbedingt den Umgang mit seinen Krankheiten lernen und vor allem Gewicht verlieren. Er war dem Tod ganz knapp von der Schippe gesprungen. Franz wollte noch nicht sterben. Er hatte im Moment auch nicht den Wunsch, nach Hause zu gehen und in seiner Hilflosigkeit auf Marie angewiesen zu sein. Er hatte viel Zeit zum Nachdenken, und er dachte nach. Pat half ihm dabei. Sie kam ihn nur einmal kurz besuchen, als er bereits aufstehen konnte. Sie trafen sich im Garten bei ein paar bunten Rohren, die wohl ein Kunstwerk darstellen sollten. Sie wollte auf keinen

Fall mit Marie zusammentreffen. Aber sie telefonierten stundenlang miteinander und Franz fand sich mehr als je zuvor von ihr verstanden, und er spürte ihre ernsthafte Besorgnis über seinen Gesundheitszustand. Es klang bei Pat ehrlich, nicht so, wie Maries leeres, gebetsmühlenartiges, belehrendes Gerede. Franz brauchte und wünschte sich jemanden, für den er wichtig war. Auch wenn er mit Marie zusammenlebte, war er doch allein. Das konnte doch nicht alles gewesen sein, wofür er auf der Welt war? Das Leben war ihm noch etwas schuldig. Es musste noch etwas kommen.

Marie besuchte Franz jeden Tag. Nie lange, aber niemand konnte sagen, sie kümmere sich nicht um ihren Mann. Sie musste immer wieder bald zurück, weil`s Buele doch allein zuhause war. Als Franz dann drei Wochen in einer Reha-Klinik in Konstanz am Bodensee verbrachte, kam Marie ihn jede Woche wenigstens einmal besuchen. Als es regnete, setzte sie sich mit Franz in ein Café und Buele blieb solange im Auto. Franz bestellte sich bereits wieder Kuchen. Er achtete allerdings auf die Kalorien und aß nur Obstkuchen und keine Buttercremetorten. Wenn das Wetter es zuließ, es war mittlerweile Ende August und an manchen Tagen drückend heiß, dann gingen sie zusammen im Park der Klinik spazieren oder saßen nur still auf einer Bank im Schatten. Sie hatten sich, wie vorher zuhause, auch in Konstanz nicht viel zu erzählen. Solange jeder weglaufen oder etwas hatte, mit dem er sich beschäftigen konnte, fiel ihre Sprachlosigkeit nicht so auf. Aber hier in der Klinik, als sie nur mit sich waren, dauerte das Schweigen länger als ihre Gespräche. Marie wusste, sie war noch nicht zu alt, um wirklich leben zu können. Nicht nur zu existieren. Und sie dachte, was einmal passiert ist, konnte wieder geschehen. Sie würde ihren Franz schon dahin bringen, dass er die nun verlorenen Kilo wieder zulegte und mit den Kilos die Probleme. Vielleicht fiel ihr ja auch noch etwas anderes ein, wie sie schneller Witwe werden könnte. Die Vorstellung, an der Seite dieses Mannes alt zu werden und ihn vielleicht eines Tages wirklich pflegen zu müssen, jagte ihr Schauer über den Rücken und erzeugten in ihr fast Panik. Auf einen natürlichen Tod zu warten, war ihr viel zu ungewiss.

Laut Statistik hatten Frauen eine längere Lebenserwartung als Männer. Rein statistisch gesehen hatte sie noch rund zehn Jahre als reiche Witwe vor sich. Aber wann fingen diese zehn Jahre endlich an. Ihre Mutter und Großmutter waren beide über 80 geworden. Also konnte sie, wiederum statistisch gesehen, noch mit über fünfzehn Jahren Lebenserwartung rechnen. Aber was sind schon fünfzehn Jahre. Die Zeit lief ihr davon, sie verschwand einfach zwischen Einkaufen, Kochen, Putzen und all den vielen Tätigkeiten und oft unsinnigen Arbeiten, die sie machte, weil sie getan werden mussten. Warum? Weil man es eben machte. Und wieder schlich sich ein Warum ein.

Und die Finanzen! Einer musste sich darum kümmern. Es war nun mal da, das Vermögen. Wie bei einem Kind, musste man sich um das Wachsen und Weiterentwickeln sorgen. Probleme tauchten auf. Lösungen waren gefragt. Wenn Marie endlich eine Lösung für ein Problem gefunden hatte, musste wiederum Franz davon überzeugt werden. Sie musste bei ihm einen Denkprozess anregen und in die richtige Bahn lenken. Am besten sollte es so aussehen, als ob alles seine eigene, geniale Idee war. Mit solchen Dingen verrann ihre Zeit. Zeit, die wenn sie erst einmal weg, also verbraucht war, unwiederbringlich verloren war. Diese Zeit konnte sie sich nicht mehr zurückholen.

Marie träumte nach wie vor von Afrika. Aber sie wollte ihr Buele nicht allein lassen. Nicht für vier Wochen, denn das war die Zeit, die sie für ihre Traumreise berechnet hatte. Im Grunde genommen dachte sie wie Franz: Das Leben ist mir noch was schuldig.

Zuerst waren es ihre Eltern, die über sie bestimmten. Eigentlich mehr ihre Mutter. Dann waren es Männer. Zuerst ihr Verlobter Werner und dann Anton. Sie hatten von Maries Lebenszeit gestohlen und ihr nichts dafür zurückgelassen. Dann war es ihr kranker Vater und danach wieder ihre Mutter. Als sie durch die Heirat mit Franz noch mal den Versuch machte, in die Freiheit zu starten, war sie wieder angebunden gewesen. Mit Franz hatte sie auch seinen Vater geheiratet. Sie dachte damals, wie bei fast allen Problemen, die sich ihr im Laufe des Lebens entgegengestellt hatten: Irgendwann wird auch das vorbei sein. Das Irgendwann dauerte über fünf Jahre. Zuerst war der alte Mann wirklich kein Problem. Aber dann wurde er dement. Es fing langsam an. Zuerst war er nur vergesslich und etwas eigen. Am Ende wusste er nicht mehr, wer er war und wo sein Zuhause war. Sie waren gezwungen, ihn einzusperren und durften ihn keine Minute unbeaufsichtigt lassen. Er lief weg und fand nicht mehr zurück. Am Ende musste er sogar gewickelt werden, weil er vergessen hatte, wozu es ein Klo gab. Marie ertappte ihn einmal, wie er aus der Kloschüssel mit der Hand Wasser schöpfte und es trank. Als der alte Mann endlich starb, hoffte sie, dass nun ihr Leben begann. Aber es änderte sich nichts. Außer ihren Finanzen. Sie wurden reich und Marie steckte ihre Energie und ihren Ehrgeiz in das Vermehren ihres gemeinsamen Vermögens. Und jetzt lebte sie in einem aus Reichtum bestehenden Käfig zusammen mit dem ungeliebten Franz und ihrem geliebten Buele. Marie hatte immer noch Träume. Es sind die unerfüllten Träume, die das Leben unzufrieden machen. Man müsste die Träume abschaffen, dann wäre mehr Zufriedenheit auf der Welt, dachte Marie auf der Heimfahrt vom letzten Besuch bei Franz in Konstanz. Bald würde er wieder zuhause sein.

Franz kam zurück. Marie holte ihn ab. Er bestand darauf, das Auto selbst zu steuern. Marie beschloss, dass sie ein eigenes Auto haben wollte. Sie hatte keine Lust mehr zu fragen, ob sie das Auto benutzen durfte. Sie hatten so viel Geld, dass sie sich sogar einen Porsche hätte leisten können. Marie musste schmunzeln bei der Vorstellung, wie sich die Leute das Maul zerreißen würden, wenn sie plötzlich mit einem Porsche vorfahren würde. Jetzt ist die alte Kuh größenwahnsinnig geworden, würden sie sagen. Franz, der ihr Lächeln bemerkte, dachte, dass sie sich über seinen Fahrstil amüsierte. Er war fast sechs Wochen nicht mehr Auto gefahren, aber so etwas verlernte man nicht. »Warum lachst du?«, wollte er wissen. Marie antwortete: »Was würdest du sagen, wenn ich mir einen Porsche kaufen würde?« Franz schüttelte zuerst nur ungläubig und wortlos den Kopf. Fünf Minuten später sagte er dann: »Da hab ich ja wohl auch noch ein Wörtle mitzureden.«

Franz erinnerte sich nur zu gut an den Abend, an dem er zuerst hilflos und danach bewusstlos im Flur lag. Er hatte noch versucht um Hilfe zu rufen, aber es war kein richtiger Ton aus ihm herausgekommen. Er konnte nur zittern und stöhnen. Seine Zunge hatte sich geweigert, ein Wort zu formen. Er hatte noch gehört, wie Marie den Ton des Fernsehers lauter gestellt hatte. Er wusste, sollte er noch einmal ernsthaft in Not geraten, von Marie konnte er keine Hilfe erwarten. Er sagte nicht, dass er sich an das, was an dem Abend geschehen war, erinnerte. Seine Abneigung gegen Marie wuchs still vor sich hin und er wollte Rache. Ihm war bewusst, dass er ab sofort sehr vorsichtig sein musste. Er hatte begriffen, dass Marie sich seinen Tod wünschte. Franz beschloss deshalb, etwas zu unternehmen.
Als erstes musste der Köter verschwinden. Er erinnerte sich an die Worte von Anton, der jeden freilaufenden Hund in seinem Revier erschoss. Also, wie brachte man das Buele in

Antons Revier, wenn der Jäger auch dort war? Das sollte eigentlich das kleinste Problem sein.
Wieder zuhause, verlangte Franz die Bücher über gesunde Lebensweise, die Marie ihm früher immer so warm ans Herz gelegt hatte, und er las sie. Er war überzeugt, dass Marie wusste, dass das Essen, das sie ihm gekocht hatte, Gift für seine Gesundheit gewesen war. Marie war klar, dass es Franz so langsam dämmerte, was sie dachte oder sich insgeheim wünschte.
Franz fing an, Spaziergänge zu machen. Wenn Marie fetten Braten auf den Tisch brachte, schnitt er das Fett weg und ließ es auf dem Teller liegen. Er verlangte Filet, Hühnerbrust und Putenkeule anstatt Schweinehals und Schäufele. Er aß mehr Obst und Gemüse, auch wenn er immer noch kein großer Freund davon war. In der Reha hatte er sich daran gewöhnt. Er zog nach wie vor ein frisches Brötchen und ein Croissant einer Scheibe Vollkornbrot vor, aber er aß Vollkornbrot zum Frühstück und ließ die frischen Brötchen stehen, nicht immer, aber immer öfter. Franz war nett zu Buele. Er lieh ihn sich für kleine Spaziergänge aus. Er setzte sich auf einen anderen Sessel, wenn am Abend das Buele auf seinem Lieblingssessel lag. Aber Franz schluckte, schwieg und wartete.
Franz träumte immer öfter mit Pat zusammen. Sie hatte Viagra besorgt. Sie hatte es ihn wissen lassen, ohne allzu direkt zu sein. Er hatte nicht gefragt, woher sie es hatte. Er wollte es auch gar nicht wissen. Sie hatten es noch nicht ausprobiert. Seine Gesundheit war Pat wichtig. Ohne Viagra hatte es bis jetzt noch nicht richtig geklappt. Aber sie spielten immer öfter erotische Spiele, die zwar nie für Franz zum Höhepunkt führten, aber sie waren auf dem richtigen Weg. Franz musste erst stabilisiert werden, wie Pat es nannte. Wenn er Zeit hatte, verwöhnte Pat ihn mit so viel Zärtlichkeit, dass er lernte, wie ein Kater zu schnurren. Franz deutete ihr an, dass er über eine Scheidung nach-

dachte. Pat hoffte, eines Tages all ihre Sorgen los zu sein. Sie hatte in der Zwischenzeit in Erfahrung gebracht, dass selbst wenn Franz sein Vermögen mit seiner Frau teilen musste, er immer noch ein sehr wohlhabender Mann war.

Eines Tages fasste Franz den Entschluss, dass es an der Zeit war, dem Schicksal nachzuhelfen. Er setzte sich mit Anton in Verbindung. Er erzählte ihm, dass er sich vor dem Bullterrier zu fürchten begann. Er machte glaubhaft, dass er und Marie große Probleme mit dem Hund hatten, und dann kam er auf den wirklichen Grund seines Anrufs zu sprechen: »Du hast doch gesagt, dass du jeden fremden Hund, der nicht angeleint ist und den du in deinem Revier antriffst, erschießt. Hast du doch?« Aber Anton ging nicht darauf ein, er sagte nichts. »Also ich würde dir mal unseren Hund schicken«, fuhr Franz zögernd fort. Es sollte ironisch klingen. Anton bedauerte seine unüberlegten Worte von damals, sagte dann aber doch: »Na ja, wenn ich den Hund in meinem Revier unangeleint und allein antreffe, frage ich ihn nicht, wo er herkommt, bevor ich ihn erschieße.« Das war es, was Franz hören wollte.
Als Marie das nächste Mal beim Friseur war, lud Franz das Buele in sein Auto und fuhr mit ihm in den Stadtwald hinaus. Mit Anton hatte er sich telefonisch bei einem markanten Baum, der Pfisterslinde, verabredet. Kurze Zeit später kam Anton angefahren, hielt an und ließ das Fenster herunter. Er fragte noch: »Hast du auch einen Spaten dabei?« Franz nickte, obwohl es nicht stimmte. Aber an einem Spaten sollte die Aktion nun nicht mehr scheitern. Was er mit Buele machen würde, wenn er erst mal tot war, hatte er sich vorher nicht überlegt.
Anton fuhr mit seinem VW-Touareg voraus. Franz folgte ihm und hoffte, auf den schmalen Waldwegen nicht irgendwann im Dreck stecken zu bleiben. Es hatte in der Nacht vorher geregnet und es roch nach Erde, Moos und Pilzen.

Wie sein Auto hinterher aussehen würde, daran mochte er gar nicht denken. Er hörte nur, wie beim Fahren der Dreck gegen die Karosserie geschleudert wurde. Als Anton anhielt, war rechts des Weges eine dichte Fichtenschonung und links ein lichter Laubwald mit alten hohen Bäumen. Franz stoppte einige Meter hinter Antons Wagen und stieg mit Buele an der Leine aus. »Also dann!«, sagte er nur und deutete auf den Hund. Anton fuhr ihn unfreundlich an: «Lass den Hund los. Ich kann doch keinen angeleinten Hund erschießen.« Franz dachte: Was macht das denn für einen Unterschied? Er ließ den Hund von der Leine und nahm ihm auch das Halsband ab. Buele rannte sofort von ihnen weg, den Weg entlang, der an dieser Stelle über eine gute Strecke einzusehen war. Als der Hund aus ihrem Blickfeld zu verschwinden drohte, rief Franz ihn zurück. Buele drehte sofort um und kam ihm erwartungsvoll entgegen. Mitten im Lauf überschlug er sich und dann registrierte Franz erst den Schuss.
Anton ließ sein Gewehr sinken. Franz hatte es vorher nicht bemerkt. Er hatte nur auf den Hund geachtet. Franz wunderte sich, dass der Knall nicht lauter gewesen war. Nur ein ganz kurzes, scharfes Geräusch peitschte durch den Wald und dann war für einen Moment völlige Stille. Es schien, als ob kein Vogel mehr sang und keine Biene mehr summte. Nur ihre Schuhe quietschten auf dem nassen Waldweg. Franz ging einen Schritt hinter Anton. Zusammen liefen sie wortlos zu dem mitten auf dem Weg liegenden Hund. Anton stieß ihn mit dem Fuß an. »Glatter Blattschuss«, sagte er. »Der Rest ist deine Sache.« Er drehte sich um und ging ohne ein weiteres Wort. Als er bereits wieder an seinem Auto stand, hob er mit abgewandtem Gesicht kurz die Hand. Er stieg ein und fuhr langsam los. Franz zog den toten Hund an den Vorderpfoten vom Weg. Anton sah geradeaus, als er vorbeifuhr. Franz wusste nicht, was er mit dem toten Buele machen sollte. Er konnte ihn nicht begraben, weil er kei-

nen Spaten hatte. Ihn mit nach Hause nehmen und im Garten vergraben, das kam ja wohl auch nicht infrage. Dann fiel sein Blick auf die kleine dichte Fichtenschonung und er trug das Buele ein Stück den Weg zurück, wobei er darauf achtete, dass kein Blut auf seine Kleidung kam. Der Hund kam ihm tot plötzlich viel schwerer vor, als zu seinen Lebzeiten. Er tauchte zwischen den jungen Tannen ein. Das Buele zog er hinter sich her. Er musste sich rückwärts und gebückt einen Weg durch die verwachsenen, stachligen Tannenzweige und zwischen den Stämmen hindurch bahnen. Es roch wie Weihnachten. Der Boden war mit trockenen Tannennadeln bedeckt und überall drückten sich ganze Gruppen von Pilzen aus dem lockeren Waldboden. Als er glaubte, weit genug vom Weg entfernt zu sein, ließ er den Hund einfach liegen. Rückwärts gebeugt, den Kopf zwischen die Schultern gezogen, schob er sich mühsam den Weg zurück. Einmal strauchelte er. Dürre Zweige kratzten über seine kahlen Kopf. Als er sich von dem, wie auf seinem Sessel schlafend, mit ausgestreckten Beinen daliegenden Hund entfernte, tat er ihm fast leid, aber nur fast. Dann erinnerte er sich, wie Marie den Ton des Fernsehers lauter gestellt hatte, als er hilflos im Flur lag. Da fühlte er sich besser.
Franz wusste, dass das, was ihm nun zuhause bevorstand, der schwierigste Teil des begonnenen Aktes war. Er fuhr erst einmal ins Antoniustäle hinüber. Dort saß er eine Weile nur im Auto, dann lief er herum, wartete darauf, dass die Zeit verging und fragte, wenn ihm Spaziergänger begegneten, ob sie nicht einen braunen Bullterrier gesehen hätten. Nach dem er drei Mal jemanden gefragt hatte, glaubte er fast selbst daran, dass ihm der Hund entlaufen war. Nach Einbruch der Dämmerung wagte er sich nach Hause. »Wo ist der Hund?«, empfing ihn die frisch blondierte Marie hysterisch. »Wo bist du solange mit ihm gewesen?« Franz war froh, dass es nicht sehr hell war, als er ihr zerknirscht antwortete: »Er ist mir davongelaufen.«

»Was? Das gibt es doch nicht!« Marie schrie: »Das glaubst du doch selber nicht. `S Buele läuft doch nicht weg!« Ihre Gesichtszüge entgleisten. Um ihren Mund herum flatterte die Haut. Franz schaute fasziniert. So hatte er sie noch nie gesehen. Dann ging Marie mit erhobenen Fäusten auf ihn los. Wenn sie ein Messer zur Hand gehabt hätte, hätte sie ihn sicher erstochen. Franz hob nur seine Arme, um sein Gesicht zu schützen. Er hatte ihr nicht so viel Kraft und diese Reaktion zugetraut.

»Wo hast du ihn verloren?«, jammerte sie. »Im Antoniustäle« versicherte er glaubhaft. »Autoschlüssel her!«, fauchte Marie. Er reichte ihn ihr. Sie riss ihn ihm aus der Hand und war auch schon zur Tür draußen. Er hörte den Motor aufheulen und mit quietschenden Reifen schoss sie vom Hof. Franz schloss die Haustüre auf und setzte sich mit einer Flasche Bier in seinen Lieblingssessel. Dann schaltete er den Fernsehapparat ein.

Kurz vor Mitternacht war Marie immer noch nicht zurück. Franz ging ins Bett, nicht ohne vorher einen Stuhl unter die Türklinke geschoben zu haben. Er wollte vor unerwünschtem Überraschungsbesuch sicher sein.

Als er am nächsten Morgen aufstand, war Marie noch nicht wieder da, oder sie war schon wieder weg. Wie es sich später herausstellte, war sie bei der Polizei und machte eine Vermisstenanzeige. Wenn es nach ihr gegangen wäre, hätten sie einen Suchtrupp aufstellen müssen. Aber wegen eines Hundes wurden natürlich keine solchen Maßnahmen angeordnet.

Marie war die ganze Nacht im Antoniustäle abwechselnd herumgefahren und gelaufen und hatte ihr Buele gesucht und nach ihm gerufen. Gegen Morgen hatte sie versucht, auf dem Rücksitz ihres Autos eine Weile zu schlafen. Sie war völlig erschöpft. Sie war durch dorniges Dickicht gekrochen und ihre Stirn war zerkratzt und von getrocknetem Blut verschmiert. Die Türen des Autos hatte sie offen gelassen. Das Buele könnte ja zufällig vorbei kommen. Weil es kühl wurde, deckte sie sich mit einer Decke bis zum Hals zu. So hatte sie ein Jogger in den frühen Morgenstunden gefunden und gedacht, sie wäre tot. Als er das Blut sah, dachte er an Mord. Er hatte sie nicht berührt, sondern mit seinem Handy die Polizei alarmiert, die mit Sanitätswagen und ziemlich großem Aufgebot angerückt kam. Als Marie die Augen aufmachte und den Notarzt erkannte, sagten beide wie aus einem Mund: »Was machen Sie denn hier?«

Nachdem Marie wieder zuhause war, sprach sie kein Wort mehr mit Franz. Sie gab auch die Autoschlüssel nicht zurück. Als er sie ansprach, tat sie so, als ob er Luft wäre. Also behandelte er sie auch so. Er dachte daran, seinen Zucker zu kontrollieren und spritzte sich. Er rief seinen Autohändler an und machte mit ihm aus, dass er ihn zu einer Probefahrt mit einer C-Klasse abholen sollte. Franz hatte vor, wenn möglich noch heute, ein neues, schönes Auto zu kaufen. Marie konnte ruhig den alten Wagen behalten. Er wollte ausgiebig, wenn es sein musste auch mehrere, Probefahrten machen. Das tote Buele im Wald musste aus seinem Kopf verdrängt werden. Franz packte vorsorglich seine Medikamententasche ein. Er hatte an diesem Tag nicht vor, so schnell wieder nach Hause zu kommen. Die Zeiten hatten sich geändert. Jetzt herrschte offener Krieg.
Der Mercedesverkäufer, der Franz bereits seine letzte A-Klasse verkauft hatte, kam mit einem nachtblauen Modell mit cremefarbenen Ledersitzen, um ihn abzuholen. Das Auto war Luxus pur. Franz machte eine lange Probefahrt. Aber was konnte an einem solchen Auto schon auszusetzen sein, außer dem Preis. »Scheiß drauf!«, sagte er zu sich, was nicht zu ihm und zum Auto passte. Als sie nach der Probefahrt wieder im Autohaus waren, rief Franz bei seinem Banker an und fragte, über wie viel Geld er jetzt sofort verfügen konnte. Ob der Kauf des Autos mit dem Tagesgeld-

konto abgedeckt wäre. Als er die Zusicherung bekam, zog er sein Scheckheft heraus. Der Verkäufer versprach ihm, so schnell wie möglich, die Papiere auszustellen, aber sofort, war nicht machbar. Franz weigerte sich, das Auto wieder herzugeben. Er wollte und er brauchte es jetzt sofort. Und was tat man nicht alles in einem renommierten Autohaus, um seine Kunden zufriedenzustellen? Als alles geregelt war, durfte er dann doch mit dem Auto vom Hof fahren. Die Papiere würde er, so wie er es gewünscht hatte, am nächsten Tag bekommen. So schnell hatte Franz in seinem ganzen Leben noch nie ein Auto gekauft. Noch nie ein so teures und überhaupt, auch sonst nichts für sich, das so viel Geld gekostet hatte. Der Wagen war einfach ein Traum. Franz hatte sich vorgenommen zu leben. Und jetzt gerade hatte er damit angefangen. Er holte Pat ab und mache mit ihr eine Spritztour an den Bodensee. Pat bewunderte Franz und das neue Auto. Franz sagte: »Schatz, da staunst du!« Aber er staunte auch selbst, denn er konnte sich nicht erinnern zu einer Frau jemals »Schatz« gesagt zu haben. Weder zu seiner Verlobten noch zu Marie. Auch nicht in dem halben Jahr vor ihrer Hochzeit, als er mit ihr ging. Und Pat sagte: »Interessant« und lachte.

Franz erzählte Patrizia glaubhaft, dass ihm der Hund davongelaufen war und er jetzt wirklich großen Ärger mit seiner Frau hatte. Franz wusste, dass er mit Marie nicht mehr leben konnte und sie sicher nicht mehr mit ihm, vor allem dann, wenn sie jemals herausbekommen sollte, dass er für den Tod von Buele verantwortlich war. Am liebsten wäre er gar nicht mehr nach Hause gegangen. Er spielte mit dem Gedanken, sich eine Wohnung am Bodensee zu kaufen. Überall wurde gebaut und es standen große Schilder an den Baustellen mit Aufschriften wie: »Hier entstehen Luxuswohnungen mit Seeblick«, oder so ähnlich. Sie schienen nur auf ihn zu warten. Warum sollte er nicht mal zur Abwechslung eine Wohnung für sich kaufen, anstatt ein Anlageobjekt. Mit Patrizia noch einmal neu anfangen? Er war noch keine siebzig. Aber zuerst musste er noch mal in sein jetziges Leben zurück. Er musste wieder nach Hause an den Brunnenberg.

Als Franz mit seinem neuen Auto vors Haus gefahren kam, stand Marie unter der offenen Tür, gerade so, als ob sie auf ihn gewartet hätte. Ihre Augen waren rot vom Heulen und unaufhaltsam liefen ihr Tränen über die Backen. Ihr kurzes Haar war ungepflegt an den Kopf geklatscht, so als ob sie schon ewig nicht beim Frisör gewesen wäre. Sie schien geschrumpft. Sie kam ihm vor, wie eine aus dem Wasser gezogene graue Katze. Im Gegensatz zu Pat, von der er sich gerade getrennt hatte, die so jung und frisch ausgesehen hatte mit ihrem lockigen, roten Haar. Sein neues Auto schien Marie nicht zu bemerken oder es interessierte sie nicht. Sie packte ihn am Ärmel und zerrte ihn zur Speisekammer. Franz war auf der Hut. Er wusste, dass sie gefährlich sein konnte. Er war auf alles gefasst nur nicht auf den Anblick von Buele. Als Marie die Gefriertruhe öffnete, schlug ihm Eiseskälte entgegen. Der Hund lag auf durchsichtigen grünen und roten Päckchen mit eingefrorenem Gemüse und Beeren aus dem Garten. Eigentlich hätte er auch in einer Tüte stecken müssen. Das ging doch nicht, dass etwas uneingepackt in der Gefriertruhe lag. Und Franz fragte sich: »Ja, spinn ich jetzt?« Marie hatte ihr Buele auf ein Kissen gebettet. Es sah aus, als ob er schlafen würde. So wie er ihn im Wald zurückgelassen hatte. Wie war er so schnell gefunden worden und in die Gefriertruhe gekommen? Franz dachte noch: Ich hätte ihn doch begraben sollen.
»Gell, da schaust du blöd!«, riss Marie ihn aus seinen Überlegungen. »Ich weiß alles. Dafür werden du und dein sauberer Freund Anton teuer bezahlen«, zischte sie ihn an, so als ob sie in Gegenwart des toten Buele nicht lauter sprechen

dürfte. »Ich weiß alles«, wiederholte sie. Sie klappte den Deckel sanft herunter und ihre Stimme wurde laut. »Wie Abfall wollten sie ihn bei der Polizei entsorgen.« Sie tobte: »Ich hab gesagt, ich lass' ihn präparieren, so wie die Frau im Fernsehen ihre Katz. Der Fritz hat mir dann geholfen, dass ich ihn mitnehmen durfte.« Marie begann, von neuem zu weinen. Nach einer Pause redete sie weiter, empört, wie zu sich selbst: »Ich darf ihn nicht mal im Garten vergraben. Wie Abfall wollten sie ihn behandeln. Ein Hund ist doch kein Müll und schon gar nicht `s Buele.« Sie wiederholte die Drohung: »Das wird euch teuer zu stehen kommen!« Dann hob Marie, wie Franz es einmal in einem Fernsehbericht über ein griechisches Theaterstück gesehen hatte, die linke Hand zum Himmel und mit der rechten zeigte sie auf die geschlossene Gefriertruhe. Mit sanfter Stimme sagte sie: »Ich und das Buele wir verfluchen euch. Du und der Anton, ihr werdet keine ruhige Minute mehr haben. Das schwör ich dir!« Dem Franz stellten sich plötzlich seine wenigen Nackenhaare auf. Marie war noch nicht fertig: »Dreh mir nie den Rücken zu, wenn ich gerade ein Messer in der Hand habe! Vergiss nie, nachts deine Zimmertüre abzuschließen! Ich könnte sonst Lust bekommen, dich mit einem Kissen zu ersticken und überlege, ob du von dem etwas isst, das ich gekocht habe! Vielleicht habe ich ja Rattengift darunter gemischt!«
Wenn Marie ihre Drohungen herausgeschrien hätte, wäre Franz vielleicht in Gelächter ausgebrochen, aber mit dieser Stimme klang es zum Fürchten. Es war so unwirklich. Eine Gänsehaut kroch über seinen Rücken. Er wusste nicht, was er darauf antworten, oder ob er überhaupt etwas sagen sollte. Aber wo konnte er sich jetzt im Haus noch ohne Bedenken aufhalten?

Marie hatte die Worte aus Verzweiflung gesagt. Sie hatte sie ohne Überlegung ausgestoßen. Aber die Worte waren ausgesprochen, auch wenn sie nur leise gesagt worden waren. Sie blähten sich auf und drangen in jeden Raum, heimlich und unsichtbar und hinterließen eine vergiftete Atmosphäre. Franz ließ Marie stehen und verließ fluchtartig das Haus. Er ging zu Fritz Wagner, der war schließlich bei der Polizei und wusste vielleicht mehr. Als Franz klingelte, schien es so, als ob der Fritz hinter der Tür auf ihn gewartet hätte. Er trug seinen obligatorischen Jogginganzug mit den Streifen. Franz fragte sich, ob er mehrere von der gleichen Sorte besaß. Franz hatte den Fritz zuhause noch nie in anderer Kleidung gesehen.

Fritz erzählte mit sichtlichem Vergnügen das ganze Drama, das die Polizei den Tag über auf Trab gehalten hatte. Von Marie, wie sie am frühen Morgen von einem Jogger aufgefunden worden war, der sie für ein Mordopfer gehalten hatte. Auch wie sie später unbedingt eine große Polizeisuchaktion für ihren Hund in die Wege geleitet haben wollte. Dass, wie zur Krönung der Geschehnisse, am Nachmittag ein Pilzsucher bei der Polizei angerufen und gemeldet hatte, dass in einer Schonung im Saustock ein toter Kampfhund lag.

Nach dem Wirbel, den Marie kurz vorher veranstaltet hatte, nahmen sie natürlich gleich an, dass der tote Hund Adolf von Irgendwo war. Fritz war dann mit einer Streife und Marie hinausgefahren. Der Jagdpächter Anton Mezger war telefonisch informiert worden. Dieser hatte zugegeben, einen Hund, der ein Reh gehetzt hatte, erschossen zu haben. Er hatte sich eigentlich noch um den toten Hund kümmern wollen, aber das Reh war ihm wichtiger gewesen. So hatte er sich jedenfalls geäußert. Er, Fritz habe sich dann später doch gewundert, wie ein mit einem Blattschuss sauber erlegter Hund noch so weit in eine Fichtenschonung hatte hinein laufen können. »Das Ganze war äußerst mysteriös und ist noch aufklärungsbedürftig«, sagte Fritz Wagner und schmunzelte dabei.

Marie habe den Hund als ihr Buele identifiziert. Wie sollte sie auch anders. Dass es der vermisste Bullterrier war, hätte auch er bestätigen könne. Es gab genau gesagt nur einen Staffordshire Bullterrier in der Stadt. Schließlich war der Hund als gefährlich eingestuft und registriert. Nur Zuhälter und frustrierte Frauen hielten sich solche Hunde. »Unsere Möchte-gern-Zuhälter kennen wir. Wir wissen, wer glaubt, einen gefährlichen Kampfhund zu brauchen. Aber was in einer Frau vorgeht, die sich einen Bullterrier halten muss, das weiß nur Gott.« Voll Unverständnis schüttelte Fritz Wagner den Kopf.
Franz warf zur Rechtfertigung von Marie dann doch ein: »Halt mal! Den Hund hab ich angebracht. Da kann die Marie nichts dafür. Aber wenn ich dir jetzt die Geschichte erzähle, wie ich zu dem Hund gekommen bin, wird es spät und wahrscheinlich glaubst du mir doch nicht.« Er wollte in diesem Moment auf keinen Fall gestehen, dass er sich den Staffordshire Bullterrier auf dem Parkplatz einer Autobahnraststätte von einem Polen hatte andrehen lassen. Er hatte das hässliche, dürre Hundebaby auch nur gekauft, um seine Frau zu ärgern, die für Hunde gar nichts übrig hatte. Wer weiß, wie sich alles entwickelt hätte, wenn er damals geahnt hätte, was dieses polnische Schnäppchen alles noch nach sich ziehen würde.
Fritz ging nicht auf den Einwand von Franz ein, sondern redete weiter: »Marie wollte sofort Strafanzeige gegen Anton Mezger stellen. Als die Polizisten ihr erklärten, dass sie dann den toten Hund als Beweismaterial bräuchten, wollte Marie wissen, was mit der Hundeleiche dann anschließend geschehen würde? Da erklärte ihr einer der Beamten, dass der Hund wie alle aufgefundenen toten Tiere in die Tierkadaververwertung gebracht würde. Es hat nicht viel gefehlt, dann hätte Marie den Polizisten geschlagen. Ich habe noch zu vermitteln versucht und ihr erklärt, dass man tote Tiere nicht einfach im Garten begraben darf, schon wegen der

Seuchengefahr. Da hat Marie dann geschrien: Mein Buele hat keine Seuchen!« Fritz erzählte Franz, dass die Marie in ihrer Hysterie noch was von einer ausgestopften Katze gefaselt hatte, die im Gefrierschrank aufgehoben worden war und hinterher fast wie neu gewesen wäre.

»Die Polizisten haben mich angeschaut, und der Kollege Müller hat gesagt: Jetzt ist sie vollends verrückt geworden«, schilderte Fritz die Situation. Er selbst habe versuchte, mit Marie ruhig zu reden und verstand dann endlich auch, was sie meinte. Wenn sie ihren Hund ausstopfen lassen wollte, durfte sie ihn natürlich mit nach Hause nehmen. Aber es wäre schon besser, wenn sie keine Strafanzeige stellen würde, erklärte er Marie. »Es kommt außer Ärger eh nichts dabei raus. Ein Hund ist vor Gericht nicht viel wert. Wenn er mitten im Wald gefunden worden ist, sowieso nicht. Er gilt als Sache. Egal, aus welchem Grund er erschossen worden ist.« Als Marie begriff, dass sie ihr Buele als Beweismaterial zurücklassen müsste, lenkte sie ein. Aber nicht ohne vorher wilde Drohungen gegen den Anton und den Franz ausgestoßen zu haben.

»Mir kommt so einiges bei euch nicht ganz koscher vor.« Fritz äußerte sich vorsichtig. »Macht kein Unfug, nur wegen einem Hund.« Franz antwortete entrüstet: »Das musst du der Marie sagen. Die spinnt doch.« Er wusste genug und verabschiedete sich.

Franz versuchte, das, was Marie gesagt hatte, als Spinnerei einer langsam alt und schrullig werdenden Frau abzutun. Aber er hatte trotzdem keine Lust, die Nacht mit ihr zusammen in einem Haus zu verbringen. Entweder würde Pat ihm Obdach geben, oder er würde in einem Hotel übernachten. Mit der verrückten Marie wollte er auf gar keinen Fall die Nacht verbringen. Er wollte nicht wissen, was ihr noch so alles einfiel. So unberechenbar, wie sie im Moment war. Irgendwann würde es sicher wieder möglich sein, mit

ihr zu reden. Zu seiner eigenen Beruhigung sagte er sich: »Worte töten nicht.« Aber sie hatten ein bedrückendes Gefühl hinterlassen. Ihm war so, als ob Marie etwas über ihn gesprüht hatte. So, wie sie einmal im Jahr mit dem Pflanzenschutzmittel, das sie sonst gegen Ungeziefer an den Rosen und Lilien verwendete, den ganzen Keller ausspritzte, um die Spinnen in Zaum zu halten.
Franz überlegte, ob er nicht wenigstens Zahnbürste und Rasierzeug aus dem Bad holen sollte, aber Pat lieh ihm sicher etwas. Er hatte Einwegrasierapparate bei ihr im Bad stehen sehen. Obwohl, da stand ›für Damen‹ darauf. Aber Rasierer war Rasierer. Außerdem war es noch nicht zu spät. Er könnte noch im Supermarkt bei der Stadthalle vorbeifahren. Franz setzte sich in sein schönes neues Auto und sog den Geruch des Leders ein und fühlte sich gleich eine Spur besser. Ja, mit diesem besonderen Duft in der Nase wollte er sein neues Leben beginnen. In Zukunft sollte sein ganzes Leben immer so riechen. Und Maries Giftwolke löste sich auf, wie Nebel über der Donau.
Patrizia war zuhause. Franz hatte nicht angerufen, um sich anzumelden. Er stand einfach mit seiner Einkaufstüte vor der Tür. Er war dann doch noch im Supermarkt gewesen. Er hatte Sekt, Schinken, Käse, Obst und Brot besorgt. Pat nahm ihm die Tüte ab, und nachdem sie einen Blick hineingeworfen und auf die Uhr gesehen hatte, sagte sie nur: «Interessant, sieht so aus, als ob du einen Platz zum Schlafen suchst. Dann komm mal rein.« Franz hoffte, dass diese Nacht eine besondere Nacht werden würde.
Pat legte den Sekt ins Gefrierfach ihres Kühlschranks. Als Franz sah, wie klein es war, fiel ihm nichts Besseres ein, als: Für den Hund wär da kein Platz, zu denken. Pat richtete ein Tablett mit den Dingen, die Franz mitgebracht hatte, und dann zog sie ihn ins Bad. Sie ließ die Wanne voll Wasser laufen, sie goss etwas Duftendes hinein und dann verwöhnte sie Franz, wie ihn noch nie jemand verwöhnt hatte.

Er hätte Pat gern zu sich ins Wasser gezogen, aber obwohl er über zehn Kilo abgenommen hatte, füllte er die nicht gerade große Badewanne immer noch allein aus.
Seiner Frau hatte Franz sich schon seit Jahren nicht mehr nackt gezeigt. Sie sind überhaupt nie groß nackt voreinander rumgesprungen. Ihr Sexualleben hatte sich im Bett und überwiegend im Dunkeln abgespielt. Wobei mit Spielen auch nicht viel war. Marie war nicht die Frau dazu, nicht beim Franz. Wenn er ihr den Rücken streichelte und dann ihre Brust anfasste, wusste sie, was er wollte. Wie gesagt, sein Verlangen hatte ihn nie groß geplagt. Aber jetzt plagte es ihn und er wollte.
Der Sekt war in der Zwischenzeit kalt geworden. Mit dem Tablett in der Mitte machten sie es sich auf dem Bett gemütlich. Franz fand auf seinem Teller eine blaue Tablette. Pat nahm sie mit spitzen Lippen auf und gab sie mit einem Kuss an Franz weiter. Er spülte sie mit einem Schluck Sekt hinunter. Pat lachte glucksend und flüsterte: »Jetzt bin ich aber gespannt, was passiert.« Es passierte mehr, als sie sich in ihren kühnsten Träumen vorgestellt hatten.
Franz liebte Pat. Er schwebte auf Wolke Sieben und dachte nicht ans Herunterkommen. Er erlebte ein Wunder. Er konnte nicht genug bekommen und Pat stöhnte laut vor Lust. Franz stöhnte auch! Dann lag er still und schwer auf ihr. »Nicht gerade jetzt«, flüsterte sie noch und dann merkte sie auch schon, dass etwas nicht stimmte. Sie rollte ihn mühsam von sich und tätschelte ihm das Gesicht. Franz war bewusstlos, das war eindeutig. Pat dachte an seinen Schlaganfall und dass es wichtig war, sofort den Krankenwagen und Notarzt zu informieren. Tausend Überlegungen stellte sie in Sekunden an. Es war so, als ob mehrere Gedanken übereinander oder gleichzeitig nebeneinander durch ihren Kopf jagten. Das Leben von Franz war im Moment das Wichtigste. Sie rannte zum Telefon, wählte den Notruf und schrie: »Vermutlich Schlaganfall, ist bewusstlos und Dia-

betiker.« Sieben Minuten später hielt der Krankenwagen mit Notarzt vor ihrem Haus. Patrizia hatte sich schnell ein Kleid übergeworfen und versucht, dem Franz etwas überzuziehen. Aber er war zu schwer. Sie hatte ihn mit einem Laken zugedeckt und ein Kissen unter seinen Kopf geschoben. Als der Arzt und der Sanitäter ins Zimmer kamen, erfassten sie die Situation auf einen Blick. Sie begannen mit Wiederbelebungsversuchen. Sie ließen nichts unversucht. Beide Männer kannten Franz vom Sehen. Sie verständigten sich mit Blicken und wenigen Worten. Der in dieser Nacht diensthabende Arzt war nicht der Notarzt von seinem ersten Schlaganfall. Aber sie wussten, dass Franz in einem Bett lag, in das er eigentlich nicht gehörte. Sein schwerer Körper wurde vom Bett auf die Bahre gelegt. Der Arzt hatte noch zwei weitere Helfer angefordert, um ihn über zwei Stockwerke, aus Pats kleiner Dachwohnung durch ein enges Treppenhaus hinunter zum Krankenwagen zu bringen. Zurück blieb eine Pat, die wie versteinert war und nicht wusste, wie ihr geschah. Im Arztbericht stand später: »Auf dem Transport ins Krankenhaus an Herzversagen gestorben.«

Der Arzt kannte Marie und erklärte sich bereit, sie vom Tod ihres Mannes zu unterrichten. Er läutete noch in der Nacht Marie aus dem Bett. Er versuchte taktvoll, nur das Nötigste zu sagen. Er ging davon aus, dass wenn der Ehemann im Bett einer anderen Frau starb, ein solcher Tod die Ehefrau nicht gerade vor Schmerz zusammenbrechen ließ. Er erwartete eher, dass die Peinlichkeit der Situation ein Problem darstellen könnte. Aber Marie verblüffte ihn dann doch. Ihre ersten Worte waren: »Jetzt haben sie was zum Schwätzen« und dann nach einer kleinen Weile: »Ich hätt nicht gedacht, dass Verfluchen was bringt.« Der Arzt hatte den Eindruck, dass der Tod ihres Mannes Marie zu befriedigen schien. Er fragte noch, bevor er das Haus verließ: »Kann ich jemand benachrichtigen? Brauchen Sie etwas?« Marie schüttelte mit dem Kopf und als er zur Tür draußen war, flüsterte sie mit einem Blick zur Speisekammer, in der die Gefriertruhe stand: »Dass es so schnell funktioniert, hätt ich ja nie im Leben gedacht.«

Der Arzt hatte sich vorsichtig ausgedrückt. Marie begriff sofort, dass ihren Franz der Schlag beim Liebesakt mit einer anderen Frau getroffen hatte. Sie konnte sich das zwar kaum vorstellen, aber der Bericht des Arztes ließ keine andere Deutung zu. Da es mitten in der Nacht war, ging sie in ihr Bett zurück und schlief unerwartet schnell ein. Am Morgen wachte sie zu ihrer eigenen Verwunderung ausgeschlafen und entspannt auf. Ihre erste Handlung war, ihre Schwägerin anzurufen und sie vom Tod ihres Bruders zu informieren. Bereits am Spätnachmittag kam Lore in Sigmaringen an, um Marie beizustehen. Als sie erfuhr, wie und wo Franz gestorben war, sagte sie ebenfalls: »Ich kann's nicht glauben! Das hätte ich meinem Bruder nie zugetraut!«
Bei der Abwicklung der notwendigen Formalitäten unterstützten sich die zwei Frauen. Marie war erfahren darin, Angehörige unter die Erde zu bringen. Sie hatte bereits ihre Eltern und den Vater von Franz beerdigt. Bei keiner dieser Beerdigungen war das Verfassen der Todesanzeige ein großes Problem gewesen. Aber jetzt bei Franz dachten die zwei Frauen lange darüber nach, welche Worte sie wählen sollten. Am Ende einigten sie sich auf den einfachen Text:
»Unser Ehemann und Bruder, Schwager und Onkel
ist völlig unerwartet von uns gegangen.«
Auf das ›innig geliebter‹, das meist bei den Anzeigen noch davor stand, wollte Marie verzichten und Lore zeigte Verständnis.
Der katholische Pfarrer, der Franz auf seinem letzten Weg begleiten würde, schlug als Leitsatz ein Bibelzitat vor. Marie fand es für ihren Mann und die Begleitumstände sei-

nes Todes nicht sehr passend. Daraufhin holte sie selbst das Neue Testament, das sie einmal auf einem Flohmarkt gekauft hatte, hervor. Sie war damals der Meinung gewesen, dass ein religiöses Buch, auch wenn es evangelisch war und von 1890 stammte, auf einem Flohmarkt nichts zu suchen hatte. Wer wusste schon, in welche Hände es kam und ob es angemessen respektiert wurde.
Marie schlug das mit Goldschnitt versehene, leicht zerfledderte Buch willkürlich auf und suchte auf diesen zwei Seiten nach einem passenden Spruch. Sie wurde fündig. In die rechte obere Ecke der Todesanzeige in der Schwäbischen Zeitung, neben einem Kreuz, um das sich eine Weinranke schlang, ließ sie den Satz drucken:
›Was Gott gereiniget hat,
das mache du nicht gemein.‹
3. Mose 11.
Marie dachte, dass für ihren Franz eine Hopfenranke um das Kreuz besser gepasst hätte.
Die Todesanzeige wurde groß, aber nicht zu groß, in die Zeitung gesetzt. Marie war allerdings der Meinung: Das Geld hätte ich mir sparen können. Der Tod von Franz mit seinen Begleitumständen hatte sich bereits wie ein Lauffeuer vor dem Erscheinen der Zeitung verbreitet. »Mach dir nichts draus«, sagte Uschi tröstend, »morgen treiben sie eine andere Sau über `n Markt.«
Ein Glück, dass Maries Mutter tot war. Wenn nicht, wäre sie sicher vor Scham gestorben. Marie war das alles nicht angenehm. Aber wenn sie ehrlich sein wollte, hatte sie doch genau das bekommen, worauf sie die ganze Zeit aus war. Diese Patrizia hatte ihr letztendlich einen Gefallen getan. Aber das konnte sie ihr schlecht sagen. Marie war endlich reich und frei. Jetzt konnte sie so leben, wie sie es bisher nur zu träumen gewagt hatte. Es gab nur noch eine Schuld, eine sehr alte Schuld, und auf die Begleichung dieser offenen Rechnung würde sie bestehen. Wenn Marie an ihr ar-

mes Buele in der eiskalten Gefriertruhe dachte, war noch ein weiterer Posten offen. Schulden mussten bezahlt werden, das hatte sie schon als Kind gelernt. Jetzt hoffte sie, dass der Fluch auch bei Anton Wirkung zeigen würde.
Fast bedauerte Marie ihre Bekannten, die sich verpflichtet fühlten, ihr das Beileid persönlich auszusprechen. In der Anzeige hatten sie unter den Zeitpunkt der Beerdigung extra noch drucken lassen: Wir bitten, von Beileidsbezeugungen am Grabe Abstand zu nehmen.
Marie und Lore bekamen viel Post. Es waren hauptsächlich Standardtrauerkarten mit schwarzem Rand, auf die ein paar Zeilen geschrieben waren. Viele Leute schienen der persönlichen Begegnung wirklich aus dem Weg zu gehen. Eigentlich bräuchten die Umstände, unter denen Franz gestorben war, nur seiner Familie peinlich zu sein. Stattdessen schien ihr ganzer Bekanntenkreis unter der Situation zu leiden. Nur Uschi war, wie sie immer war. »Sei froh, dass du ihn los bist«, sagte sie direkt heraus. »Jetzt kannst du machen, was du willst und wenn du es jetzt nicht tust, solange du noch fit bist, dann komm nicht in ein paar Jahren und jammere mir die Ohren voll mit deinen Afrikaträumen.«

Marie hatte nicht mehr geweint, seitdem sie ihr Buele in die Gefriertruhe gebettet und den Deckel über ihm geschlossen hatte. Sobald der Beerdigungsstress vorbei war, würde sie sich um die Adresse eines Tierpräparators kümmern. Jetzt musste zuerst ihr treuloser Mann unter die Erde. Ihren Hund würde sie nicht vergraben lassen. Das war sicher. Ihr Buele würden keine Würmer fressen. Er würde ein schönes Plätzchen auf dem Sofa oder einem Sessel bekommen. So wie die Katze von der Frau aus dem Fernsehen.
Für die Beerdigung ließ sich Marie vom Friseur extra herrichten. Sie sah danach wieder richtig gut aus. Ihre Figur war für ihre 65 Jahre tadellos. Kein Gramm Speck auf den Hüften. Gut trainiert war sie. Alles feste Muskeln und einen

Busen, um den sie manche Junge beneidete. Sie kaufte sich keine schwarze Kleidung. Sie hatte Schwarz noch nie gemocht und besaß nur einen dunkelbraunen Samt-Hosenanzug. Braun und Beige waren Maries Lieblingsfarben. »Das tut's«, sagte sie zu Lore, als diese fragte, ob sie sich nicht doch etwas Schwarzes kaufen wollte. Marie lachte: »Ich leih mir einen dicken, schwarzen Porsche und fahr mit dem in Hedingen auf den Friedhof, dann gibt's noch mehr Gesprächsstoff und ich bin in Schwarz gekommen.«
Aber dann kam Rainer, der Mann von Lore mit ihrem Sohn Andreas zur Beerdigung. Rainer fuhr einen großen, schwarzen BMW und darin hatten sie alle vier zusammen Platz. Der BMW war ein Auto, das auch nach etwas aussah. Zum Begräbnis waren so viele Leute gekommen, dass die Aussegnungshalle fast aus dem Rahmen platzte. Franz Strobel hatte im Gegensatz zu seiner Frau, eine sehr große, weitläufige Verwandtschaft. Sein Vater war mit fünf Geschwistern aufgewachsen und seine Mutter stammte auch aus einer kinderreichen Familie. Zu Hochzeiten traf man sich manchmal. Große Familientreffen fanden überwiegend auf Beerdigungen statt. Sonst sprach man eben miteinander, wenn man sich zufällig begegnete, und tauschte dann Neuigkeiten über die Familie aus. Außerdem gingen die alten Sigmaringer Ureinwohner, die von Jahr zu Jahr immer weniger wurden, grundsätzlich zu Beerdigungen von ihren Stammesbrüdern und -schwestern. Schon anstandshalber ging man zur Leich eines, wenn auch weitläufigen Verwandten. Maries Familie war nicht groß. Sie stammte ebenfalls aus Sigmaringen und der näheren Umgebung. Aber mit einem oder höchstens zwei Nachkommen füllte man keine Halle. Maries einziger Vetter Ernst, von dem sie sicher wusste, dass er ihr Vetter war, stand mit seiner Frau während des Gottesdienstes direkt hinter ihr. Marie kannte viele Leute, schon deswegen, weil sie so lange beim Gaissmaier an der Kasse gesessen hatte. Danach war sie ja auch

noch einige Jahre im Haushaltwarengeschäft gleich gegenüber beschäftigt gewesen. Bekannte hatten sie und Franz sehr viele. Aber richtige Freunde waren das nicht. Sicher waren einige der Trauergäste auch aus Neugierde gekommen. Sie wollten sehen, wie Marie sich verhielt und vielleicht hofften sie, dass auf dem Friedhof noch etwas Interessantes passieren würde.
Hedingen war ja ein sehr geschichtsträchtiger Ort. Ob die Friedhofsbesucher wussten, dass das ehemalige Kloster von der Kirche geschlossen wurde, weil sich die letzten dort lebenden Nonnen wie in einem Bordell aufgeführt hatten?
Marie kaufte sich dann doch noch etwas Schwarzes: Eine Sonnenbrille mit so großen Gläsern, dass sie ihr Gesicht fast zur Hälfte verdeckte. Auf den schwarzen, breiten Bügeln stand protzig mit fetten, silbernen Buchstaben GUCCI. Sie wollte, dass niemand ihre Augen sehen konnte. Damit anschließend keiner sagen konnte: »Sie hat keine Träne um ihren Mann vergossen.« Wenn Marie an ihr armes Buele dachte, hätte sie leicht heulen können, aber nicht am Grab von Franz. Er war schließlich einer der Mörder ihres Hundes. Marie machte sich normalerweise nichts aus Designerkleidung, aber diese Brille musste sein. So als kleiner Ersatz für den Porsche. Das GUCCI konnte sie auch auf dem Friedhof zeigen. Den Porsche hätte sie ja doch auf dem Parkplatz stehen lassen müssen. Und wie bestellt, kam dann auch noch die Sonne heraus.
Auf einem der Kränze waren weiße Fresien. Sie rochen so stark, dass es Marie fast schlecht wurde. Auf der Kranzschleife stand geschrieben: ›Von Deinen Schulkameraden‹ Sie fragte sich: Wie waren sie gerade auf jungfräulich weiße Fresien gekommen? Ausgerechnet für Franz, der im Bett einer fremden Frau gestorben war? Nach allem, was man Marie, oder besser ihrer besten Freundin Uschi, schadenfreudig zugetragen hatte, waren sich Franz und diese Frau aus Laiz dann doch nicht so fremd gewesen. Die Schwätzer

hofften sicher, dass Uschi es ihr weitererzählte. Selbst trauten sie sich nicht, es Marie ins Gesicht zu sagen.
Einen Kranz aus gelben Rosen hatte Marie für ihren Mann bestellt. Es war unübersehbar der größte Kranz. Eine Rose an der andern. Er war sündhaft teuer gewesen, aber wunderschön und jeder schaute, von wem er war. Auf die Schleife hatte sie, »von Deiner dankbaren Ehefrau« drucken lassen. Vor der Trauerfeier strich sie das Band extra glatt, damit sich kein Buchstabe unter einem anderen Gebinde verstecken konnte. Genauso wollte sie es haben. Wenn sie anstatt ›Ehefrau‹ nur das Wort ›Frau‹ hätte drucken lassen, hätte das vielleicht zu Spekulationen oder einem Missverständnis Anlass gegeben. Und das »dankbar« stimmte auch. Für was sie dankbar war, brauchte sie ja nicht zu erzählen. In Wirklichkeit war sie ganz einfach dankbar, dass Franz tot war. Sie war jetzt reich und er war gegangen und hatte nichts mitgenommen. Für das Vermögen, auch wenn sie es war, die es so groß gemacht hatte, könnte sie schon dankbar sein. So, oder so ähnlich würden die Leute reden. In Maries Augen bezahlte Franz nur für seine Schuld. Er hatte ihr Jahre genommen, ohne ihr etwas dafür zu geben. Jetzt musste sie sich nehmen, was ihr schon immer zustand. Wenn sie jetzt nicht ihre Freiheit nutzte, wann sollte sie es dann tun? Dankbar war Marie, aber nicht allzu sehr. Vor allem war sie dankbar, dass Franz sich letztendlich dann doch beeilt hatte und sie nicht noch lange hatte warten lassen. Oder sollte sie der rothaarigen Patrizia dankbar sein?
Durch die dunkle Brille waren Maries Augen nicht zu sehen. Sie dagegen konnte ihre Blicke ungehindert schweifen lassen. Maries Platz war vorn in der ersten Reihe. Während der Pfarrer am offenen Grab sprach, wurde Maries Blick magisch von einem kleinen Knochen, der am Rand des ausgehobenen Erdhaufens lag, angezogen. Er erinnerte sie an die Überreste eines Brathähnchens. Nur was machte ein Hähnchenknochen auf dem Friedhof. Oder war es ein Teil

von ihrem Schwiegervater? Er war schließlich der Letzte, der vor Franz in dieses Grab gelegt worden war. Marie zwang sich, an etwas anderes zu denken.
Es tat ihr leid, dass sie nicht auch hinten Augen hatte. In der letzten Reihe hatte wohl auch Patrizia König gestanden. Sie soll ganz verheult ausgesehen haben, erzählte ihr Uschi später. Kurz bevor Franz hinuntergelassen wurde, als sie alle am Grab standen, sah Marie sie auch. Auch wenn Patrizia König sicher meinte, dass sie von einem Grabstein verdeckt war. Ihr feuerrotes Haar wurde durch keinen Stein oder Busch getarnt. Da hat dann doch jemand dem Franz echte Tränen nachgeweint. Sonst weinte niemand, auch Lore nicht. Obwohl, ein bisschen traurig schien sie schon zu sein.
Marie dachte, dass es ein Armutszeugnis für ihren Mann war. Diese Menge Menschen, aber nur eine Frau, die weinte. Viele waren gekommen, um ihm die letzte Ehre zu erweisen, aber getrauert haben sie nicht. Dann stellte Marie sich ihre Beerdigung vor. Würde bei ihr überhaupt jemand trauern? Oder hatte sie dann nicht mal den einen Menschen, der um sie weinte?
Franz lag in einem besonders schönen und teuren Sarg. Marie hatte nicht gespart. Zum Glück gab es noch das Familiengrab von den Strobels. Dadurch wurden die Grabkosten etwas billiger. Da lagen schon die Großeltern von Franz und seine Eltern. Marie machte sich keine Illusionen, auch sie würde eines Tages mit großer Wahrscheinlichkeit hier beerdigt werden. Aber sie wollte verbrannt werden. Dann müssten die Totengräber kein so großes Loch graben und die anderen, die bereits da ruhten, bräuchte man nicht allzu lange stören.
Als der Sarg mit ihrem Mann dann tief unten in der Grube stand, hat er Marie schon leidgetan. Wenn er noch Träume gehabt hat, dann war es sein Pech. Mit seinem Tod waren sie verflogen, wie der Morgendunst über der Donau.

Sie warf ihm einen kleinen Strauß aus den gleichen gelben Rosen, aus denen der Kranz gesteckt war, hinterher. »Der ist vom Buele«, flüsterte sie dabei und dann ließ sie noch drei Schaufeln Erde auf den Sarg poltern. Es war ein guter Klang. Sie hatte die Schaufel richtig voll gemacht, damit es auch zu hören war. Lore zuckte bei jedem Wurf zusammen, so, als ob es dem Franz noch weh tun könnte.

Nach der Beerdigung waren alle zum Leichenschmaus in den Zollerhof eingeladen. Mitgekommen waren dann doch nur 27 Personen. Marie zählte sie unauffällig. Es gab Kaffee und Zwetschgenkuchen mit Streusel. Wer wollte, konnte einen Vesperteller und ein Viertele oder ein Zoller-Bier bestellen.

Marie erinnerte sich an den Tag ihrer Hochzeit. Sie dachte nach. Da haben wir auch hier gesessen. Ihre Freundin Uschi war die einzige unter den Anwesenden, die damals auch dabei gewesen war. Morgens hatten sie auf dem Standesamt in Sigmaringen im Rathaus geheiratet und anschließend waren sie nach Beuron gefahren und wurden dort in der Klosterkirche getraut. Eine Ehe ohne kirchlichen Segen wäre für ihre Mutter und für den Vater von Franz eine wilde Ehe gewesen. In Beuron gab es damals auch Kaffee und Kuchen. Am Abend waren sie dann wieder in Sigmaringen, erinnerte sich Marie. Das große Hochzeitsessen hatte im kleinen Rahmen, wie heute im Zollerhof, stattgefunden. Onkel Josef war betrunken und Tante Rosa beschwipst. Das hatte den Abend etwas aufgelockert, sonst wäre er sehr steif gewesen. Es gab gemischten Braten, Spätzle, Kroketten, verschiedene Gemüse und einen gemischten Salat. Zum Nachtisch wurde Vanilleeis mit heißen Himbeeren serviert. Es war keine besonders teure Hochzeit. Sie wollten auch kein großes Aufheben machen. Sicher dachten damals so manche Leute: Wenn man älter als 40 ist und das erste Mal heiratet, dann stimmt irgendwo was nicht. Heute heiratet man

erst gar nicht. Man lebt zusammen. Die Hochzeit war für Marie und für Franz wichtig. Sie glaubten, es macht sie irgendwie vollständiger und angesehener. Außerdem waren sie beide katholisch.
Viele Leute waren sie ja damals bei der Feier nicht gewesen. Lore konnte nicht kommen, das Kind, der Andreas war kurz vorher geboren und krank. Andreas war viel krank als Säugling und auch später noch, als er schon größer war. Dazu hatte er Neurodermitis, eine schlimme Hautkrankheit. Das Kind tat Marie leid. Es hat wirklich viel gelitten. Aber dann haben sie in der Schweiz einen Heilpraktiker gefunden, der die Krankheiten in den Griff bekommen hatte. Heute hat Andreas eine Haut wie Milch und Honig. Aber gegen Hundehaare ist er noch allergisch. Immer wenn Marie ihn sieht, muss sie an Amsterdam denken. Auch nach so vielen Jahren hat sie es nicht vergessen. Weil sie doch auch zu der Zeit… und mit der Erinnerung blähte sich der schwarze, mit Wut gefüllte Ballon wieder auf.

Also damals, bei der Hochzeit war der Rahmen um einiges kleiner. Ihre Mutter hatte einen fliederfarbenen Hut, wie die Königin Elisabeth von England, auf dem Kopf. Sie sagte immer wieder: »Wenn das dein Vater noch hätt' erleben können.« Maries Arbeitskollegin und Freundin Uschi war ihre Trauzeugin. Sonst hatte sie von ihrer Familie noch ihre Tante Rosa mit Onkel Josef und ihren Vetter Ernst eingeladen. Ernst war allerdings nicht gekommen. Uschi hatte ihre jüngste Tochter Eva mitgebracht, die genau wie ihre Mutter dunkelhaarig, klein, mollig und immer freundlich war. Franz hatte seinen Arbeitskollegen Hinner gefragt, er stammte aus Norddeutschland, aber er kam trotzdem gut mit ihm aus, ob er sein Trauzeugen machen würde. Hinner hatte sich gefreut und war mit seiner Frau Jutta, die Marie auch ganz nett fand, gekommen. Sie haben auch später ab und zu etwas zusammen unternommen, aber Franz war doch am liebsten daheim. Ja, und dann war noch der Vater von Franz dabei. Sie waren gerade zehn Personen. Mit drei Autos sind sie gefahren. Franz hatte sich einen Opel Senator bei einem Schulkollegen ausgeliehen, bei dem, der früher das Autohaus in der Leopoldstraße hatte. Franz wollte einen weißen Wagen, als Ersatz für eine weiße Kutsche, die er Marie nicht bieten konnte. Dabei spielte er auf die Hochzeit von Prinz Georg von Hohenzollern mit Birgitta von Schweden an. Das Paar war nach der Trauung in einer offenen Kutsche durch Sigmaringen gefahren und hat den Leuten zugewinkt, die gaffend am Straßenrand standen. Die Zuschauer haben nicht gewinkt, nur der Prinz und die Prinzessin. Die Prinzessin hat wirklich schön ausgesehen, genauso, wie man sich eine Königstochter aus einem Märchen vorstellt. Vielleicht war die Kutsche in Wirklichkeit nicht weiß gewesen, aber in Maries Erinnerung war sie es. Als sie vorbeigefahren sind, ist es ganz still geworden, so wie in der Kirche. Nur das Getrappel der Pferdehufe auf dem Asphalt war zu hören. Marie war auch dagestanden und kam sich irgendwie blöd vor. Und dann musste sie unwillkürlich denken: War der Prinz nun ein Blutsverwandter oder nicht? Sie hätte schon gerne einen Blick ins Schloss geworfen und zugeschaut, wie sie dort feierten. Für ihre eigene Hochzeit hätte sie eine richtige weiße Kutsche gar nicht gewollt. Vielleicht als junges Mädchen, aber mit 40 wäre das albern gewesen. Aber in dem alten, grünen VW Käfer, den Franz zu dieser Zeit immer noch fuhr, wollte sie nicht beim Standesamt und der Kirche vorfahren. Und dass Franz sich vor der Hochzeit sein kleines Bärtchen abrasierte, darauf hat sie auch bestanden.

Marie hatte sich ein hellblaues Seidenkostüm für die Trauung schneidern lassen und gedacht, dass sie es später auch noch bei besonderen Anlässen tragen könnte. Das Kostüm hing noch immer, wie ein aufgehängter Traum im Schrank und wartete auf den besonderen Anlass. Obwohl, passen

würde es ihr noch, nur die Mode für die Rocklänge war damals anders.
Jetzt saß Marie aus einem besonderen Anlass im Zollerhof. Aber für ihr Hochzeitskostüm war es wieder nicht der richtige Anlass. Den Hochzeitsanzug von Franz hatte sie schon vor zehn Jahren in die Kleidersammlung gegeben. Der hätte ihm heute nicht mehr gepasst. Auch nicht, wenn der Bestatter ihn hinten aufgeschnitten hätte. Aber das mit dem Leichenschmaus im Zollerhof war eine gute Idee von Lore gewesen. So schloss sich der Kreis des Lebens, das Marie mit ihrem Mann Franz gelebt hatte, dort, wo es angefangen hatte.
Marie nahm ihre Sonnenbrille ab. Als sie bemerkte, wie Fritz Wagner, ihr Nachbar vom Brunnenberg, der bei der Polizei arbeitete, sie anstarrte, setzte sie die Brille schnell wieder auf. Sie hatte schließlich keine verheulten Augen und das brauchte er nicht zu sehen. Fritz trug einen dunklen Anzug und wirkte fremd, vielleicht auch, weil er seine Frau dabei hatte.

Von Anton Mezger, Maries ehemaligem Geliebten, war schon vor der Beerdigung ein kurzer Brief gekommen. Darin drückte er ihr sein Beileid aus. Er bat sie um Verzeihung für ALLES. Was immer er auch mit ALLES meinte. Die Buchstaben waren wirklich groß geschrieben. Er bot ihr seine Hilfe an. Sie solle sich vertrauensvoll an ihn wenden, wenn sie ein Problem hätte. Seine Handynummer war extra unterstrichen. Bei dem Wort vertrauensvoll hätte Marie lachen können, wenn sie nicht gleich wieder wütend geworden wäre. Marie nahm sich vor, seine Hilfe anzunehmen, wenn auch nicht vertrauensvoll. Zuerst einmal für die Suche nach einem Tierpräparator. Anton kannte sicher die Adresse von einem guten. Irgendeinem wollte Marie ihr Buele nicht in die Hände geben. Wenn es ein Pfuscher war, erkannte sie vielleicht hinterher ihren Hund nicht mehr

wieder. Vielleicht hatte Anton auch schon mal arbeiten lassen. Sicher keinen Hund und keine Katze. Aber vermutlich den Kopf oder wenigstens das Geweih von einem Hirsch. So, wie sie im Schloss, im Aufgang zwischen den alten Rüstungen in den Gängen und im Jagdzimmer, an den Wänden hingen.
Marie stellte sich Antons Wohnzimmer vor, in der Villa, die er sich kurz nach ihrer Trennung im Hanfertal gebaut hatte. Mit einem Zwölfender über dem Fernseher, oder vielleicht, wenn er einen Kamin hatte, dann da drüber. In einer Garderobe, wenn sie groß genug war, machte sich ein Geweih auch ganz praktisch. Man konnte an den vielen Enden einige Kleidungsstücke aufhängen.
Antons Beileidsbrief war im Namen seiner Familie gehalten, aber nur von ihm unterschrieben. Ein guter Anfang für das Ende, dachte Marie. Jetzt konnte sie ungestört planen und endlich ihre Rache in Angriff nehmen.

Am Tag nach der Beerdigung ging Marie durchs Haus und nahm es für sich allein in Besitz. Das Buele fehlte ihr so, dass es ihr jetzt, da sie zur Ruhe und Besinnung kam, wieder richtig wehtat. Sie hätte vor hilflosem Zorn losheulen können. Sie ging in die Speisekammer, legte die Hand auf die Truhe, aber machte sie nicht auf. Als sie traurig und gleichzeitig wütend dastand, entdeckte sie eine magere, rote Katze am Fenster. Sie saß außen auf dem Sims und schaute ängstlich herein. Sie schien auf dem Sprung zu sein, bereit zu flüchten, sollte Marie eine unachtsame Bewegung machen. Als Marie sich vorsichtig dem Fenster näherte, sprang sie dann auch mit großen Sätzen durch den Garten den Hang hinauf Richtung Wald. Marie öffnete das Fenster und entdeckte Bueles Fressnapf. Lore hatte ihn wohl mit den Fleischresten, die noch darin waren, rausgestellt. Die Katze hatte ihn entdeckt und sauber ausgeschleckt. Marie hatte noch Hundefutter. Buele hatte fast nur frisches Fleisch bekommen, roh oder gekocht und manchmal auch biologisch-dynamisch, wie ihr das der Tierarzt empfohlen hatte. Dosenfutter hatte sie natürlich nur für den Notfall und nur vom Besten gekauft. Einige Büchsen standen noch in einem Hängeschrank über der Gefriertruhe. Die könnte sie jetzt nach und nach an die Katze verfüttern. Verhungert genug sah sie ja aus.

Die Katze erinnerte sie an die Patrizia von ihrem Franz. Vielleicht weil sie rote Haare hatte, oder weil sie auf dem Friedhof so ängstlich, und wie auf dem Sprung herumgestanden war, eben genauso, wie die rötliche Katze auf dem Fenstersims.

Kurz, nachdem Franz gestorben war, hatte Marie einen Anruf von der Bank bekommen und erfahren, dass ihr Mann vor seinem Tod noch die Absicht hatte, einen neuen Mercedes zukaufen. Er hatte der Bank avisiert, dass die nicht gerade beträchtliche Summe vom Tagesgeldkonto auf das Girokonto transferiert werden sollte. Bei einer solchen Summe brauchte die Bank aber auch Maries Unterschrift. Marie parkte im Moment nicht benötigtes Geld auf einem Tagesgeldkonto, über das sie jederzeit verfügen konnten und das trotzdem ein paar Prozent Zinsen abwarf. In der Zwischenzeit hielt sie nach neuen, lukrativen Anlagemöglichkeiten Ausschau. Seit Franz sich den teuren Ausflug an die Börse geleistet hatte, ging Marie auf Nummer sicher. Es hatte sich ja auch bewährt. Ihre Immobilien waren im Wert gestiegen und sie warfen dazu noch ganz schön was ab. Wenn da nicht immer gleich das Finanzamt die Hand aufgehalten hätte. Aber sie hatten einen guten Steuerberater. »Unterm Strich blieb doch noch etwas liegen«, wie Franz und Marie eingestanden.

Marie rief das Autohaus an. Dem Geschäftsführer war die Angelegenheit sichtlich unangenehm, aber es war nicht seine Schuld. Maries Mann hatte darauf bestanden, dass das neue Auto auf den Namen der Frau Patrizia König aus Laiz zugelassen wurde. Der Fahrzeugbrief und der Fahrzeugschein lagen noch im Büro. Der Firmeninhaber des Autohauses sagte zu Marie:
»Herr Strobel hatte vor, am nächsten Tag vorbeizukommen und die Papiere abzuholen. Das Auto wollte er nach der

Probefahrt nicht mehr hergeben. Den Scheck, den er bereits ausgestellt hatte, sollte bei Übergabe der Papiere eingelöst werden. Wir wussten nicht so recht, nachdem er am nächsten Tag nicht gekommen ist und wir dann von seinem Tod erfahren haben, wie wir in der Sache nun weiterverfahren sollten.«

Marie blieb die Luft weg, als sie den Preis für das Auto hörte und begriff, dass ihr Mann Franz es seiner Geliebten Patrizia schenken wollte. Ausgerechnet Franz, der immer so sparsam war. Was Geschenke für seine Frau anbetraf, war er immer fantasielos und geizig gewesen. Marie mochte nicht daran denken, was ihm vielleicht noch alles eingefallen wäre, ja, wenn die Patrizia nicht auf die Idee mit dem Viagra gekommen wäre. Marie glaubte nicht, dass das Viagra auf dem Mist von Franz gewachsen war. Die Geschichte hätte unter Umständen noch viel teurer werden können, wenn er noch länger die Möglichkeit zum Geld ausgeben gehabt hätte. Marie wollte sich keine Blöße geben und versicherte, wenn auch mit schwerem Herzen und einem Magenkrampf, dass alles seine Ordnung habe und sie die Papiere abholen und an Frau König weitergeben würde. Lore erzählte sie nichts von der letzten Heldentat ihres Bruders.

Zwei Tage nach der Beerdigung klingelte das Telefon bei Marie. Patrizia König war am anderen Ende der Leitung. Der Anruf kostete sie sicher viel Überwindung. Marie hörte das Zittern in ihrer Stimme. Patrizia sagte, dass das neue Auto von Franz immer noch bei ihr vor der Haustür stehe. Ob sie die Schlüssel dazu per Post schicken solle? »Ich nehme nicht an, dass Sie, Frau Strobel, herkommen wollen, um den Schlüssel in Empfang zu nehmen.« Dabei verhaspelte sie sich. Keiner ihrer Sätze war vollständig. »Oder vielleicht schicken Sie einen, der das erledigt?«, fügte sie zaghaft hinzu. Fast verschämt sagte sie noch: »Seine Kleider, sein Handy und sein Geldbeutel liegen schon im Auto, im Kofferraum.« Patrizia erwähnte nicht, dass sie vorhatte, die abgetragene, braune Lederjacke von Franz zu behalten. Sie wollte etwas von ihm haben, etwas, das sie an den lebendigen Franz erinnerte. Obwohl, den Franz würde sie in ihrem Leben nie mehr vergessen und das Gefühl, wie schwer er in seinem letzten Augenblick auf ihr gelegen hatte. Aber eines war sicher und das konnte ihm und ihr niemand nehmen. Einen schöneren Tod als den vom Franz, konnte man sich nicht wünschen. Da sollten die Leute denken und sagen, was sie wollten.

Endlich fand Marie wieder Zeit für ihr tägliches Laufpensum. Nach Bueles Tod und der ganzen Aufregung um ihren Mann, seine Beerdigung und Lores Besuch war sie nicht mehr dazu gekommen. Nicht mal übers Kriegerdenkmal zum Kreuz des Ostens waren sie spaziert. Das trübe Wetter, das am Abend nach der Beerdigung einsetzte, war Lore aufs Gemüt geschlagen und sie wollte sobald wie möglich nach Hause. Marie konnte es ihr nicht verübeln. Sie war auch nicht das, was man eine gute Gesellschaft hätte nennen können. Das Laufen an der frischen Luft fehlte ihr.
Sie zog ihre Sportschuhe an und lief los. Wohin sollte sie? Es gab keinen Hund mehr, der erst mal Gassi gehen musste. Also lief sie auf der Straße, den Berg hinauf. Dann redete sie sich ein: `S Buele ist bei mir, und rannte querfeldein, wie sie es immer mit ihm an ihrer Seite getan hatte. Die Erde war nass und schwer unter ihren Sohlen und die Dreckbollen flogen ihr nur so um die Ohren. Sie dachte, während sie so vor sich hinlief: Ich muss den Hund anschließend sofort unter die Dusche stellen. Wenn ich nicht aufpass', rennt er mir davon und dann ist das ganze Haus dreckig. Dann rutschte ihr das Bild des Hundes in der Gefriertruhe ins Gedächtnis. Einen Moment lang hatte sie wirklich geglaubt, das Buele läuft mit ihr. Der Weg vor ihren Füßen verschwamm, sie rieb sich mit dem Ärmel die Tränen aus den Augen, aber langsamer wurden ihre Schritte nicht. Bandwürmer aus Wut und Zorn verknoten sich in ihrem Bauch.

Die Papiere für den nachtblauen Mercedes steckten in Maries Handtasche. Das Auto war bezahlt. Sie hatte dabei

körperliche Schmerzen empfunden. Franz war es also doch noch gelungen, etwas von seinem Vermögen mitzunehmen. Aber dafür war sie ihn los. Ein Auftragsmord wäre auch nicht billiger gekommen und wär ein großes Risiko gewesen. So versuchte sie, sich zu trösten. Das wär doch eine Geschäftsidee für eine Ich-AG. Nicht ganz moralisch, aber auch nicht strafbar, dachte Marie nur kurz und nicht ernsthaft: Ob ich die Patrizia auch auf Anton ansetzen soll? Aber den Anton wollte sie für sich. Jetzt gab es nichts mehr, was sie hinderte. Wegen des teuren Autos musste sie mit dem Steuerberater sprechen, vielleicht gab es ja doch noch eine Möglichkeit, es irgendwie abzuschreiben.
Marie entschloss sich, auf gut Glück mit den Autopapieren nach Laiz zu fahren. So ganz wohl fühlte sie sich nicht, als sie bei Patrizia König an der Wohnungstür klingelte. Die Haustür hatte offen gestanden, und sie war die Treppen nach oben gegangen, bis sie den Namen König auf einer Klingel entdeckte. Der Mercedes war unübersehbar an der Straße geparkt. Er war wirklich schön, das musste sie zugeben. Aber Marie machte sich nichts aus schönen Autos. Sie mussten funktionieren. Sie fuhr gern mit ihrem Rad und, wenn es ging, auch mit dem Zug. Da brauchte sie wenigstens anschließend keinen Parkplatz zu suchen.
Pat bekam große Augen und es verschlug ihr im ersten Moment die Sprache, als sie die Frau von Franz vor ihrer Tür stehen sah. Patrizia schaute Marie nur an und brachte kein Wort heraus. Nicht mal »Grüß Gott« konnte sie sagen. Sie stand nur da und hielt die Türklinke in der Hand. Marie befürchtete, dass sie ihr die Tür gleich wieder vor der Nase zuschlagen würde. Marie schob sich einfach an Patrizia vorbei in die Wohnung und betrat ein nicht gerade großes Wohnzimmer. Sie blickte sich um und fragte: »Kann ich mich setzen?« Pat, die hinter ihr hergelaufen kam, stotterte: »Natürlich«. Aber zuerst musste sie einen Stuhl freiräumen. Bis auf Kleider, die überall herumhingen, war es sauber und

ordentlich. Marie war etwas enttäuscht. Eigentlich hatte sie so etwas wie einen Puff erwartet, obwohl sie keine Erfahrung hatte, wie es in einem Puff wirklich aussah.
Patrizia König setzte sich Marie Strobel gegenüber, wusste aber nicht was sie sagen sollte. Sie verschränkte ihre Arme vor der Brust und schaute auf Maries Hals, so, als ob sie nicht höher zu schauen wagte. Dann sprang sie auf, kramte in einer Schublade und hielt Marie wortlos einen Autoschlüssel hin. Marie stand ebenfalls auf, nahm die Autopapiere aus ihrer Handtasche und streckte sie Patrizia entgegen. Die zwei Frauen standen sich gegenüber und jede reichte der andern etwas und keine nahm es der andern ab. Dann machte Marie der schon komisch wirkenden Situation ein Ende. Sie sagte: »Das Auto gehört Ihnen. Der Franz wollte es so. Hier sind die Papiere. Alle auf Ihren Namen. Ich will es auch so. Betrachten Sie das Auto als Erinnerung oder auch als Abschiedsgeschenk.« Und als Pat ihr immer noch den Schlüssel hinhielt: »Jetzt nehmen Sie schon.« Patrizia nahm die Papiere und las ihren Namen leise vor sich hin, so als ob er fremd wäre und nicht ihr gehören würde. Dann schaute sie Marie in die Augen und sagte: »Das kann ich doch nicht annehmen.« Dann aber lachte sie: »Aber wollen würd' ich das Auto schon.« Marie drehte sich um: »Dann nehmen Sie es.« Sie ging zur Tür. Patrizia sagte, bevor sie rausgehen konnte: »Ich hab Sie mir ganz anders vorgestellt.« Marie drehte sich noch mal um und lächelte: »Ich Sie mir auch.«

Marie rannte wieder jeden Tag. Sie lief entweder morgens oder gegen Abend gemächlich auf ihren, für ihre Körpergröße langen Beinen, den Berg hinauf. Marie hatte einen kurzen Oberkörper, was ihre überlangen Beine wieder ausglichen. Vielleicht war sie deshalb immer eine gute Läuferin gewesen. Bevor sie auf der Höhe in einen leichten Trab verfiel, machte sie hinter dem Kriegerdenkmal noch Dehnübungen. Ein richtiges Stretching, so wie sie es im Fernsehen gesehen hatte. Dann war sie startbereit.
Fritz Wagner bewunderte ihre Ausdauer und ihre Kondition. Marie dagegen seine Fähigkeiten beim Umgang mit dem Computer. Er hatte ihr schon oft geholfen, wenn sie mal wieder hilflos vor dem Bildschirm gesessen hatte und der PC nicht das machte, was sie wollte. Fritz hatte ihr angeboten, sollte sie Hilfe brauchen, konnte sie sich jederzeit an ihn wenden. Als sie einmal beide nicht mehr weitergekommen waren, vermittelte er ihr einen Kollegen, der auch im Amt für knifflige PC Probleme immer eine Lösung fand.
Fritz fragte sie eines Tages, ob sie sich vorstellen könnte, für einen Halbmarathon zu trainieren. Marie antwortete schlagfertig: »Wenn du mitmachst.« Aber davon wollte er nichts wissen. Das war ihm dann doch zu viel. Er lief nur um den Block. »Gezwungenermaßen, um nicht ganz einzurosten«, sagte er entschuldigend. Marie dachte: Ich weiß schon warum. Damit du so ganz nebenbei schnüffeln kannst.
Fritz Wagner betrachtete den Brunnenberg als sein ganz persönliches Revier. Er wusste über alles und jeden Bescheid. Ihm blieb nichts verborgen, was sich in den Häu-

sern und Familien abspielte. Wer mit wem und wer nicht mit wem. Wenn vor einem Haus nicht regelmäßig das Trottoir gefegt wurde, nahm er sich die dafür Zuständigen zur Brust und sprach sie höflich auf diesen Missstand an.
Die türkische Familie, die sich eines der alten Häuser weiter oben gekauft hatte, nannte Fritz liebevoll ›unsere Türken‹. Er betonte immer wieder, dass sie genauso ordentlich und freundlich wie seine deutschen Nachbarn wären. Im Winter, wenn es nachts geschneit hatte, waren sie die ersten, die bahnten und streuten. Und der Ali machte das Stück Gehweg von der alten Frau Bauer, die nebenan wohnte, immer gleich mit. Seine Türken waren fleißig und ordentlich, das konnte Fritz nicht oft genug betonen. Die Frau trug auch kein Kopftuch. »Man sieht es ihnen kaum an, dass sie keine Deutschen sind«, meinte er. Auf seine Brunnenbergtürken ließ der Fritz nichts kommen. Es war ihm sehr wichtig, dass alle seine Nachbarn seine Einstellung zu Ausländern kannten. Er wollte auf keinen Fall den Eindruck erwecken, ein Rassist zu sein. Fritz hielt sich selbst für tolerant und weltoffen.

Wenn Marie durch Feld und Wald lief, schwirrten ihre Gedanken wie Schmetterlinge um sie. Keine bunten Falter, die in der Sonne gaukelten, eher dunkle Nachtfalter, die sie immer neue Rachepläne schmieden ließen. Sie stellte sich vor, wie Anton das Buele erschossen hatte. Der Schmerz und die hilflose Wut trieben sie an, wie einen Esel eine vors Maul gehängte Karotte. Sie dachte sich alle möglichen Foltertechniken für Anton aus und verwarf sie wieder. Dann, eines Tages, wusste sie, wie sie es machen konnte, ohne dass man sie verdächtigen würde.
Marie stand unter der Dusche und erinnerte sich, wie gerne das Buele zu ihr in die Kabine gekommen war und ebenfalls unter dem warmen Wasserstrahl gestanden hatte. Durch das klare Glas der Duschkabine und die getrübte Scheibe des

Badezimmerfensters entdeckte sie schemenhaft die rote Katze. Sie saß außen auf dem Sims und putzte sich. Marie beobachtete die Katze und hatte plötzlich eine Idee, wie sie ihr Verlangen nach Rache umsetzen könnte. Sie sah einen Weg, wie sie Anton aus dieser Welt befördern konnte. Diese Katze würde ihr dabei helfen. Marie näherte sich ihr langsam. Die Rote war misstrauisch. Sie schien schlechte Erfahrungen mit Menschen gemacht zu haben. Aber irgendwann würde sie Zutrauen fassen. Marie hoffte, sie über Bueles Fressnapf zu erobern.

Marie kam auf Antons Angebot zurück, sich vertrauensvoll an ihn zu wenden. Sie rief ihn unter der Nummer, die er ihr mit der Beileidspost geschickt hatte, an und fragte nach einem Tierpräparator. »Um Himmelswillen, wozu brauchst du denn so was?«, wollte er fast empört wissen. Sie gestand ihm, dass sie ihren Hund präparieren lassen wollte.
Anton konnte ihren Gedankengang nicht nachvollziehen. Normalerweise ließ man Jagdtrophäen ausstopfen, um zu zeigen, was man erlegt hatte. Oder es wurden Tiere für Museen ausgestopft, sozusagen als Anschauungsobjekte. Er wusste auch, dass es Männer gab, die ausgestopfte Tiere sammelten, wie andere Armbanduhren oder Oldtimer. Allerdings mussten alle Jagdtrophäen eigenhändig geschossen sein. Unter Antons Jägerkollegen kursierte die Geschichte von einem Millionär, der sich eine Luxusfabrikhalle nur für seine ausgestopften Tiere hatte bauen lassen. Alles, vom Elch, über Bären, bis hin zu Krokodil und Nilpferd hatte er in seiner Sammlung. Ein normaler Hund war vermutlich nicht dabei. Maries Hund war eigentlich seine, Antons, Jagdtrophäe, aber eine, auf die er nicht gerade stolz zu sein brauchte. Es war ihm mehr als peinlich, und er war froh, dass Marie es ihm nicht nachzutragen schien. Eilfertig versprach er ihr, sich zu informieren und sie dann zurückzurufen. Marie hörte an seiner Stimme, dass er sich in seiner

Haut nicht wohl fühlte. Sie dachte: Du wirst dich noch ganz anders fühlen. Zufrieden legte sie den Hörer auf. Sie selbst war sachlich geblieben. Ihre Stimme hatte kein bisschen gezittert.

Auf dem Friedhof hatte sie das erste Mal seit einem viertel Jahrhundert ein paar Worte mit Anton gewechselt. Sonst nickte sie nur hoheitsvoll, wenn sie sich irgendwo begegneten. Wenn es nicht anders ging, hatte sie dabei auch die Zähne gezeigt, sodass es den Eindruck erweckte, sie lächle. Bereits zwei Tage später kam Antons Rückruf. Er hatte mit seinen Jägerkollegen gesprochen und sie waren einhellig der Meinung, dass die Firma Raabe in einem kleinen Dorf zwischen Ravensburg und Biberach, die besten Arbeiten ablieferte. Er nannte Marie eine Telefonnummer und bot ihr an, sollte sie die Fahrt nicht alleine machen wollen, sie gern zu begleiten. Marie sagte: »Ich denk drüber nach!« In der Zwischenzeit hatte sie sich im Internet über Tierpräparation schlaugemacht. Es würde ihren Liebling nicht mehr lebendig machen, aber so wäre er doch immer bei ihr und sie konnte sicher sein, dass er nicht einfach irgendwo verfaulte. Das Buele lag immer noch in der eiskalten Gefriertruhe. Sie hatte sie seit dem Tag, an dem Franz gestorben war, nicht mehr geöffnet und würde es auch erst wieder tun, wenn es Zeit war, den Hund zum Herrichten wegzubringen. Herrichten, nannte Marie es. Ausstopfen klang so hart und präparieren so fremd. Herrichten war das richtige Wort. Ihr Buele würde für seinen ungestörten Schlaf auf dem Lieblingssessel von Franz hergerichtet werden.

Marie rief Herrn Raabe an und schilderte ihm ihren Fall. Er versicherte ihr, dass sie, damit meinte er seine Mitarbeiter, öfter die Lieblinge ihrer Besitzer präparierten. Präparieren hörte sich bei ihm wissenschaftlich und sachlich an. Er sagte auch nicht »ausstopfen«. Ausstopfen tat weh.

»Ein paar Fotos wären nicht schlecht, um den Charakter des Hundes so lebensnah wie möglich herauszuarbeiten«, sagte Herr Raabe. Er bat Marie außerdem um Geduld. Eine feste Terminzusage, wann ihr Hund fertig und abholbereit sein würde, konnte er ihr nicht geben. Wenn sie dann den Hund vorbeibrachte, könnten sie ja alles Weitere besprechen.

Marie fütterte jeden Tag die rote Katze. In der Zwischenzeit war die Delle in ihrem Bauch verschwunden und auf den Rippen hatte sich bereits etwas Fleisch angesetzt. Sie sah gesünder und dicker aus. Ihr Fell glänzte und sie ließ sich streicheln. Die Katze war ein Kater und von seinem linken Ohr war nur noch eine ausgefranste Hälfte vorhanden. Wenn die Sonne auf den Hintereingang schien, machte er dort auf dem Fußabstreifer ein Schläfchen. Marie legte ihm zusätzlich eine alte Decke in den Holzschopf, damit er, wenn es regnete und stürmte, ein trockenes, weiches Plätzchen hatte. Sie rief ihn »Kater«. Solange sie ihn nicht auf den Arm zu nehmen versuchte, schien er sie zu akzeptieren.

Wilde Herbststürme zogen über den Berg. Der Wald rauschte, ächzte und krachte, wenn die Bäume ihre toten Äste abwarfen. Durch den Wald joggte Marie nur noch, wenn es nicht stürmte. Nachdem sie sich nur durch einen Sprung in eine von Wildschweinen aufgewühlte Schlammkuhle vor einem herabstürzenden Ast in Sicherheit hatte bringen können, zog sie das freie Feld vor. Sie war danach in voller Länge im nassen, kalten Dreck gelandet und ihr war trotzdem furchtbar heiß geworden. Der Ast mit einem Durchmesser von wenigstens 20 Zentimetern und einer beachtlichen Länge hatte kaum einen Meter neben ihr gelegen. Er hätte sie glatt erschlagen können.
Marie liebte es, bei Sturm draußen zu rennen. Beim Lauf über die Felder trug sie der Rückenwind vorwärts und sie genoss die Illusion, nur mit den Armen schlagen zu müssen, um wie ein Vogel abzuheben und bis nach Afrika zu

fliegen. Dafür kämpfte sie sich dann um so mühsamer den Weg zurück, sodass sie glaubte, sie wäre wirklich auf dem Rückweg von Afrika. Der Wind blies ihr mit solcher Kraft ins Gesicht, dass er ihr dabei fast den Atem nahm. Ob es so ähnlich bei einem Sandsturm war? Nur eben dann auch noch mit Sand?

Afrika war groß und es gab viele interessante Länder auf diesem Kontinent. Es war Marie nicht leicht gefallen, sich für ein Land zu entscheiden. Aber am Ende hatte sie sich für Südafrika und die angrenzenden Länder entschieden. Im Internet suchte sie nach Informationen. Dabei stellte sie fest, dass ihr Englisch miserabel war und sie damit kaum durchkommen würde. Als Marie noch nicht mit Franz verheiratet war, war sie regelmäßig einmal die Woche am Abend zur Volkshochschule gegangen, um Englisch zu lernen. Sie hatte es aber nie sehr ernst genommen. Für sie war es damals nur wichtig, einen Grund zu haben, den Abend außerhalb der Reichweite ihrer Mutter zu verbringen und sich dann aber, statt zu lernen, mit Anton zu treffen.

Um sich auf ihrer Reise wenigstens etwas verständlich machen zu können, kaufte Marie einen Sprachkurs für den Computer und ging gleichzeitig wieder zur Volkshochschule.

Sie beantragte einen Reisepass. Auf dem Rathaus machte man sie darauf aufmerksam, dass es bis März dauern könnte, bis er fertig wäre. Marie konnte nicht fassen, dass so viel Zeit benötigt wurde, um dieses Dokument auszustellen. Der Pass wurde doch gedruckt und nicht gemalt.

Als Marie sicher war, welche Länder sie bereisen und was sie dort unbedingt sehen wollte, fuhr sie mit dem Zug nach Ulm, um sich dort in einem Reisebüro beraten zu lassen. Ulm war größer als Sigmaringen, Marie wusste, dass es dort ein großes Reisebüro gab, in dem sie vermutlich mehr Erfahrung mit Extrawünschen bei Afrikareisen hatten. Ein weiteres Argument, nach Ulm zu fahren war, dass dort niemand Marie kannte. Es brauchte nicht jeder zu wissen, dass sie sich, kaum dass ihr Franz unter der Erde war, einen Afrikaurlaub für zehntausend Euro leistete. In Sigmaringen würde vielleicht eine Angestellte arbeiten, die Marie kannte und von den pikanten Umständen Kenntnis hatte, unter denen ihr Mann verschieden war. Marie war vom Denken ihrer Mutter geprägt, die sich immer für etwas Besseres gehalten hatte. Gleichzeitig fürchtete sie sich vor Kritik. Aber, wie war doch noch mal Uschis Spruch von der Sau und dem Markt?

Jetzt, da Marie allein lebte, spielte es keine Rolle, wie lange sie von zuhause fort war. Mit dem Zug war es bequem. Sie fuhr mit dem Auto in fünf Minuten zum Bahnhof, stellte es dort ab, stieg in den Zug und eine Stunde und zehn Minuten später stand sie ohne Parkplatz- und Zeitprobleme mitten in Ulm.

Ihr Buele brauchte sie nicht mehr und für ihren Mann musste sie auch nicht mehr kochen. Und die Katze brauchte sie sowieso nicht. Die kam nur, um zu schauen, ob etwas im Fressnapf war.

Marie war das erste Mal in ihrem Leben wirklich unabhängig. So, wie sie es sich immer gewünscht hatte. Sie konnte machen, was sie wollte. Niemand fragte, wo sie hinging, oder wo sie gewesen war. Keine dummen Kommentare brachten sie dazu, in den von dicken, schwarzen Spinnen besetzten Keller hinunterzusteigen, um sich mit einem Stück Schokolade den Frust von der Seele zu lutschen und gleichzeitig ihrer Gesundheit einen schlechten Dienst zu erweisen.

Marie fühlte sich frei. Nicht einmal durch Geld wurden ihren Wünschen Grenzen gesetzt. Alle ihre Träume bewegten sich in dem Rahmen, der für sie finanzierbar war. Aber das Freisein hatte gleichzeitig etwas Verlorenes an sich. Bis jetzt hatte sie in einem begrenzten Raum gelebt. Irgendjemand oder irgendetwas hatte ihr immer gezeigt, wo ihre Grenzen waren. Aber nun, nachdem Franz tot war, waren alle Seiten ihres Gefängnisses von einem Tag auf den andern weggeklappt. Sie hatten sich aufgelöst, wie der Nebel über der Donau.

In Ulm war Marie die Besitzerin eines Hauses, in dem sich außer einer Apotheke auch ein Spielzeuggeschäft befand. Marie betrat das Kinderparadies. Niemand kannte sie. Sie schaute sich um und dachte stolz und fast etwas ehrfürchtig: Das alles gehört mir, natürlich nur die Mauern, aber wenn ich wollte, könnte ich sicher auch das kaufen, was in dem Laden ist. Sie sagte sich: Marie du bist eine freie, reiche Frau, glaub's nur. Sie kaufte mit Bedacht für Uschis Enkelkinder ein paar Spiele und genoss das Gefühl, unerkannt im eigenen Haus zu stehen. Als die Verkäuferin davon ausging, dass sie für ihre Enkelkinder einkaufte, ließ Marie sie in dem Glauben.

Die Beraterin im Reisebüro verstand etwas von ihrem Beruf. Marie hatte alles ausgedruckt, was sie auf ihrer Reise sehen wollte und was sie darüber im Internet gefunden hatte. Als Reisezeit gab sie April an. Im südlichen Afrika wäre dann Herbst. Ihre Beraterin sollte anhand ihrer Wünsche einen Reiseplan mit den verschiedenen Flügen ausarbeiten. Zuerst wollte Marie nach Südafrika und dort die Gardenroute machen. Danach in den Krüger-Nationalpark, anschließend nach Namibia ins Sossusvlei und in den Etosha-Nationalpark. Als nächstes stand auf ihrer Wunschliste Botswana mit dem Kalahari-Gemsbock-Park und dem Okawango-Delta. Zum Abschluss wollte Marie noch an die Victoriafälle und in dem legendären, luxuriösen Kolonialstilhotel, das fast wie ein Schloss aussah, übernachten.

»Das alles wird nicht gerade billig«, meinte die Reisefachfrau.

»Ich weiß«, sagte Marie mit Stolz in der Stimme: «Aber ich träum von Afrika, seit ich ein Kind bin, und da mein Mann gestorben ist, erfülle ich mir jetzt diesen Traum.«
»Das find ich gut, dass Sie in ihrem Alter noch den Mut haben, eine so große Reise zu machen«, sagte die Frau bewundernd. Auf dem Schild auf ihrem Schreibtisch stand Patrizia Sauter. Sie war blond, nicht rothaarig, und ziemlich jung. Für ihren Vornamen konnte sie ja nichts. Jedes Mal wenn Marie den Namen Patrizia hörte oder las, musste sie an die Summe auf der Rechnung für die nachtblaue S-Klasse denken. Frau Sauter gab ehrlich zu, dass sie Marie um diese Reise beneidete. »Aber«, fügte sie noch hinzu: »Sie sollten unbedingt an eine Reiserücktrittskostenversicherung denken. Ich will nichts herbeischreien, aber Sie könnten am Tag vor Ihrer Abreise die Treppe hinunterstürzen und sich ein Bein brechen. Es ist doch eine große Summe, die dann ohne Versicherung verloren wäre.«
Marie dachte: So gut scheint die Frau doch nicht zu sein, sonst hätte sie das mit ›ihrem Alter‹ nicht gesagt. Der lauf ich allemal noch davon. Aber wo sie Recht hat, da hat sie wohl Recht.
Dann fragte sie noch, ob Marie überhaupt schon einmal geflogen wäre? Nur mit »ja« hatte Marie geantwortet und sonst nichts dazu gesagt. Als die junge Frau sie dann so ansah, als ob sie jetzt sagen müsste, wo sie bereits mit dem Flieger gewesen sei, hatte Marie das ignoriert. Die zwei Frauen sahen sich einen Moment herausfordernd an, dann reagierte die blonde Patrizia professionell und tat so, als ob nichts gewesen wäre.
Marie war erst einmal mit einem Flugzeug geflogen und das war auch nur für ein Wochenende mit Lore nach London. Der Andreas war damals erst zwei oder drei Jahre alt gewesen. Rainer hatte seiner Lore und Franz der Marie die Reise zu Weihnachten geschenkt. Franz ging es auf die Nerven, dass Marie am Wochenende immer irgendetwas planen und

unternehmen wollte. Franz wollte seine Ruhe haben. Er plante Ruhe und das so viel wie möglich, natürlich auf dem Sofa. Er hatte damals genug um die Ohren mit seiner Arbeit beim Bund. Er brauchte seine Sonntage zum Abschalten und Auftanken, und man hätte meinen können, Marie bräuchte sie auch.

Sein Vater lebte damals noch und Marie hatte zu der Zeit noch in der Lebensmittelbranche gearbeitet. Das war noch, bevor sie dann Haushaltwaren verkaufte und nur noch den halben Tag ins Geschäft ging.

Rainer hatte Franz angerufen und ihm den Vorschlag mit dem Weihnachtsgeschenk gemacht. Er wollte, dass Lore sich mal etwas gönnte und Franz hoffte, dass Marie etwas zufriedener wäre, wenn sie sich ein Wochenende lang in einer Weltstadt wie London hatte austoben können. Franz hätten keine zehn Pferde in ein Flugzeug gebracht und schon gar nicht nach London. Von den Engländern wusste er: »Dass sie nicht kochen können, dass sie sich von Fisch und Chips ernähren und das auch noch aus Zeitungspapier.«

Vor der Hochzeit, während sie zusammen gingen und sozusagen verlobt waren, fuhr Franz jedes Wochenende mit Marie woanders hin. Vom Bodensee übers Allgäu, sogar nach Neuschwanstein hatte er sie ausgeführt. Marie hatte damals gedacht, das würde immer so weiter gehen. Aber es zeigte sich bald, dass Franz das nur gemacht hatte, weil so etwas seiner Ansicht nach zu einer Verlobung und Werbung dazugehörte. Am Sonntag nach der Hochzeit war es dann erst mal vorbei mit den Ausflügen. Marie war sauer gewesen und sie hoffte immer noch, dass Franz sich doch noch, wenigstens ab und zu, zu einem Ausflug aufraffen würde, und dass sie vielleicht auch mal zusammen in Urlaub fahren könnten.

Als Marie noch mit Werner Schröder verlobt war, waren

sie einmal zusammen nach Italien an die Adria gefahren. Er hatte einen hellblauen Ford Kombi besessen. Sie hatten gecampt, weil sie nicht das Geld für ein Hotel hatten. Für Marie war es trotzdem so etwas wie ein Traumurlaub gewesen. Abgesehen von einem Versuch, eine Wellnesswoche zu machen, die sie dann aber wegen Buele abbrechen musste, hatte sie bis jetzt nicht viel von der Welt gesehen.
Ja, ihren Bruder hatte sie noch in Brüssel besucht und dann war da noch die Reise nach Amsterdam. Aber die zählte nicht zu den Ferienreisen.
Bei ihrem Bruder Peter in Brüssel war Marie nach der Hochzeit nicht mehr gewesen. Franz wollte es nicht. Peter war in der Zwischenzeit geschieden und lebte als Pensionär mit einer Spanierin auf Mallorca. Er hatte Marie schon einige Male eingeladen. Wenn sie aus Afrika zurück war, würde sie ihn besuchen. Das hatte sie ihm fest versprochen. Es gab so viele Plätze auf dem Erdball, die sie unbedingt noch sehen wollte, bevor sie ihre letzte Reise antreten musste. Ihre Mutter und Großmutter waren beide über 80 Jahre alt geworden. Wenn nichts dazwischen kam, hatte sie noch gut 15 Jahre Zeit, um sich die Welt anzuschauen. Marie hatte nicht vor, diese Zeit zuhause am Kachelofen zu verbringen.

Ihren Bekannten erzählte Marie nichts über ihr wirkliches Reiseziel und ihre Reiseroute. Sie sagte nur Afrika. Jeder ging davon aus, dass sie einen Urlaub in Kenia gebucht hatte. Sie wurde dann regelmäßig gefragt, ob sie auch eine Safari machen würde, wo es dort doch noch Löwen und Elefanten gab. Nicht mal Fritz Wagner sagte sie, wo sie wirklich hinfliegen wollte. Marie nahm allerdings an, dass, wenn er auf ihrem Computer, die wie aus dem Nichts aufgetauchten Probleme zu beseitigen versuchte, sicher schon entdeckt hatte, wo ihre Interessen lagen. In ihrer Favoritenliste waren Afrikaseiten und Bilder einer Webcam mit Blick auf den Tafelberg gespeichert. Wenigstens einmal am Tag klickte sie diese Seite an und schaute nach, wie das Wetter und die Temperatur in Kapstadt waren.

Als Fritz in der letzten Woche da war, weil sie mal wieder nicht ins Internet kam, hatte er sich bereits, als er zur Tür hereinkam, richtig blöd benommen. Er beugte sich unnötig oft und dicht über sie. Als Marie ihn aufforderte, sich auf den Stuhl vor den Computer zu setzen, bestand er darauf, dass sie da sitzen blieb, weil es doch so bequemer für sie wäre und sie doch genau sehen und verstehen müsste, wie er jetzt das Problem behob. Am Ende stellte sich heraus, dass im Moment kein Internetzugang möglich war. Das lag an der Telekom und nicht an Marie oder ihrem PC. Als sie Fritz danach zur Haustür begleitete, bedankte Marie sich freundlich und sagte: »Lass es mich wissen, wenn ich für dich mal was tun kann.« Sie meinte das ehrlich. Fritz sagte darauf, wobei er ihr tief in die Augen zu schauen versuchte: »Keine Ursache, ich mache das doch gern. Und solltest du auf einem anderen Gebiet einmal Hilfe brauchen, vielleicht bei sexuellem Notstand…« Er machte eine kleine Pause, wobei er ein allwissendes Grinsen aufsetzte. Als Marie ihn verständnislos ansah, sprach er schnell weiter: »Ein Wink genügt und ich opfere mich auch dafür sehr gern.« Marie verschlug es die Sprache. Sie schüttelte ungläubig den Kopf, schob den Fritz zur Tür hinaus und knallte sie hinter ihm zu. Also, sie würde den pseudo-joggenden und schnüffelnden Polizisten ganz bestimmt nicht mehr um Hilfe bitten. Sie würde sich nach einer anderen Anlaufstelle für die Probleme, die ihr der Computer machte, ohne den sie aber nicht mehr sein konnte, umhören. Am besten wäre eine Frau. Es gab sicher Frauen, die genauso viel von Computern verstanden, wie Männer. Marie dachte wieder: Das wäre doch eine Idee für eine Ich-AG. Einen Computerservice von Frauen für Frauen.

Bis Weihnachten waren es gerade noch zehn Tage, als Marie sich entschloss, Anton anzurufen. Sie bat ihn, sie zum Tierpräparator zu begleiten. Anton hatte bereits zwei Mal bei Marie angerufen und auf den Anrufbeantworter gesprochen, aber sie hatte nicht zurückgerufen. Marie nannte ihm als Termin den nächsten Tag. Wohl wissend, dass das für ihn sehr kurzfristig sein würde. Sie hatte das Datum schon vor einer Woche mit Herrn Raabe abgesprochen, hätte also auch Anton Zeit geben können, sich darauf einzustellen. Aber das war Teil ihres Planes. Sie wollte wissen, wie weit sie ihn manipulieren konnte.
Er kam mit seinem Opel Vectra, weil angeblich bei diesem Auto der Kofferraum getrennt vom Innenraum und kühler war, als in Maries A-Klasse oder in seinem Touareg. Anton war passend zum Anlass in Lodengrün gekleidet. Sein ebenfalls grüner Lodenmantel lag auf dem Rücksitz. Sein immer noch kräftiges, jetzt silbergraues Haar war gut geschnitten und frisiert. Seine Backen glänzten glatt rasiert. Er half ihr das eiskalte, steifgefrorene Buele in zwei goldene Isolierdecken und dann noch in zwei Wolldecken einzupacken. Marie fand das Gold der Folie gerade gut genug für ihr Buele. Sie bestand darauf, dass sie den armen Körper ihres Lieblings allein ins Auto hinaustrug. Ihr Buele war schwer, aber er war nicht so schwer, wie sie ihn in Erinnerung hatte. Marie achtete darauf, dass kein Gewehr im Kofferraum lag. Sonst hätte sie das Buele nicht hineingelegt.
Anton war nach zwei Uhr gekommen, um sie abzuholen und um halb vier fuhren sie bei der Firma Raabe durch ein von einer Kamera überwachtes Tor auf den Hof. Unterwegs hatten sie nicht allzu viel gesprochen. Es war ein gegenseitiges, vorsichtiges Herantasten. Anton erzählte von seinen Enkelkindern und was er als Privatier noch so alles machte. Marie dachte: »Viel ist bei dir nicht mehr los.« Ihr dagegen machte es Spaß, ihm von ihren Reiseplänen vorzuschwärmen. Aus den Ratschlägen, die Anton ihr darauf

besserwisserisch gab, konnte sie so etwas wie Neid heraushören. Er, Anton, kenne sich aus, meinte er, er sei zwar noch nie in Afrika beim Jagen gewesen, habe aber sehr viel darüber gelesen. Marie glaubte nicht, dass er mit seiner Frau über das, was er mit ihr sprach, redete. Ob die Inge wusste, dass er mit ihr unterwegs war. Redeten sie überhaupt noch viel miteinander. Marie bekam aus dem Gespräch den Eindruck, dass bei Anton und seiner Frau jeder sein eigenes Leben führte und sie vor allem auf den Schein und das Geld achteten. Bei ihr und ihrem Mann Franz war es auch nicht anders gewesen. Vielleicht war ja die Inge ihr auch eines Tages dankbar, wenn sie ihren Anton beerdigen konnte.

Die Firma des Tierpräparators war am Rande eines kleinen Industriegebietes, in den Gebäuden einer früheren Fabrikanlage untergebracht. Marie hatte ein altes Bauernhaus erwartet. Es machte alles einen chemischen und sehr professionellen Eindruck. Das Buele wurde in einen Gefrierraum gebracht, in dem noch eine ganze Reihe, anderer toter Tiere, gut in Plastikfolien eingepackt, lagerten. Als Anton und Marie ankamen, wurde gerade ein toter Elch ausgeladen.
Marie blieb im Besprechungszimmer, in dem ein Flusspferdbaby sie munter ansah. Als wäre es lebendig, so stand es da. Über allem lag ein eigenartiger Geruch. »Formalin« sagte Anton. Er sah sich die Anlieferung des Elches aus der Nähe an. Mit Kran und Hebebühne wurde gearbeitet und dabei war das riesige Tier nicht mal mehr in einem Stück.
Marie reichte Herrn Raabe die mitgebrachten Fotos von Buele, von denen sie dachte, dass er darauf besonders lebendig und gut getroffen war. Die Farbe seiner Bernstein-Augen war auf diesen Bildern gut zu erkennen. Ein Foto zeigte ihn auf dem Fernsehsessel von Franz. Er lag in Schlafhaltung, den Kopf auf einer Pfote, aber die Augen hatte er offen und blickte von unten mit gerunzelter Stirn in die Kamera. Das war Maries Lieblingsfoto. »Wenn es mach-

bar ist, hätte ich meinen Hund gern so hergerichtet.« Herr Rabe versprach, dass er es versuchen würde, aber dass es vor Ostern nicht mehr möglich sein würde. Ostern plante Marie in Afrika zu sein und Herr Raabe erzählte, dass viele seiner Kunden nach Afrika zur Jagd flogen. Gegen Bezahlung durften sie auf großen Wildtierfarmen bestimmte Tiere schießen. Marie wusste das aus Filmen im Fernsehen, aber sie war dann doch geschockt. Sie fragte sich, warum ein Europäer in Afrika einen Löwen schießen wollte? Vielleicht träumte er ja schon genauso lange davon, wie sie von ihrer Reise. Nur, bei einer Jagd in Afrika ging es nicht um einen Rehbraten oder Hirschgulasch, wie beim Jagen im Sigmaringer Stadtwald. Für einen Großwildjäger ging es um Erfolg, das Erlegen, was man mit einem Foto, das nach der Jagd gemacht wurde, beweisen konnte. Ein Bild mit dem Fuß auf dem Rücken des Löwen und dem Gewehr in der Hand. Wer einmal einen Löwen geschossen hatte, wollte ihn behalten, ihn zeigen und sich immer wieder an die Jagd und den Nervenkitzel erinnern. Darum hatte Herr Raabe so viel Arbeit und es dauerte solange, bis Marie ihr Buele würde wieder abholen können.

Auf der Rückfahrt sprach Anton über seinen noch unerfüllten Traum. Einmal in seinem Leben wollte er einen Bären schießen. In den ehemaligen Ostblockländern konnte man das immer noch. Für viel Geld war dort alles möglich. Aber dazu war er fast schon zu alt. Er hatte seine Wünsche immer wieder zurückstellen müssen. Das Geschäft ging vor. Marie ließ ihn reden und dachte: Bei meinem Buele hast du geübt, alter Mann.

Anton erzählte viel, hauptsächlich von seinen unerfüllten Träumen. Marie nahm an, dass ihre Nähe nach so vielen Jahren und die Gespräche über ihre Afrikareise bei Anton die eigenen Wünsche an die Oberfläche gespült hatten. Die Atmosphäre beim Tierpräparator, die großen Bilder mit

den ausgestopften exotischen Jagdtrophäen an den Wänden, trugen sicher auch dazu bei, dass bei Anton Dämme gebrochen waren. Marie brauchte nicht viel zu sagen. Sie merkte, wie er fast ausfloss, während er erzählte. Dann bekam er Hunger. Sie waren schon beinahe in Sigmaringen, als er sich auf die Suche nach einem Lokal machte. Marie glaubte, dass es ihm darum ging, sie noch länger um sich zu haben. Er lud sie zum Essen ein. Marie meinte, dass es an ihr wäre, ihn einzuladen, schließlich wäre er ja gefahren.
»Du weißt doch, dass ich das gern gemacht habe«, sagte er und schaute ihr dabei in die Augen.
Im Lokal bestellte er sich eine Gänsekeule und schaute Marie komisch an, als sie Pfifferlinge in Rahmsoße mit Klößen, ohne Fleisch aussuchte. Er gab die Bestellung kommentarlos weiter. Dann redete er wieder. Jetzt schien er endlich auf das Thema zu kommen, um das es ihm eigentlich ging. Nämlich seine Beteiligung an Bueles Tod ins rechte Licht zu rücken. Er schob Franz die Schuld zu: »Ja, wenn ich gewusst hätte, wie du an dem Hund hängst, hätte ich doch nie auf ihn geschossen. Aber dein Franz hat so geredet, als ob der Hund gefährlich geworden wär und auch du dich vor ihm gefürchtet hast.« Anton stellte sich als den Retter von Franz und Marie vor einer gefährlichen Bestie dar. »Nicht umsonst muss man mit dieser Rasse einen Sicherheitstest machen«, war eine seiner Entschuldigungen.
Marie hörte zu und trank Apfelschorle und Anton trank noch zwei Viertele. Sie erzählte ihm dann, dass ihr eine rote Katze zugelaufen war, und dass sie somit wieder ein Haustier hatte. Anton bot an, ihr einen neuen Hund zu schenken und Marie sagte empört: »Untersteh dich.« Als er sie dann endlich vor ihrer Haustür absetzte, schien er völlig nüchtern aber aufgekratzt. »Das müssen wir bald mal wiederholen«, sagte er bittend zum Abschied. Marie sagte: »Können wir ja. Wenn du meinst.« Dabei dachte sie: aber nicht so, wie du meinst.

Für die Weihnachtsfeiertage erhielt Marie von ihrer Schwägerin Lore eine Einladung nach Basel. Marie hatte Lust zu verreisen. Da sie, seit Franz ihr damals das Buele als jungen Hund gebracht hatte, nicht mehr bei Lore gewesen war, wollte Marie sie wirklich gern besuchen. Aber erst nach Weihnachten. An den Festtagen zog sie es vor, allein zu sein. Lore und Rainer schickten ihr ein Paket mit einem mehreren Kilo schweren, riesigen Afrika-Bildband mit Aufnahmen, die Marie in sich hineinzogen und auf die nächsten Seiten neugierig und süchtig machten. Außerdem den Roman »RegenWolkenZeit« von Bessi Head, der in Afrika spielte. Dazu noch ein ganzes Pfund von ihrer Lieblingsschokolade. Das erinnerte Marie an ihren Schokoladentresor im Keller. Sie hatte seit Franz nicht mehr da war, kein Verlangen und kein Bedürfnis nach Schokolade mehr gehabt.

Marie ernährte sich, wie sie gerade Lust und Appetit hatte. Sie genoss morgens ihr Müsli mit frischem Obst und das allein am Tisch, ohne das schon fast wollüstige Geschmatze von Franz in den Ohren. Er hatte seine Brötchen oder ein Croissant, das noch mehr Kalorien hatte, immer dick mit Butter auf der einen Seite und mit Marmelade auf der anderen Seite bestrichen. Sie sah ihn noch vor sich, wie er die beiden Hälften dann mit beiden Händen zusammendrückte und anschließend in seinen Milchkaffee tunkte. Die Marmelade quoll grundsätzlich zwischen den gequetschten Teilen hervor. Gerade wenn er die aufgeweichte, schlabberige Masse vor seinen Mund schob und abbeißen wollte, klatschte regelmäßig ein Klecks Marmelade in die volle

Tasse. Der Kaffee spritzte in alle Richtungen über den Tisch. Wenn Franz mit Frühstücken fertig war, sah es an seinem Platz aus, als ob ein kleines Kind dort gegessen hätte. Ohne Plastiktischdecke hätte Marie sich dumm und dämlich waschen und bügeln können.

Die Schwäbische Zeitung gehörte ihr nun auch allein. Obwohl, deswegen hatten sie nie gestritten. Franz griff grundsätzlich zuerst zum Sportteil. Er war Zeitungs- und Fernsehsportler. Er kannte sich aus im Fußball, beim Tennis, der Leichtathletik und bei den verschiedenen Disziplinen im Wintersport. Er konnte stundenlang Sport anschauen. Er feuerte seine, natürlich immer deutschen Favoriten lautstark an. Er ging beim Slalom um jedes Tor mit. Aber nur mit seinem Oberkörper. Seine untere Hälfte blieb dabei fest im Sessel verankert. Selbst mochte er sich nicht gern bewegen. Marie hatte ihn einmal überrascht, wie er auf seiner Chaiselongue lag und, wie ein hilfloser dicker Käfer, mit den Beinen strampelte. Er hatte gegrinst und atemlos, fast entschuldigend gesagt: »Im Fernsehen haben sie gesagt, das soll gut für die Bauch- und Beinmuskulatur sein.« Marie hatte gelacht: »Ja, aber jeden Tag und wenigstens zwanzig Minuten lang musst du das machen, sonst ist es für die Katz.«

Der Sportteil war der Teil der Zeitung, auf den Marie gut verzichten konnte. Sie legte ihn auch sofort, wie früher, zusammengefaltet auf die gegenüberliegende Tischseite und nahm sich den Regionalteil vor. Ihr Interesse galt den Todesanzeigen. Die las sie grundsätzlich immer zuerst. Wenn sie dann wieder mit Erschrecken den Namen von jemandem, den sie noch aus der Schulzeit kannte, entdeckte, wurde ihr bewusst, dass es nun bereits ihre Generation war, die begonnen hatte, sich abzumelden.

Mittags kochte sie nur noch wenn sie Hunger hatte und dann auch nur das, auf das sie gerade Appetit hatte. Einmal war sie unterwegs gewesen und gerade dabei, aus Laiz in den Kreisel einzufahren, als ihr Blick auf die McDonalds Werbung fiel. Sie drehte eine extra Runde und bog zum Selbstbedienungsrestaurant ab. Marie entschied sich für einen Salat mit Garnelen. Das wurde auch in Südafrika gegessen. Im Internet hatte sie sich die Speisekarten von Restaurants in Kapstadt angeschaut und viele Gerichte mit Garnelen oder anderem Seafood entdeckt. Marie wusste, dass Fastfood, wie man das Essen bei McDonalds nannte, nicht besonders gesund war. Sie nahm allerdings an, dass mit einem Salat selbst bei McDonalds nicht viel falsch gemacht werden konnte. Es hatte ihr gar nicht schlecht geschmeckt. Viele junge Leute waren dort beim Essen. Marie bekam den Eindruck, dass es überwiegend Studenten waren. Zwei von ihnen hatten ein Laptop vor sich und surften im Internet. Das brachte sie auf die Idee beim Studentenwerk anzurufen und zu fragen, ob sie auch Studentinnen mit guten PC Kenntnissen vermittelten? Sofort, als sie wieder zuhause war, suchte sie die Telefonnummer des Sigmaringer Studentenwerks aus dem Telefonbuch. Nach ihrem Anruf hatte sie die Zusicherung, dass es solche Frauen gab und sie bräuchte sich nur zu melden, dann würde ihr jemand vermittelt werden. Es gab für viele Arbeiten Studentinnen und Studenten, die für einen angemessenen Stundenlohn angefordert werden konnten. Marie war zufrieden und wusste, warum ihr Weg sie genau an diesem Tag bei McDonalds vorbeigeführt hatte.

Drei Tage vor Heilig Abend nahm Marie diesen Service dann auch in Anspruch. Sie forderte zwei Studenten an, die sie das frühere gemeinsame Schlafzimmer von ihr und Franz ausräumen ließ. Die Kleider von Franz packte sie in Kartons und die Möbel ließ sie in die Scheune stellen. Lagermöglichkeiten gab es wirklich genug im Haus. Es war an der Zeit, dass Marie ihr Schlafzimmer und das Büro ins Erdgeschoss verlegte. Bis jetzt schlief sie noch immer im ersten Stock und ging jede Nacht mit der Hand am Geländer, langsam und vorsichtig die Treppe hinunter zum Klo. Es war einfacher und billiger nach unten zu ziehen, als oben eine Toilette einbauen zu lassen. Die Worte von Frau Sauter aus dem Reisebüro in Ulm hatten sie daran erinnert, dass Treppenstürze, wie sie ja aus eigener Erfahrung wusste, keine Seltenheit waren.

Die Studenten trugen ihr fast neues Bett die Treppe hinunter. Es war schön, nur sagen zu müssen, was und wie man etwas gemacht haben wollte. Die zwei netten jungen Männer erledigten alles mit freundlichem Gesicht, so als ob sie Spaß dabei hätten. Marie sagte ihnen auch: »Wenn ich gewusst hätte, dass man Arbeiten so leicht und freundlich machen kann ...«

»Ja was dann?«, lachte der Blonde, der sich als Frank vorgestellt hatte. Auch Marie lachte, weil sie in letzter Zeit immer öfter einen Grund zum Lachen fand.

›Sand‹ stand auf dem Farbeimer, mit dem sie die Wände strich. Sich selbst schenkte sie zu Weihnachten ein neues Zimmer. Ihr Bett hatte sie bereits mitten im Raum aufgebaut. Morgens deckte sie es mit Folie ab, um es, während sie arbeitete, nicht zu beschmutzen. Am Abend kroch sie nach getaner Arbeit zufrieden unter ihre Decke. An Heilig Abend malte sie zwanzig Zentimeter unter der Decke, mit einer Schablone einen Fries aus olivgrünen, stilisierten Palmen an die Wände und fühlte sich gut dabei.

Zwischen Weihnachten und Neujahr machte Marie zusammen mit Uschi einen Ausflug mit dem Auto nach Senden bei Ulm. In einem großen Möbelhaus wollte sie sich neue Möbel anschauen. Es gab in dieser Woche auf alles Prozente. Es blieb natürlich nicht beim Anschauen. Wenn Marie früher etwas Neues wollte, sagte Franz meistens: »Ich weiß gar nicht, was du hast, das Alte tut es doch noch.« Nicht, dass er es ihr verboten hätte, oder Marie ständig hätte etwas kaufen wollen. Sie war ja ebenfalls sparsam. Aber ab und zu hätte sie schon Spaß an etwas Neuem gehabt, nur den verdarb ihr der Franz fast immer. Marie sagte zu Uschi, wobei sie ihre Schadenfreude nicht verheimlichen konnte: »Wenn das der Franz jetzt sehen könnte.«

Ihr erster Kauf war ein großes, gerahmtes Poster. Darauf war die höchste Sanddüne der Welt in Namibia zu sehen. Es sollte ihrem Bett gegenüber an der Wand hängen. Wenn sie in Zukunft morgens die Augen aufschlug, wollte sie auf etwas schauen, das ihr Freude machte. Für ihr Bett erstand sie ein naturfarbenes Moskitonetz. Weil das Bett nur mit dem Kopfende an einer Wand, aber sonst frei stand, wählte sie noch drei dicke, weiche, weiße Berberteppiche aus. Für jede Seite einen. So konnte sie sich morgens aussuchen, auf welcher Seite sie weich und warm auf einem Stückchen Afrika stehen wollte.

Am Fußende ihres Bettes, dort wo zum Schluss das Buele geschlafen hatte, lag jetzt der Afrika-Bildband. Jeden Tag schlug sie eine andere Seite auf und stellte sich vor dem Einschlafen vor, dass sie heute Nacht im Traum genau dort, wo das Foto gemacht worden war, sein würde.

Sie kaufte einen Kirschbaum-Schreibtisch, der im Esszimmer an den Platz der alten Chaiselongue kam, auf der Franz fast jeden Tag sein Nickerchen gemacht hatte. Die Liege schaffte sie zusammen mit Uschi in die Scheune. Ein neuer runder Esstisch, der alt aussah, mit vier passenden Stühlen ersetzte den alten, viereckigen Tisch. Alle Plastiktischdecken warf Marie in den Müll. Sie schwor sich, nie mehr im Leben von einer abwaschbaren Tischdecke zu essen. Nicht in ihrem Haus. Wenn es in Afrika notwendig sein sollte, wäre das etwas anderes. Die Platte des Tisches war ebenfalls aus Kirschbaum und sah so edel aus, dass es eine Schande gewesen wäre, sie unter einer Decke zu verstecken. Zum Essen legte Marie nur ein Set auf und anschließend räumte sie es wieder weg, sodass das schöne Holz voll zur Geltung kam.

Auf dem Dachboden stand ein über hundert Jahre altes Buffet. Es stammte von der Großmutter von Franz. Es war ein bisschen wurmstichig, aber noch ganz brauchbar und echt antik. Marie strich es mit einer Farbe zwischen Sand und Creme an und schliff danach ein Teil der Farbe wieder ab. »Shabby-chic, heißt der Look und kommt aus Kalifornien«, erklärte sie Uschi. Marie hatte ein Buch darüber auf dem Wühltisch einer Buchhandlung entdeckt. Weil ihr das ›Sand‹ an den Wänden in ihrem Schlafzimmer so gut gefiel, strich sie auch die Wände des Esszimmers so an. Nur ließ sie noch ein bisschen mehr Gelb untermischen. So, wie die Farbe der namibischen Sanddüne in der Abendsonne, auf dem Bild gegenüber ihres Bettes.
Das alte Bild in dem breiten Goldrahmen, mit dem Kind hinter dem kaum sichtbaren Schleier, das sie von ihrer Oma Franziska geerbt hatte, passte auf einmal perfekt in das Büro-Ess-Zimmer und unterstrich noch die neue wohnliche Eleganz. Es sah jetzt noch wertvoller aus. Marie hatte es wieder einmal mit einer Lupe untersucht. Die Rückseite der Leinwand konnte sie leider nicht inspizieren, weil ein dünnes Holzbrett auf den Rahmen genagelt war. Irgendwann werde ich es begutachten lassen, nahm sie sich vor. Vielleicht machte ja einmal ›Kunst und Krempel‹ in Sigmaringen im Schloss oder in der näheren Umgebung Station. Es war eine von Maries Lieblingsfernsehsendungen.

Uschi kam fast jeden Tag vorbei und half Marie bei ihren Renovierungs- und Umräum-Arbeiten. Sie hatte dabei genauso viel Spaß wie Marie. Die zwei Frauen lachten viel, über sich selbst und darüber, wie einfach es doch war, Dinge gut zu verändern, wenn kein nörgelnder Mann im Hintergrund rumstand. Uschis jüngster Sohn Torsten machte ihr allerdings Kummer. »Auch ein Mann«, gab sie zu. Er war Alkoholiker, arbeitslos und seine Frau hatte ihn an die Luft gesetzt. Uschi weigerte sich, ihn bei sich aufzu-

nehmen. Sie hatte deswegen ein schlechtes Gewissen, weil nun sie es war, die ihn in die Obdachlosigkeit verstieß. Als er dann doch mithilfe des Sozialamts eine Wohnung bekam, feierten die zwei Frauen ein Fest in Maries frisch renovierter Wohnung.
Zu Weihnachten hatte Marie von Uschi ein Kochbuch mit afrikanischen Rezepten geschenkt bekommen. Bei den benötigten Gewürzen war sie zu ihrer Überraschung sogar im heimischen Supermarkt fündig geworden. Sie versuchten sich gleich an mehreren Gerichten und Marie war erstaunt, wie gut es ihr schmeckte. Sie war neugierig und bereit, die wirkliche afrikanische Küche zu entdecken. Die Gerichte aus dem Kochbuch standen zum Teil auch auf der Speisekarte des Restaurants in Kapstadt, das Marie im Internet entdeckt hatte.
Marie hatte für Uschi eine CD mit indischen Liedern gekauft und ihr einen Schein für ihre geplante Indienreise hineingelegt. Während die zwei Frauen in der Küche standen oder entspannt herumtanzten und afrikanisch kochten, lief die indische Musik rauf und runter. Uschi konnte bereits mitsingen. Marie klickte auf die Webcam, die auf den Tafelberg gerichtet war. Außer den Lichtern der Stadt war nur Dunkelheit zu sehen. Die Temperatur war mit 32 Grad angegeben.
Marie fragte sich, ob ihr Brunnenberg-Detektiv Fritz Wagner im Jogginganzug ums Haus schlich und vielleicht hinter dem Holzschopf versteckt herüberglotzte und sie beobachtete. Soll er ruhig, dachte sie und ließ absichtlich den Rollladen nicht herunter.

Im Fernsehen sah Marie einen Bericht von einer Kräutersammlerin, die bei Vollmond ihr Haus ausräucherte und dadurch von schlechten Einflüssen reinigte. Da gerade Vollmond war und noch verschiedene, von ihr gesammelte, getrocknete Kräuter auf dem Dachboden hingen, beschloss

Marie ihr Haus ebenfalls spirituell zu reinigen. Schaden konnte eine solche Aktion jedenfalls nicht. Wenn es bei andern half, warum nicht auch bei ihr? Marie wollte ihre eigenen Flüche und schlechten Erinnerungen an Franz vertreiben. Die Kräuter hatte sie für Tees, die sie vorbeugend oder bei kleinen Wehwehchen trank, gesammelt. Das erste Wissen um die Heilkraft der Kräuter hatte Marie bereits als Kind von ihrer Großmutter Franziska gelernt. Die hatte ihr auf dem Weg in die Kirche nach Gorheim, wohin Marie sie regelmäßig begleiten musste, ihr fast jede Pflanze erklärt, die sich irgendwo aus der Erde drängte. Damals waren noch nicht so viele Leute mit ihren Hunden unterwegs, die überall ihre Markierungen hinterließen. Man konnte am Wegrand noch Kräuter sammeln. Bei ihren gemeinsamen Spaziergängen musste Marie, auch als sie bereits zehn Jahre alt war, sich immer noch von der Hand der Großmutter führen lassen und ordentlich gehen. Sie durfte nicht hüpfen oder rennen. Sobald Marie zu hüpfen anfing, sagte die Großmutter sofort energisch: »Die Prinzessinnen im Schloss machen das nicht.« Marie war keine Prinzessin, aber die Oma wünschte, dass sie sich wie eine Prinzessin benahm. Marie hüpfte gern, aber sie war ein folgsames Kind und versuchte der Großmutter zu gefallen. Sie hätte nichts dagegen gehabt, eine wirkliche Prinzessin zu sein und hätte sich dann selbstverständlich auch so verhalten.
Im ersten Schuljahr flüsterte Marie einmal ihrer Banknachbarin Helga ins Ohr, dass sie in Wirklichkeit gar nicht Marie Schnitzer hieß, sondern eigentlich eine Prinzessin sei. Später war ihr dieses Geständnis peinlich. Aber Helga hatte glücklicherweise diese erfundene Geschichte nicht weitererzählt.

Sieben verschiedene Kräuter hatte die Frau in ihrer Räucherschale verbrannt. Marie hatte Salbei, Minze, Spitzwegerich, Lavendel, Thymian und wilde Schlüsselblu-

men getrocknet. Als siebtes Kraut oder Pflanze beschloss sie, einige rote Pfefferkörner beizumischen. Etwas Kräftiges, Scharfes konnte nicht schaden, um negative Energien zu vertreiben, davon hatten sich sicher eine Menge in der Vergangenheit dieses Hauses angesammelt. Sie konnte sich nicht vorstellen, dass bereits vor ihr jemand aus der Strobel-Familie dieses Ritual zelebriert hatte.
Die Nacht war klar und kalt. Der Mond hing rund und leuchtend am Himmel, als Marie mit ihren Vorbereitungen begann. Kurz vor Mitternacht ließ sie alle Rollläden herunter. Von Fritz wollte sie beim Ausräuchern nicht beobachtet werden. Marie stellte einen brennenden Kerzenstummel auf eine Keramikschale und häufte die Kräuter gut gemischt darüber. Sie fingen sofort Feuer und verströmten einen würzigen Duft. Die Flamme erlosch und die trockenen Blätter glommen in der Dunkelheit. Marie machte nur sparsam Licht. Auf dem Dachboden begann sie ihren Rundgang und wedelte den aromatischen Rauch in jede Ecke. Danach schritt sie durch die leeren Zimmer im oberen Stockwerk und dann die Treppe hinunter in die Wohnung im Erdgeschoss. Als alle Räume, einschließlich Speisekammer und Bad, ausgeräuchert waren, reichte ein klägliches Rauchfähnchen gerade noch für den Hausflur. Für den Keller hätte sie noch einmal eine Kräutermischung zusammenstellen müssen. Sie versicherte sich, dass die Kellertür abgeschlossen war, und beschloss, die Kellergeister bei einem der nächsten Vollmonde zu besänftigen. Marie wollte abwarten, ob die Zeremonie Wirkung zeigte.

Anton meldete sich an Weihnachten und ließ es sich auch nicht nehmen an Neujahr anzurufen. Er wünschte Marie alles Gute und hoffte: »Dass das nächste Jahr für uns beide ein besseres Jahr wird.« Was immer er auch mit ›für uns beide‹ meinte, für Anton würde es nicht besser werden, das hatte sie beschlossen.

Am letzten Abend des Jahres war Marie mit Schreibblock und Stift in ihrem afrikanischen Nestbett unter dem Moskitonetz gesessen und hatte ihren Racheplan, nach dem sie Anton töten wollte, entworfen. Sie hatte lange überlegt und gegrübelt. Sie teilte die Zeit bis zum Tag ihrer Abreise nach Afrika ein. Die Rechnung für Anton lag nun schon seit 25 Jahren unbezahlt im Ablagekorb ihres Gedächtnisses. Es war höchste Zeit die Schuld einzutreiben. Jeden der notwendigen Schritte trug sie in ein Ablaufdiagramm ein. Für kleine Korrekturen und unvorhergesehene Zwischenfälle ließ sie noch Spielraum. Es war eine Planung wie beim Bau eines Hauses. Alles war eine Frage der Organisation. Marie lernte ihren Schlachtplan auswendig. Als ihr alle Details und Zeiten wie im Schlaf selbstverständlich waren, verbrannte sie jeden Fetzen Papier, auf den sie etwas notiert hatte im Kachelofen. Ihr Schlachtplan verlief parallel zu den Reisevorbereitungen, und der Start war bereits erfolgt.

In diesen Wochen stand Marie wie neben sich und beobachtet sich. Sie plante einen Mord. Es war nicht so, wie bei Franz, da hatte sie nie vorgehabt, Gewalt anzuwenden. Blut war nicht eingeplant gewesen.
Das vor langer Zeit in Amsterdam, das damals, war Antons Schuld gewesen. Er war der eigentliche Täter, und sie war das Opfer. Das, was sie jetzt vorhatte, war nur ausgleichende Gerechtigkeit. Damals war sie gezwungen worden. Sie lebte so viele Jahre damit, sich selbst als Täterin zu fühlen. Jetzt war sie daran gewöhnt. Der Gedanke erschreckte sie nicht mehr. Sie hatte kein schlechtes Gewissen. Sie schlief jede Nacht ausgezeichnet.
In die Kirche ging Marie trotzdem noch. Nicht mehr zur Beichte und zur Kommunion, aber ab und zu besuchte sie die Zeremonien, die zu ihrem Leben in der Kindheit und Jugend gehörten. Gottesdienste wirkten entspannend auf sie. Christliche Feste und Feiertage gehörten zum normalen

Jahresablauf. Die barocken, katholischen Kirchen in Sigmaringen und im Donautal waren voll von bunten Gemälden, die aufregende Geschichten erzählten, auch von Mord und Totschlag. Früher, als es noch kein Fernsehen gab, waren Prozessionen und Andachten Schauspiele, bei denen sie als Kinder Darsteller und Zuschauer gleichzeitig waren. Die beeindruckenden Ereignisse hallten ein ganzes Leben lang nach. Mit den Jahren hatte Marie ihr eigenes System für Glauben, Gerechtigkeit und Ordnung entwickelt. Aug um Aug, Zahn um Zahn, war jetzt ihr Wahlspruch. Sie war nicht mehr gewillt, ihre Wange hinzuhalten, wie es im Bibelspruch hieß.

Uschi brachte Marie Bücher und Botschaften ihres indischen Gurus. Marie konnte nicht viel damit anfangen. Es ging immer nur um das Gutsein. Marie wollte nicht gut sein. Sie wollte böse sein. Nur gegen Anton, sonst gegen niemanden, aber darauf bestand sie. Es war ihr Recht. Die Begriffe Verzeihen und Vergessen gehörten in seinem Fall nicht zu ihrem Wortschatz.

Wenn Anton anrief, war sie nie besonders freundlich, aber auch nicht unfreundlich. Sie merkte, worauf seine Bemühungen und Reden hinausliefen. Er wollte das Rad der Zeit zurückdrehen. »Alles immer schön langsam«, sagte sie und nach meinem Plan, dachte sie. Für mehr als Freundlichkeit war noch nicht die richtige Zeit.

Am Morgen des ersten Januars war Fritz, wie üblich, in seinem dunkelblauen, sportlichen Outfit herübergekommen, um Marie »a guets Neus« zu wünschen. Außer dem Versuch, ihr tief in die Augen zu sehen, hielt er sich zurück. Auch an Weihnachten hatte sie ihn nur im Jogginganzug gesehen.

Marie fragte sich, warum seine Frau ihn nicht dazu brachte, etwas anderes anzuziehen. Aber sie hatte vermutlich einen

Putzfimmel. Sie war überhaupt sehr eigen. Marie schätzte sie so etwa in ihrem eigenen Alter. Fritz dagegen war sicher zehn Jahre jünger. Franz, der einmal bei Wagners im Haus gewesen war, hatte Marie erzählt – sie wusste nicht, ob es stimmte oder nur ein Witz sein sollte –, dass die Frau von Fritz ihr altes Kehrwochenschild aus Stuttgart im Flur aufgehängt hatte. Dabei bewohnten sie doch das Haus ganz allein. Marie sah sie fast nur, wenn sie mit verkniffenem Mund ihr Staubtuch aus dem Fenster wedelte. Sicher war der Jogginganzug pflegeleicht und so konnte sie ihren Fritz einfacher abstauben. Eigentlich konnte er einem leidtun.
Marie zeigt ihm stolz ihr neues Esszimmer mit dem edlen Schreibtisch, auf dem jetzt ihr Computer stand. Sie hatte ihn allein, ohne Hilfe, vom oberen Stock heruntergeholt. Alle Kabel und Verbindungen vom Drucker und Scanner waren wieder richtig angeschlossen.
Fritz staunte und sagte, dass er das doch alles gerne für sie gemacht hätte. Marie sah ihn so cool an, dass er sich nicht traute, ihr ein weiteres Angebot zu machen. Sie bot ihm auch keinen Stuhl an. Er durfte nur schauen und dann musste er wieder gehen.
»Ich bin gut. Ich kann alles, wenn ich nur will«, sagte Marie sich am Morgen, wenn sie beim Aufwachen unter ihrem Moskitonetz hervor auf ihre Sanddüne im Sonnenuntergang blickte. Am Abend lobte sie sich dann für das, was sie an diesem Tag geleistet hatte. Sie lernte Englisch. Sie stöberte in Buchhandlungen, und wenn es nicht zu kalt war, rannte sie einige Kilometer. Sie fütterte und streichelte die Katze. Mit einem Spritzer Milch auf die Nase hatte sie den Kater auf den Namen Patrizia getauft. Marie dachte unwillkürlich jedes Mal, wenn sie den Kater sah, an die Frau mit den roten Haaren. Marie fragte sich, ob Patrizia Spaß an ihrem nachtblauen Mercedes hatte? Sie war ihr nie mehr begegnet, nicht mit Auto und nicht ohne. Obwohl Marie, wenn sie unterwegs war, auf Autos dieser Farbe achtete.

Anfang Januar machte Marie ihr Versprechen wahr und fuhr nach Basel. Anton erzählte sie nichts von ihrer geplanten Reise. Sie war im Besitz eines Anrufbeantworters, er konnte sich mit dem unterhalten. Uschi fütterte den Kater Patrizia, solange sie weg war. Marie hatte Pläne mit der Katze und befürchtete, dass sie, wenn kein Futter mehr dastand, wegbleiben könnte.
Mit Lore fuhr Marie nach Zürich und schaute sich nach Kleidung um, die für Afrika geeignet war. Zwiebellook empfahl Lore. Wenig für oben zum Warmhalten und mehr für unten zum Wechseln.
Lore versicherte Marie, dass es heute in Afrika, selbst in den kleinen Städten, überall Geschäfte mit all den notwendigen Dingen des täglichen Lebens, genau wie in Europa, zu kaufen gab. Lore musste es wissen. Ihr Mann Rainer war früher für seine Firma überall auf der Welt herumgekommen, auch in Afrika und Lore hatte ihn ab und zu begleitet.

Marie fehlten ein stabiler Koffer und ein Rucksack als Handgepäck, außerdem feste Schuhe für den Busch und leichte für die Reise. Alle Flüge waren bereits gebucht, einschließlich eines Ballonfluges in Namibia. Vielleicht ging er ja über die Sanddüne, mit deren Anblick Marie jeden Morgen aufwachte. Diesen Ballonflug hatte ihr Frau Sauter vom Reisebüro noch wärmstens empfohlen.
Drei Tage später fuhr Marie mit ihrem vollgepackten Auto von Basel nach Sigmaringen zurück. Nicht ohne vorher Lore und Rainer das Versprechen gegeben zu haben, bald wiederzukommen. Nach ihrer Rückkehr aus Afrika woll-

ten sie die mit der neuen digitalen Kamera geschossenen Bilder vorgeführt bekommen.

Bis Mitte Februar musste Marie das restliche Geld für die Reisekosten überweisen. Marie nahm sich vor, niemandem, auch Lore nicht, zu sagen, was diese Reise am Ende kostete. Schon gar nicht Uschi, die zweimal die Woche putzen ging und sich so das Geld für ihren Urlaub in Indien zusammensparte. Von ihrer Rente konnte sie nichts auf die Seite legen. Die reichte geradeso fürs Notwendigste. Uschi hatte seit einigen Jahren regelmäßig Kontakt zu einer Gruppe, die Anhänger eines indischen Gurus waren. Sie trafen sich dienstags in Inzigkofen, um spirituelle Lieder zu singen. So, wie Marie von Afrika träumte, träumte Uschi ihren indischen Traum. Sie wollte einmal in ihrem Leben mit ihrer Gruppe in den Aschram und ihren Guru sehen und erleben.

Marie beschloss, sobald die Reisekosten-Rechnung bezahlt war, die Summe einfach aus ihrem Gedächtnis zu streichen. Wenn man so alte und so große Träume verwirklichte, durfte es keine Rolle spielen, wie viel man dafür ausgab. Nicht, wenn man ohne Not über die benötigte Summe verfügen konnte. Marie musste sich selbst überreden und sich sagen, dass sie das Recht zu dieser Reise hatte. ›Sparen‹, mit diesem Wort war sie aufgewachsen. Dieses Wort hing über Maries ganzem Leben, wie eine Lampe über dem Esstisch. Es war neben ›müssen‹ das häufigste Wort im Sprachschatz ihrer Mutter gewesen. Ihre Eltern waren nicht arm gewesen. Aber man musste sparen, und das gesparte Geld wurde in Häuser investiert. Dass das eine gute Entscheidung war, zeigte sich nach dem Krieg. Das Geld war nichts mehr wert. Aber die Häuser standen noch. Dank dem heiligen Fidelis, der die Stadt vor Bomben beschützt hatte.

Vermutlich gehörte in Sigmaringen diese Geschichte zum Schullehrplan. Marie war sich nicht sicher, was sie da-

rüber denken und was sie davon glauben konnte: Als bereits gegen Ende des Krieges der Plan, dass Sigmaringen bombardiert werden sollte, bekannt wurde, strömten die Einwohner in die Stadtpfarrkirche und beteten zu ihrem Schutzpatron, dem heiligen Fidelis. Und plötzlich zog so starker Nebel auf, dass die Stadt für die Bombenflugzeuge nicht mehr zu sehen war. Einige Bombentrichter außerhalb der Stadt blieben als Beweis dafür zurück, dass es wirklich einen Angriff gegeben hatte. Einer dieser Krater befand sich auf einem Feld der Strobels. Ihr Schwiegervater hatte ihn Marie bei einem Spaziergang gezeigt.
Warum sollte Marie jetzt immer noch sparen? Man sparte, um etwas in schlechten Zeiten oder im Alter, wenn man nicht mehr arbeiten konnte, auf der hohen Kante zu haben. Oder, damit man seinen Kindern etwas hinterlassen konnte. Damit diese es eines Tages besser haben würden und schon mit einem Grundstock anfangen konnten. Aber es waren leider keine Kinder da, denen Marie den Start hätte erleichtern können. Und überhaupt, wann war man eigentlich alt oder was war überhaupt alt? Solange man jung war, glaubte man, dass das Alter irgendwann an einem Tag beginnen wird und von da an dann eben existiert. Aber alt wird man in kleinen Schritten.
Es gab eine Zeit, in der Marie nach Afrika wollte, ja glaubte hin zu müssen, weil sie armen Menschen helfen wollte. Das war die Vorstellung ihrer Kindheit und auch noch ihrer Jugend. Wann sie die Idee, Großes in Afrika zu leisten aufgegeben hatte, wusste sie nicht mehr. Jetzt gönnte sie sich Afrika als Luxusreise. Mit dem, was diese Reise kostete, hätte sie auch vielen Menschen helfen können. Es steht mir zu. Ich habe es verdient, sagte sie sich. Vielleicht stieß sie ja, wenn sie erst einmal vor Ort war, auf ein Projekt, das sie unterstützen konnte.

Marie fuhr auf der Überholspur und ihr altes Leben, das noch gar nicht so weit zurück war, lag fast vergessen irgendwo unter einer Nebeldecke.
Ihr Hass war ein Wellental und dieses Tal war genauso tief und dunkel, wie ihr Sehnsuchtsberg Afrika hoch und hell war. Dieses Denken und diese Gefühle waren so in ihr verankert, dass eine große Leere entstanden wäre, hätte man sie ihr weggenommen.
Vor zwanzig Jahren war Zukunft noch etwas Großes, Offenes gewesen. Sie beinhaltete all die Dinge und Träume, die Marie erreichen wollte. Ihre Zukunft hatte vor ihr gelegen und sie ging davon aus, dass sie noch stattfinden würde, dass noch genügend Zeit vor ihr lag, um sie zu erleben. Jetzt dagegen war Zukunft etwas, das jeden Tag kleiner wurde und viel zu schnell schmolz, so wie im Winter das Eis auf den Pfützen, wenn die Sonne darauf schien. Es wurde für Marie immer wichtiger das Jetzt zu leben und endlich ihre Träume zu verwirklichen. Uschi sagte: »Jeden Moment, den du nicht lebst, ist unwiederbringlich verloren. Er ist ein Stück davongelaufene Zukunft.« Als sie das sagte, legte sie sich noch ein großes Stück Apfelkuchen auf den Teller.

Wenigstens drei- bis viermal im Jahr, es konnte auch öfter vorkommen, gönnte Marie sich eine Schlossbesichtigung. Es waren Höhepunkte in ihrem Alltag. Schon beim Gedanken an den Rundgang durch die schönen Gemächer, rieselte ein Glücksgefühl durch ihren Bauch. Nach dem Verlust von Buele, ihrem Sturz und dem Tod von Franz, war sie seit fast einem halben Jahr nicht mehr im Schloss gewesen, und langsam litt sie unter Entzugserscheinungen. Sie ertappte sich, wie sie auf ihrem Weg in die Stadt den Blick nicht auf der Straße halten konnte, sondern selbst im Auto die Augen sehnsüchtig über die Donau zum Felsen hinaufschweifen ließ. Sie wusste genau, hinter welchem dieser Fenster das Schlaf- und das Badezimmer lagen, durch die jede Führung ging. Es gab jede Menge Fenster und hinter vielen Fenstern waren Räume, in die sie noch nie hineinschauen durfte. Maries größter Wunsch war, einmal ungestört im ganzen Schloss herumzuwandern. Einmal, vom tiefsten, geheimsten Keller bis zum höchsten Aussichtspunkt auf einem Turm, auf Entdeckungsreise zu gehen.

Der Freitagnachmittag war der beste Zeitpunkt für einen Besuch. Dann lenkten keine Schulklassen mit unaufmerksam schwatzenden Kindern, oder bisweilen sogar Unfug treibenden Jugendlichen, Marie von ihren Betrachtungen und Gefühlen ab. Im Winter waren auch kaum Touristen unterwegs. Früher sah sie zu, dass Franz sich in der Zwischenzeit um Buele kümmerte und sie nicht so pressieren musste mit dem Heimkommen. Franz hatte grundsätzlich gelästert, wenn sie sich wieder mal für eine Schlossbesichtigung schick gemacht hatte. »Gehst du schon wieder Vorfahren anschauen?«, hatte er dann scheinheilig gefragt.
Dabei leistete sie sich dieses Vergnügen nicht so oft, wie sie es gerne gehabt hätte. Einmal im Vierteljahr, was war da schon dabei? Ihre große Schwäche für das Schloss musste sie so verheimlichen, wie andere Frauen ihre Liebhaber. Marie kannte Frauen, die jede Woche ins Café oder ins Fitness-Studio gingen. Sie stand nun mal auf Schlossbesuche. In anderen Schlössern gab es Restaurants und Cafés. Sie wünschte sich, dass es im Sigmaringer Schloss auch so etwas geben würde. Nach einem Besuch noch in Ruhe eine Tasse Kaffee oder Tee trinken, das wäre ein schöner Abschluss. Manchmal leistete sie sich anschließend noch eine halbe Stunde im Café Seelos, aber das war nicht das, was ein Cafébesuch im Schloss hätte sein können.
Bereits während Marie den Schlossaufgang an den zwei schwarz-weiß gestreiften, alten Wachhäuschen vorbei hinaufging, richtete sich ihr etwas zu kurz geratener Oberkörper auf. Ihr Hals wurde länger. Sie trug den Kopf höher und

ihre Schritte wurden lässig und locker. Sie fragte sich, ob zu der Zeit, als die Großmutter im Schloss arbeitete, noch Soldaten darin Wache geschoben hatten? Marie bedauerte, dass sie ihre Oma nicht mehr fragen konnte, ob sie auch diesen Eingang benutzen durfte, oder ob es damals einen Personaleingang gab und wo der gewesen war? Im Schloss mussten die Bediensteten schmalere Flure und Treppen als ihre Herrschaften benutzen und durch kleine Tapetentüren in die Zimmer eintreten.

Seit sie als Kind das erste Mal auf den glatten, runden Steinen, zwischen den Geweihen und Ritterrüstungen entlanggegangen war, hörte sie immer Hufegeklapper, das ihr den Weg herunter entgegengetänzelt kam.

Dabei fürchtete Marie sich vor Pferden. Sobald sie wirkliche Pferde sah, rannte sie los und brachte sich in Sicherheit. Auf dem Schulweg war sie in fremde Häuser gestürmt, und wenn sich die Haustüren nicht öffnen ließen, hatte sie sich verzweifelt dagegen gepresst und gehofft mit der Tür eins zu werden, um für das Pferd unsichtbar zu sein.

Sie erinnerte sich. In der Burgstraße, bei der Vorstadt, gab es früher den Schmied Emele. Wenn der Schmied nicht gerade ein Pferd beschlug, blieb sie stehen. Sie liebte es, ihm zuzusehen, wie er auf glühendes Eisen hämmerte, dass die Funken nur so sprühten. Der Klang, den jeder Schlag erzeugte, hatte sich ihr so eingeprägt, dass bereits beim Gedanken an den Schmied, Bilder mit den dazugehörenden Gerüchen und Klängen aus der Vergangenheit auftauchten. Nachdem Marie morgens, auf ihrem Weg zur Schule, aus der Haustür getreten war, schaute sie, bevor sie einen Fuß auf die Straße setzte zuerst den Berg hinauf. Sie vergewisserte sich, ob nicht gerade ein Knecht mit einem Pferd auf dem Weg zum Schmied vom Haus Nazareth herunterkam. Mit ihrer Angst steckte sie sogar Lore an, die als Bauerntochter den Umgang mit großen Tieren gewohnt war. In

der Landwirtschaft vom Waisenhaus hatten sie eine Zeit lang pechschwarze, schwere Zugpferde. Manchmal ging eines der Pferde durch. Wenn es dann mit vor Angst aufgerissenen riesigen, fast nur weißen Augen den Berg heruntergerast kam, hätte Marie den leibhaftigen Teufel nicht mehr fürchten können. Die Hufe donnerten auf dem Asphalt und wenn der Rappe dann noch, weil er sich selbst vor etwas fürchtete, den Kopf hochwarf und dabei mit gebleckten Riesenzähnen in Maries Richtung schaute, dann war auch Marie auf der Flucht und keine Lücke war zu klein, um sich hineinzuzwängen.
Wenn sie aber durch den Schlossaufgang ging, dann hörte sie in ihrer Erinnerung Pferdegetrappel so leicht wie Musik. Marie dachte: Die Verwaltung sollte ein Tonband installieren und Hufegeklapper ablaufen lassen. Das würde die Atmosphäre unterstreichen und die Vergangenheit akustisch näher bringen.

An Martini zogen früher alle Kinder mit ihren Laternen ins Schloss hinauf. Ob damals wirklich ein St. Martin auf einem Pferd mitgeritten war, oder ob Marie sich das in ihrer Erinnerung nur einbildete, konnte sie nicht mehr mit Gewissheit sagen. Auf alle Fälle war es ein wichtiges Ereignis im Jahresablauf. Der Fürst war meistens persönlich anwesend und sprach ein paar Worte. Anschließend bekam jedes Kind einen roten Apfel und einen mit dünnem weißem Zuckerguss überzogenen Lebkuchen. Auf dem Lebkuchen prangte ein buntes Oblatenbild. Die Geschenke bekam Marie aus der Hand einer echten, freundlichen Prinzessin gereicht. Das Bildchen hütete sie wie ein Schatz und benutzte es als Lesezeichen. Vorher hatte sie es sorgfältig abgeschleckt, damit ja kein Krümel auf einer Buchseite Schaden anrichten konnte.

Bereits bevor Marie das Schloss betrat, war sie heiter gestimmt. Sie machte sich oft Gedanken, wie ihre Großmutter Franziska zu ihrer Tochter, Maries Mutter Amalie, gekommen war. War sie in ihren ›Herrn‹, wer immer das auch war, verliebt gewesen oder war sie genötigt, oder sogar vergewaltigt worden? Früher wurde das angeblich nicht so genau genommen. Wenn Marie durch das Schloss wandelte, überlegte sie: War Mama in einem der romantischen Himmelbetten gezeugt worden oder eher in einer Wäschekammer? Ehrfürchtig, wie durch eine Kirche, schritt sie über die roten Teppiche. Sie war auch nach unzähligen Besuchen immer wieder beeindruckt und glücklich. Es gab auch jedes Mal etwas Neues zu entdecken.

Marie nannte es Schlossbesuche, nicht Führungen. Ein Besuch war persönlicher. Weil sie sich glücklich und entspannt dabei fühlte, ging sie davon aus, dass ihre Mutter Amalie das Kind einer verbotenen, großen Liebe war. Wenn es anders gewesen wäre, hätte Marie sich dabei nicht so wohl gefühlt, und dann hätte die Oma ihre Tochter auch sicher nicht Amalie nach der Fürstin, die in Inzigkofen gelebt hatte, getauft.

Heute war es nicht mal für einen Königssohn ein Problem, eine Bürgerliche zu heiraten. Aber vor, während und nach dem Ersten Weltkrieg, war das noch undenkbar. Der englische Thronfolger musste wegen einer Bürgerlichen abdanken. Eigentlich war der schwedische König, der die Sylvia geheiratet hat, einer der Ersten, der die Tradition brach. Dieser König war schon in Sigmaringen, im Schloss gewesen. Obwohl, die Vorfahren des jetzigen schwedischen Königshauses waren ein bürgerlicher, französischer General und seine Frau eine Seidenhändlertochter aus Marseille. Vielleicht konnte Karl Gustav sich deshalb besser durchsetzen mit seiner bürgerlichen Frau Sylvia. Die ganzen anderen europäischen Thronfolger hatten es ihm dann nachgemacht. Keiner von all den Königssöhnen war mit einer gebürtigen

Prinzessin verheiratet. Brigitta von Schweden, eine Schwester des schwedischen Königs, hatte den Prinzen Georg von Hohenzollern im Schloss in Sigmaringen geheiratet.
Marie kannte sich aus beim Adel. Im Gegensatz zu normalen Leuten hatte sie ja auch einen besonderen Bezug dazu. Sie besaß alle Bücher, die es über das Geschlecht der Hohenzollern und das Schloss zu kaufen gab. Sie standen bei ihr nicht nur im Regal, sie hatte sie auch studiert und gelesen. Marie kannte die Geschichte des Schlosses seit der ersten Burg, die bereits vor achthundert Jahren auf dem Felsen gestanden hatte.

Ihr Schwiegervater, der Vater von Franz, hieß ebenfalls Franz. Als Kind hatte Marie ihn gesiezt. Nach der Hochzeit duzte sie ihn natürlich, vermied aber eine direkte Anrede. Sie mochte nicht Vater sagen, und ihn mit seinem Vornamen anreden, war in der Familie nicht üblich. Außerdem hätte es ja auch Verwechslungen geben können. Also ihr Schwiegervater, der Franz Strobel, der ein wirklich netter Mann war, erzählte Marie eines Tages, als sie gerade respektvoll über das Fürstenhaus Hohenzollern redete, dass sein Großvater vom damaligen Sigmaringer Bürgermeister genötigt worden war, einen Teil seines Besitzes am Mühlberg an die Stadt abzugeben. Die Stadt wiederum hat diese Fläche aufgerundet und sie dem Fürsten, bei irgendeinem wichtigen Anlass zum Geschenk gemacht. »So kann man auch reich werden«, hatte ihr Schwiegervater noch etwas verächtlich hinzugefügt. Daraufhin hatte Marie das Thema Schloss und Fürst in Anwesenheit ihres Schwiegervaters nie mehr erwähnt. Sie fragte sich allerdings, ob es wirklich stimmte, dass man damals einem Bauern einen Teil seines Landes wegnehmen konnte, ohne ihm etwas dafür zu bezahlen. Wenn die Katasterunterlagen nicht bei einem Rathausbrand vernichtet worden waren, müsste sich diese Behauptung ja noch nachweisen lassen.

Marie war der festen Überzeugung, dass das, was sie in der Gegenwart war, die Summe ihrer Vergangenheit darstellte. Und das nicht nur ihrer eigenen, sondern auch die Summe der Vergangenheit ihrer Vorfahren. Jede Generation beeinflusste die auf sie folgende, wie Saatgut die Ernte.
Wenn es also stimmen sollte, dass Marie ein illegitimer Abkömmling in der zweiten Generation eines von Hohenzollern war, dann wäre das Blut, das in ihren Adern floss, mit dem Blut von Angehörigen europäischer Königshäuser verwandt. Mit dem heutigen Stand der Wissenschaft könnte dies sogar nachgewiesen werden. Die schöne Marie von Hohenzollern, eine Urenkelin der berühmten Amalie, war die Großmutter des belgischen Königs. Marie nahm an, dass sie nach dieser schönen Prinzessin ihren Namen erhalten hatte. Allerdings hieß ihre Großmutter väterlicherseits auch Marie. Aber bei ihr wurde es »Maari« ausgesprochen. Das war nicht so fein, wie das französisch klingende Marie, mit dem kurzen i. Wenn Franz sie hatte ärgern wollen, hatte er extra laut durch das ganze Haus »Maaari« gerufen. Das ›a‹ hatte er dabei wie ein Gummiband auseinandergezogen. Aber dazu hatte er Publikum gebraucht. Wenn sie nur unter sich gewesen waren, hatte er sie kaum mit dem Namen angesprochen. Er hatte halt ›du‹ gesagt.

Auch der letzte König von Rumänien stammte von den Hohenzollern-Sigmaringen ab. Maries eigene Abstammung war dagegen ein großes Rätsel und sie befürchtete, dass sie diese, für sie wichtige Frage, eines Tages mit in das Familiengrab der Strobels, draußen in Hedingen, nehmen würde. Bei all ihrem Wissen und ihrem Interesse hätte Marie gut selbst Führungen durch das Schloss machen können. Jetzt, da sie frei war, niemand auf sie wartete und ihr den Spaß verdarb, könnte sie sich erkundigen, ob auch Frauen über 65 für diese Arbeit eine Chance bekamen. Das wäre ihr Traumjob: In die Schloss-Gemächer hineingehen können, einen Schlüssel dafür zu haben und anderen Leuten das Schloss zeigen. Es würde Marie reichen, und sie wäre schon glücklich, wenn sie als Aushilfe eine Stelle bekäme, vielleicht für die Ferienzeit. Sobald Marie aus Afrika zurück war, wollte sie noch mal darüber nachdenken.

An der Fasnet wurde um den Brunnen vor dem Rathaus ›gebräutelt‹. Ganz früher sah Marie oft zu. Im Jahr nach ihrer Hochzeit saß auch ihr Franz auf der Stange und warf Brezeln in die Menge. Er hatte damals noch nicht so viel gewogen. Er war noch tragbar. Keiner der Stangenträger ist auf dem Weg um den Brunnen zusammengebrochen. Franz hatte sich nicht freigekauft, und er schien sichtlich stolz da oben auf dem schwarz-weiß geringelten Balken zu sitzen. Marie hatte ihren Mann dabei ertappt, wie er ein paar Tage vor seinem Auftritt, auf dem kalten Holzgeländer, das den Weg vom Wald zu ihrem Grundstück sicherte, Probe gesessen hatte. Sie wunderte sich schon, weil er mit einem Kissen unter dem Arm, sich immer wieder umschauend, den Trampelpfad, den Berg hinaufgeschlichen war. Als Marie ihm dann beim Bräuteln zusah, wurde sie die Befürchtung nicht los, dass er trotz des Probesitzens gleich von der Stange runterfallen könnte. Was natürlich nicht passiert war. In dem Jahr ist Franz das erste und das letzte Mal mit ihr auf die Fasnet gegangen. Sogar beim Vetter Guser waren sie zusammen. Sie hatten sich mit Hinner, der auch beim Bund arbeitete, und seiner Frau Jutta verabredet. Es war nur schade, dass die beiden nicht alles verstanden, weil fast nur im Dialekt geredet wurde. Marie versuchte ins Hochdeutsche zu übersetzten, aber das störte die Leute, die neben ihnen saßen. Anton war an diesem Abend auch in der Stadthalle. Er saß mit seiner Frau, die in der Zwischenzeit ihr Kind bekommen hatte, zwei Tische weiter. Marie tauschte später ihren Platz mit Franz, damit sie nicht einfach so aus Versehen in die falsche Richtung geschaut hätte.

25 Jahre nach diesem Ereignis übte die Fasnet keinen Reiz mehr auf Marie aus. Sie schaute sich auch das Bräuteln nicht mehr an. Als Kind war es wichtig gewesen, »a Brezele« aufzufangen. Aber heute drängten sich so viele fremde Schaulustige, dass es keinen Spaß mehr machte. Es war ein bisschen so, wie mit den kirchlichen Festen und Prozessionen. Das Fernsehen und das Internet boten zu jeder Tages- und Nachtzeit mehr Aufregung und das auch noch gemütlich zuhause.

Anton hatte mal wieder angerufen und Marie zum Kutteln-Essen eingeladen. Diesmal musste er nicht viel Überzeugungsarbeit leisten. Hat seine Inge keine Lust?, fragte sich Marie und ließ sich überreden. Allerdings keinesfalls in Sigmaringen oder der nächsten Umgebung, machte sie ihm klar. Anton fiel ein Lokal in Markdorf, in Bodenseenähe, ein. Angeblich wurden dort ganz exzellente Kutteln serviert. Markdorf war mit dem Auto eine knappe Stunde von Sigmaringen entfernt. Marie hoffte, dass es weit genug weg war, um keinem bekannten Gesicht über den Weg zu laufen. Marie wollte auch nicht, dass Anton sie zuhause abholte. Der immer allgegenwärtige Kommissar Fritz Wagner brauchte nicht zu sehen, mit wem sie wegfuhr, um womöglich noch zu kontrollieren, wann sie wieder zurückkam. Zu Anton wollte sie offiziell keinen näheren Kontakt haben. Sollte ihm eines Tages etwas zustoßen, gab es keinen Hinweis auf eine enge Verbindung zu ihr.
Sie verabredeten sich für halb sieben auf dem Parkplatz vom Aldi in Pfullendorf. Der Pfullendorfer Aldi-Parkplatz war natürlich nicht mit dem Aldi-Parkplatz in Sigmaringen zu vergleichen. Der Parkplatz in Sigmaringen galt als der zweitschönste auf der Welt, weil er einen beeindruckenden Blick auf das Schloss hatte. Rainer, der Mann von Maries Schwägerin Lore, behauptete das. Der schönste Aldi-Parkplatz auf der Welt war in Australien zwischen Sydney und

Canberra, hoch über dem tasmanischen Meer. Es gab wirklich auch einen Aldi in Australien. Wenn es nicht Rainer gewesen wäre, der das sagte, hätte Marie es nicht geglaubt. Aber Rainer hatte sogar Fotos von der Aussicht gemacht. Man sah von dort aus nichts außer blauem Himmel und blauem Meer. Die Stadt hieß Ulladulla. Marie dachte zuerst, der Rainer wolle sie auf den Arm nehmen, aber auf den Fotos konnte sie sich selbst davon überzeugen. Seither musste sie bei jedem Aldi-Parkplatz an den schönsten und den zweitschönsten auf der Welt denken.
Als Marie in Pfullendorf ankam, wartete Anton schon. Sie war absichtlich fast eine halbe Stunde zu spät. Sie wollte, dass er sich Gedanken machte und ein bisschen Sorgen, ob sie wirklich kommen würde, oder vielleicht doch nicht? Der Parkplatz war noch ganz schön voll und einige Narren rannten herum. Marie stieg zu Anton ins Auto. Er war mit seinem grauen, geländegängigen VW Touareg da. Sicher hatte seine Frau Inge den Opel gebraucht oder er wollte sie mit dem schweren, neuen Auto beeindrucken. Marie sah Anton an, dass er erleichtert war, dass sie ihn nicht versetzt hatte. Es schien ihm viel an dem gemeinsamen Abend zu liegen. Marie war noch nie in Markdorf gewesen. Sie fand es aufmerksam von Anton, dass er sie in ein Schloss zum Abendessen ausführte. Auch wenn es nur ein Bischofsschloss war.
Als Anton ihr aus dem Mantel half, konnte er es sich nicht verkneifen, an ihr zu schnuppern.
»Du riechst gut«, sagte er dicht an ihrem Ohr.
»Findest du?«, fragte sie und tat erstaunt. Sie hatte sich großzügig von ihrem teuren Chanel Nr. 5, mit dem sie normalerweise sehr sparsam umging, aufgesprüht. Marie musste sich ihr Parfüm immer selbst kaufen. Von Franz hatte sie nie eines geschenkt bekommen. Ihr Haar war frisch geschnitten und blondiert. Ein ausnahmsweise aufgelegtes, leichtes Make-up ließ sie jung aussehen. Ihre Kleidung

hatte sie für diesen Abend sorgfältig ausgewählt. Zur dunkelbraunen Samthose trug sie ein hellbraunes Kaschmirtwinset. Der kurzärmelige Pullover war tief ausgeschnitten, und zeigte den Ansatz ihres Busens. Eine goldene Halskette mit einem kugeligen Bernsteinanhänger baumelte genau in dem Grübchen zwischen ihren Brüsten. Die Jacke ließ sie offen. Der Anhänger war ein Geschenk, das ihr Anton vor mehr als 30 Jahren gemacht hatte. Er reagierte nicht darauf. An ihm schienen die Jahre nicht spurlos vorbeigegangen zu sein, vor allem was sein Gedächtnis anbetraf. Als der Kellner sie zu ihrem Tisch begleitete, ging Marie vor Anton und sie spürte seinen Blick auf ihrem für bald 66 immer noch gut geformten, straffen Hintern.
Während sie auf das Essen warteten, Marie hatte Kutteln sauer und Anton geröstet bestellt, war ihre Unterhaltung noch etwas gezwungen. Marie erzählte von ihrem roten Kater, den sie Patrizia getauft hatte und Anton bekam daraufhin einen Lachanfall. Damit war das Eis gebrochen, und es war fast so, wie vor langer, langer Zeit. Anton sagte immer noch unter Lachen: »Marie ich liebe dich, du bist köstlich.« Dann brachte er das Gespräch auf ihre gemeinsame Vergangenheit. Er erinnerte sich an Dinge, bei denen Marie sich fragte, ob er sie nicht mit einer andern Frau verwechselte. Sie konnte nur feststellen, dass bestimmte Begebenheiten einen ganz andern Stellenwert in seiner Erinnerung besaßen, als in ihrer eigenen. Marie ließ ihn reden. Das Essen war gut und bei Anton sicher kalt, bevor er damit fertig war. Zum Nachtisch bestellten sie noch frische Apfelküchle mit Vanilleeis und Sahne. Die Apfelküchle waren knusprig, heiß und leicht säuerlich. Das kalte süße Eis mit dem Hauch Sahne dazu ergab ein perfektes Ganzes. »Die Mischung macht's, wie bei der Liebe«, seufzte Anton.
Marie drängte auf den Heimweg. Anton hatte es nicht eilig. Seine Frau übernachtete bei einem ihrer Söhne und der Schwiegertochter in Tübingen. Sie machte den Babysitter,

obwohl die Kinder bereits acht und zehn Jahre alt waren. Aber es war Tradition. An Fasnacht kam die Oma. Anton meinte vielversprechend, er hätte die ganze Nacht Zeit. Marie ging nicht darauf ein. Gegen Mitternacht brachte er sie zu ihrem Auto. Der Parkplatz war bis auf ihren Mercedes leer. Anton fuhr direkt neben ihren Wagen und stieg aus, um ihr die Tür zu öffnen. Als Marie vor ihm stand, nahm er sie in den Arm. Als Marie ihm dann ihre Arme um den Hals schlang, küsste er sie und es war ein Kuss, der ihr zeigte, was er wollte. Marie ging zuerst mit und verlor sich fast in der Vergangenheit, und als ihr Kopf das registrierte, löste sie sich abrupt von ihm. »Das geht mir zu schnell. Ich habe mit dir zu viele schmerzhafte Erfahrungen gemacht, als dass ich da weitermachen könnte, wo es aufgehört hat, so als ob nichts gewesen wäre.« Anton strich ihr zärtlich über die Backe. »Du hast ja recht. Aber lass mir ein bisschen Hoffnung.« Marie stupste ihm mit dem Zeigefinger auf die Nase zog ihre Mundwinkel nach oben, sodass ihre Zähne wie zu einem Lächeln sichtbar wurden und sagte: »Ich muss drüber schlafen.«

Am nächsten Morgen um neun klingelte das Telefon und Marie wusste, dass es Anton war. Sie war neugierig, was er sagen würde. Zuerst bedankte er sich ausführlich für den schönen Abend. Dann folgte das, was er wirklich auf dem Herzen hatte. Dass Marie den Abend keinesfalls als etwas Besonderes oder Wichtiges hervorhob, registrierte Anton nicht. Marie stellte befriedigt fest: Anton war genau auf dem Weg, auf dem sie ihn haben wollte.
Anton sprach, vermutlich durch die Nähe und gleichzeitige Distanz des Telefons, aus tiefstem Grund seiner Seele. Er klappte sich selbst wie einen Bildband auf. Er erzählte ihr, zuerst stockend, wie sehr er damals unter der Trennung von ihr gelitten hatte. Aber er wäre mit nichts dagestanden, wenn er sich für sie entschieden hätte. Das Geschäft

hatte seine Frau mit in die Ehe gebracht und sie hatten einen Ehevertrag. Dann sprudelte es nur so aus ihm heraus. Manchmal sprach er so schnell, dass Marie ihn gar nicht richtig verstand. Der Druck, unter dem er damals die Entscheidung getroffen hatte, sich von ihr zu trennen, habe ihn fast umgebracht. Er sah damals die Trennung als einzige Lösung. Er dachte ein schnelles Ende mit Schmerzen wäre sicher besser, als die ganze Familie unglücklich zu machen. »Wer weiß, ob es mit uns damals gut gegangen wäre?«, sagte er entschuldigend. Marie betätigte ihm: »Das konnte natürlich niemand voraussehen.«
Anton wollte außer einer Bestätigung für die Richtigkeit seines damaligen Handelns gar nichts hören. Er redete nur über seinen Schmerz und von der Enttäuschung, die er empfand, als sie, kaum dass er ihr aus den Augen war, den Franz heiratete. Anton hatte Franz im Wald getroffen, kurz, nachdem Marie ihm versprochen hatte, dass sie es mit ihm versuchen wolle. Franz war damals wirklich stolz und glücklich, weil er und Marie heiraten würden. Anton machte es sich dann leicht und redete sich ein, dass das mit Franz vielleicht schon länger gegangen sei und er gar nicht der einzige bei Marie gewesen war.
Als er vor Selbstmitleid fast zerfloss und vor sich hin jammerte, hätte Marie in gerne geschlagen. Sie war so zornig, dass ihr vor Wut die Tränen in die Augen schossen. Sie spürte immer öfter das Verlangen, um sich zu schlagen. Es war ein neues unbekanntes Gefühl. Früher sperrte sie die Emotionen in sich ein. Jetzt wollte sie reagieren, sich abreagieren. Anton glaubte Marie versichern zu müssen, dass er heute noch fast jeden Tag daran dachte, wie es mit ihr war. Marie hatte den Eindruck, dass dieses Geständnis als Kompliment für sie gedacht war. »Glaub mir Marie, ich habe für meine Entscheidung von damals büßen müssen. Du wirst denken, hinterher kann man das gut sagen, aber heute würde ich ganz anders entscheiden.«

»Ja hinterher ist man immer klüger«, bestätigte Marie seine Gedankengänge.
Er wartete, ob Marie noch etwas sagen würde. Dann fuhr er bittend fort: »Aber gestern, da hab ich doch gespürt, dass bei dir auch noch was vorhanden ist«, und nach einer kleinen Pause: »Es ist doch noch nicht zu spät, von all dem was wir verpasst haben, noch ein bisschen nachzuholen, oder nicht?«, fragte er und in seiner Stimme war ein bettelnder Ton.
»Beweis es mir«, sagte Marie nur. Anton klang richtig glücklich, als er versprach: »Ich werde mir was Besonderes einfallen lassen.«
Da musst du dich aber anstrengen, alter, jämmerlicher Mann, dachte Marie und sagte: »Ich lass mich gern überraschen.«
Die Wut und der Hass auf Anton waren seit einem Vierteljahrhundert ein fester Bestandteil ihrer Gefühle, und wenn Anton nicht ihr Buele erschossen hätte, könnten sie auch die nächsten zwanzig Jahre noch zu Maries Leben gehören, ohne jemals in die Realität umgesetzt zu werden. Marie hatte an einem Racheprogramm herumgebastelt, im Grunde ohne ernsthafte Absicht, es wirklich in die Tat umzusetzen. Nachdem ihr Hund aber in Antons Jagdrevier tot aufgefunden worden war, bekam ihre Wut wieder neue Nahrung. Die alte Glut wurde neu entfacht. In dem Augenblick, in dem sie die rote Katze verschwommen durch das Fenster sah, durchzuckte sie eine Idee und der Startknopf für Antons finalen Countdown war gedrückt worden.

Es war bereits Ende Februar, als es noch einmal richtig kalt wurde. Die Tage und Nächte waren durchsichtig. Die Sterne am Himmel funkelten wie geschliffene Diamanten auf schwarzblauem Samt. Das Schloss schien noch näher an den Brunnenberg herangerückt zu sein. Die Donau spiegelte das Schloss und einen klaren Himmel ohne jedes Wölkchen. An ihrem Rand waren einige Uferstellen mit einer dünnen Eisschicht eingefasst. Es sah aus wie ausgefranste, alte Häkelspitze.

In der Vorstadt stiegen aus einzelnen Schornsteinen Rauchsäulen, wie Fahnen senkrecht in den Himmel und lösten sich, wenn sie eine bestimmte Höhe erreicht hatten, auf. Nicht ohne vorher eine kurze Zeit, als wenn sie sich noch ausruhen müssten, unbeweglich vor der Kulisse des blauen Himmels stehen zu bleiben.

Es war zu kalt zum Joggen. Jeder Atemzug produzierte eine kleine, weiße Dampfwolke. Marie wollte keine Lungenentzündung riskieren. Sie walkte, aber ohne Stöcke. Sollte sie einmal nicht mehr joggen können, würde sie Nordic-walking zu ihrem Sport machen. Im Moment fühlte sie sich noch nicht alt genug dafür. Marie fühlte sich überhaupt nicht alt. Im Gegenteil war ihr noch nie so gut gegangen wie jetzt und sie hatte das Gefühl, dass es ihr jeden Tag besser ging. Manchmal erschrak sie, wenn sie in der Stadt jemand nach langer Zeit wieder traf. Menschen, die sie aus ihrer Schulzeit kannte, oder auch aus der Zeit, in der sie als Verkäuferin gearbeitet hatte, waren plötzlich uralt geworden. Sie sahen faltig, grau und zerknittert aus. Ihre Bewegungen waren unsicher und im Gespräch über belanglose

Dinge verloren sie den Faden. Marie bekam dann das Gefühl, sie habe im Ausland gelebt und Jahre übersprungen. Ihre Welt war eine andere Welt. Dann versuchte sie, sich ebenfalls kritisch zu betrachten. Ging es den andern auch so, wenn sie sie nach langer Zeit wieder trafen? Dachten sie auch: »Ach Gott ist die Marie alt geworden!«

Im Supermarkt entdeckte sie im Sonderangebot einen Heimtrainer. Sie nahm ihn gleich mit nach Hause, musste aber feststellen, dass das Zusammenbauen nicht so einfach war, wie auf der Anleitung beschrieben. Uschi konnte es nicht mit ansehen, wie Marie an dem Gestell herumschraubte und brachte am Nachmittag ihren Sohn Torsten mit. Er machte das Gerät startbereit. Marie fragte, als sie mit Uschi allein in der Küche war, ob sie ihm ein Bier anbieten dürfte? Uschi sagte resigniert: »Er trinkt so oder so. Ob du ihm nun etwas gibst oder nicht. Solange er nicht bereit ist, eine Entziehungskur zu machen, kann ihm ein Bier mehr oder weniger auch nicht schaden.« Bei der Gelegenheit kamen sie auf die alten Möbel in der Scheune zu sprechen, die Marie entsorgt haben wollte. Torsten konnte sie brauchen, oder etwas mit ihnen anfangen. Marie versprach ihm noch hundert Euro extra, wenn er sie möglichst schnell abholen würde.
Am nächsten Tag stand er mit einem Kumpel und einem alten, rostigen Ford Transit bereits in der Frühe vor ihrer Tür. Sie nahmen alles aus der Scheune mit und mit einem strahlenden Grinsen die hundert Euro. Sie boten sich sofort für weitere Arbeiten an.

Marie war mit den Büroarbeiten für den Jahresabschluss beschäftigt. Ihre Buchhaltung sollte vor ihrer Abreise auf dem Laufenden sein. Wenn sie ausgewandert wäre, hätte sie es auch nicht besser organisieren können. Uschi meinte scherzhaft: »Ich hoffe, du hast vor, zurückzukommen.«

Marie brauchte den genauen Überblick über ihre Finanzen, sonst fühlte sie sich nicht wohl. Früher, vor seiner Börsenpleite, als Franz noch ›mitarbeitete‹, war sie manchmal ganz verrückt geworden, weil in ihrer Buchhaltung nur Chaos herrschte. Zum Glück hatte sich ihr Mann danach nur noch verbal eingemischt.
Marie brachte ihre Unterlagen nach Biberach zu ihrem Steuerberater. Sie wurde das Gefühl nicht los, etwas übersehen zu haben. Vielleicht lag es an den Alpträumen, die sie seit einigen Nächten heimsuchten. Die Träume kamen immer öfter und intensiver. In diesen Träumen waren ihre Füße mit Gummibändern gefesselt. Sie versuchte die Knoten zu lösen, aber sie schienen unauflösbar festgezogen zu sein. Der Taxifahrer, der sie zum Flughafen bringen sollte, sah bei ihren Bemühungen teilnahmslos zu und fuhr dann ohne sie ab, während sie unter der offenen Haustür stand und verzweifelt mit ihren Fesseln kämpfte. Wenn Marie nach einer solchen Nacht aufwachte, war sie ganz zerschlagen und überlegte, ob sie nicht nochmals das Haus ausräuchern sollte.

Sämtliche Reiseunterlagen, alle Flugtickets und alle Belege für die bereits bezahlten Hotel- und Transportkosten, lagen in einer dicken, transparenten Mappe auf Maries Nachttisch. Es war nicht einfach gewesen, alle Stationen auswendig zu lernen, wo und wann sie genau an diesem oder jenem Ort und in welchem Land sie sein würde. Sie hatte sich einen neuen Atlas gekauft und dieser lag mit aufgeschlagener Südafrikaseite auf ihrem Schreibtisch. Über Google-Earth zoomte sie sich so nah wie möglich an ihre Reisestationen heran. Sie schaute fast jeden Tag nach, wie dort das Wetter war.
Sie würde die verschiedenen Tickets noch öfter studieren, bis sie alle Informationen im Schlaf hersagen konnte. Einer der Höhepunkte ihrer Reise war ein Ballonflug über

der Wüste in Namibia. Außerdem würde Marie in einem Camp mitten im Busch in Botswana mehrere Tage und Nächte verbringen. Mit einem kleinen Flugzeug würde sie hingeflogen werden. Es gab nur eine Sandpiste als Landebahn. Das Camp bestand aus Hütten oder Zelten, die aber mit allem Komfort eingerichtet waren. Man saß etwas oberhalb von einem Wasserloch und konnte bequem am Abend, mit einem Drink in der Hand, die Tiere beobachten. Wenn es dann dunkel war, wurde man mit einem Abendessen im Feuerschein und bei Kerzenlicht verwöhnt. Am frühen Morgen, mit einem Becher Kaffee in der Hand, ging es wie im Film weiter. Aus sicherer Entfernung und trotzdem großer Nähe war es wieder möglich das Kommen und Gehen der Tiere zu beobachten. Im Internet war alles beschrieben und Fotos gab es auch, sogar mit Löwen. Für Marie würde die Reise das große Highlight ihres bisherigen Lebens werden.

An ihrem Geburtstag, dem 24. April, plante sie an den gewaltigen Victoria-Wasserfällen zu stehen und ein Glas Champagner zu trinken. Sie würde auf der Hotelterrasse sitzen, das Getöse der Wassermassen, die in die Tiefe stürzten, hören und sich ein Glas Champagner bestellen. Mit dem Glas in der Hand würde sie so nah wie möglich an den Abgrund treten und zur Feier des Tages einen Schluck trinken. Danach würde sie das volle Glas in die vom Wasserdunst eingenebelte Tiefe hinunterwerfen. Sie würde den Göttern Afrikas ein Opfer bringen. In ihrem Kopf würde sie dazu Udo Jürgens das Lied von den 66 Jahren singen lassen.

Marie hatte einen Termin bei ihrem Berater von der Hohenzollerischen Landesbank. Es war ein sonniger, klarer Tag und so entschloss sie sich, zu Fuß zu gehen und es als Spaziergang zu betrachten. Sie nahm den Umweg über die früher so gefürchtete Eisenbahnbrücke. Es kam kein Zug, während sie die Donau überquerte. Es gab keine riesigen schwarzen Dampflokomotiven mehr. Aber auf der Brücke war der Drang zu rennen immer noch vorhanden.
Am Karl-Anton-Platz bog sie beim Meinrad-von-Ow-Haus in die Schwabstraße ein. In diesem Haus, im ersten Stock, mit Blick auf das fast gegenüberliegende Schloss, hatte Oma Franziska einmal gewohnt. Dort hing das alte Bild mit den zwei Frauen und dem Kind über einem Sofa, auf dem sie nie jemanden hatte sitzen sehen. Marie konnte sich noch gut an die Wohnung erinnern. Sie durfte auch einige Male dort schlafen. Das düstere Schlafzimmer hatte nur Fenster nach hinten. Der kleine Hof der Metzgerei Schlude lag direkt darunter. In Maries Erinnerung war das Zimmer riesengroß. Es standen vier alte Betten, mit hohen Kopfteilen aus dunklem Holz darin und drei ebenso alte hohe Kleiderschränke. In der Mitte war trotzdem noch Platz, um zu turnen. Sogar mehrere Purzelbäume hintereinander konnte sie dort schlagen. Unter ihrem Bett stand ein Nachttopf, den sie nachts benutzen musste, weil das Klo im Treppenhaus war. Es war das Gemeinschaftsklo von Frau Sutor, der Hausbesitzerin, die auch auf diesem Stock wohnte und Oma Franziska. Der große Schlüssel dazu hing gleich neben der Wohnungseingangstür. Es war eine interessante Wohnung, das ganze Haus war anders, als das Haus

ihrer Eltern und die Häuser, die Marie sonst so kannte. Es war etwas düster. Die Böden waren dunkel und sehr schief. Beim Gehen im Wohnzimmer war es, als ob man einen Berg hinab lief. Die Schuhsohlen klappten an den Zehenspitzen weiter nach unten als die Fersen und in der Gegenrichtung war es umgekehrt. Um zu Omas Lieblingsplatz vor dem einzigen Fenster zu gelangen, musste man bergauf laufen. Von dort sah man auf die Schwabstraße hinunter und zum Karl-Anton-Denkmal hinüber. Am Fenster stand ein runder Holzsessel. Wenn Marie die Oma besuchte, durfte sie darin sitzen. Die Großmutter rückte sich einen einfachen Stuhl an ihre Seite. Marie konnte sich nicht erinnern, jemals am Tisch im Wohnzimmer gesessen zu sein. Egal wer dazu kam, der Halbkreis vor dem Fenster wurde erweitert. In der Stadt war mehr los und viel mehr zu sehen als am Brunnenberg, vor allem, als dann genau gegenüber, ein modernes Kaufhaus, der Schleehauf gebaut wurde. Marie wäre gerne einmal wieder in das alte Haus hineingegangen. Aber vielleicht doch besser nicht. Es war renoviert worden und sicher würde sie es nicht wiedererkennen. Marie wollte ihre Erinnerungen nicht verlieren oder mit anderen Bildern überdecken.

An ihren Bankberater hatte Marie noch einige Fragen, die ihre Reise und die verschiedenen Währungen anbetrafen. Eine Goldcard als Kreditkarte, wie sie ihr empfohlen worden war, hatte sie bereits zugeschickt bekommen. »Das ist auch in Afrika so gut wie Bargeld«, sagte ihr Berater. »Bei jeder Bank, selbst bei der kleinsten Zweigstelle irgendwo im Busch, gibt es damit Cash.« Und außerdem war in die Gebühren für die Karte eine Reiserücktrittversicherung eingeschlossen. Darüber hinaus war sie auch noch bei Krankheit im Ausland versichert.
Durch vier verschiedene Länder würde die Reise gehen und in jedem Land brauchte sie eine andere Währung. Wenn

Marie die Schweiz noch dazurechnete, waren es sogar fünf Länder. Ihr erster Flug ging von Zürich nach Kapstadt in Südafrika. Ein Portemonnaie mit fremdem Geld lag bereits bei den Flugtickets.

Marie wollte gerade die Bank verlassen, als sie Anton entdeckte, der auf das Gebäude zukam. Ohne zu überlegen wendete Marie sich einem Prospektständer zu und las scheinbar interessiert in einer Broschüre über Bausparen. In den Augenwinkeln behielt sie die Eingangstür im Blick. Anton betrat die Bank nicht. Er hatte sie nicht bemerkt, sonst wäre er sicher hereingekommen.
Sie ging anschließend zügig am Karl-Anton-Denkmal vorbei zum Schlosseingang hoch und dann über die Treppe beim Eingang der Stadtpfarrkirche hinunter in die Fürst-Wilhelm-Straße. Zuhause wartete niemand auf sie, sie brauchte sich nicht zu beeilen und Marie beschloss, sich ein Stück Schokoladenkuchen und eine Tasse Rooibush-Tee im Café Schön zu gönnen. An einem der Tische am Fenster saß Helga, eine frühere Klassenkameradin. Ihr hatte Marie einmal erzählt, dass sie eine heimliche Prinzessin wäre. Als Helga sie entdeckte, forderte sie Marie sichtlich erfreut auf, doch bei ihr Platz zu nehmen. Die Frauen unterhielten sich angeregt und Marie erzählte von ihrer anstehenden Afrikareise. Hinterher fragte sie sich, ob Helga ihre Ausführungen ernst nahm, oder sie auch für eine erfundene Geschichte hielt?

Marie informierte sich fast jeden Tag, wie das Wetter in Südafrika am Tafelberg war. Der Berg war bereits ein alter Bekannter. Sie kannte alle seine Stimmungen, die sich in den verschiedenen Farben und Wolkenbildungen ausdrückten. Unter ihren Favoriten am PC war es der meist angeklickte Punkt. Am meisten liebte sie die Bilder von den Sonnenuntergängen zwischen achtzehn und neunzehn Uhr.

Bevor Marie das alles wirklich genießen konnte, würde Anton sterben. Erst wenn er tot war, war sie wirklich frei und dieser Punkt stand laut ihrem Schlachtplan am Tag vor ihre Abreise auf dem Programm. Bis zu diesem Tag waren es gerade noch vier Wochen.
Anton rief fast täglich an. Nicht dass Marie, hatte er einmal nicht angerufen, etwas vermisst hätte, aber sie registrierte es. Sie versuchte keine langen Gespräche aufkommen zulassen. Sie wollte ihn hungrig haben. Aus dem, was er zu sagen versuchte, wenn sie ihm die Zeit dazugab, schloss sie, dass er unter bestimmten Voraussetzungen an eine Trennung von seiner Inge dachte.
Mitte März wollte seine Inge wieder für ein paar Tage verreisen. Anton bat Marie, sich dann für ihn Zeit zu nehmen. Er hätte eine Überraschung für sie.

Endlich kam auch der Anruf vom Rathaus. Ihr Reisepass war fertig. Sie konnte ihn abholen. Pflichtimpfungen gab es für die Länder, in die sie reisen würde, keine. Aber sie hatte sicherheitshalber die Polio- und Wundstarrkrampfimpfung auffrischen lassen und sich prophylaktisch eine Impfung gegen Hepatitis geleistet. Dr. Müller hatte ihr diese sehr ans Herz gelegt.

Antons Stimme frohlockte, als er am 12. März anrief: »Pack eine Tasche für zwei Tage. Ich will dir etwas zeigen!« Zuerst zierte sich Marie, ließ sich dann aber scheinbar überreden. Wenn sie es Anton schwer machte, war sein Stolz, wenn er sie dann endlich hatte, umso größer. Sie wollte ihn, wie einen Gockel mit geschwellter Brust sehen. Sie wollte, dass ihm sein Verstand in die Hose rutschte.

Es ging dann noch darum, wo sie sich trafen, ohne dass sie dabei von Bekannten beobachtet werden konnten. Zuerst fragte Marie, wo er mit ihr hinwollte. Es machte keinen Sinn sich nördlich von Sigmaringen zu treffen, um danach in den Süden zu fahren. Schließlich rückte Anton damit raus, dass es irgendwo am Neckar etwas gäbe, das er ihr unbedingt zeigen wollte. Also beschloss Marie, dass sie mit dem Zug bis Gammertingen fahren würde. Anton konnte sie dort am Bahnhof abholen. »Ich versteh dich nicht«, argumentierte er. »Ich kann dich doch bei dir zuhause abholen. Du bist doch erwachsen. Was ist denn schon dabei, wenn dich jemand sieht, wenn du in mein Auto steigst?« Marie sagte scharf: »Und wer hat denn früher so darauf geachtet, dass uns niemand gesehen hat?«

»Ja stimmt schon, aber jetzt ist es doch was ganz anderes«, brummte, Anton. Marie antwortete laut und deutlich: »Nichts ist anders.«

Marie fuhr am 13. März morgens zum Bahnhof und parkte ihr Auto. Sie löste ihr Ticket am Automat und fuhr bis Gammertingen. Es hatte in der Nacht zuvor noch einmal leicht geschneit und bei der Fahrt durch das Laucherttal, dachte sie: Mit dem bisschen Schnee sieht die Welt gleich sauberer aus. Anton wartete in Gammertingen bereits auf sie. Marie hatte sich im Zug umgeschaut, aber niemand gesehen, den sie kannte. Zur Begrüßung drückte sie nur kurz Antons Hand. Er stand im Parkverbot und war deshalb nicht ausgestiegen. Es war kurz vor zwölf und Anton klagte gleich, nachdem sie abgefahren waren, über Hunger. Marie fühlte ein unruhiges Kribbeln in der Magengegend, aber hungrig war sie nicht. In Burladingen suchte Anton ein ansprechendes Gasthaus. Als sie aus dem Wagen stiegen, gab er ihr einen flüchtigen Kuss. An der Garderobe half er ihr aus dem Mantel und umarmte sie wie zufällig dabei. Während sie auf das Essen warteten, griff Anton nach ihrer Hand und ließ sie auch nicht los, als die Bedienung ihren Salat brachte. Marie kam sich albern vor, zog ihre Hand aber nicht zurück.

Auf der Weiterfahrt über die Alb war Anton ungewöhnlich still. Er griff ab und zu nach ihrer Hand und drückte sie kurz. Er schien wirklich nur einfach glücklich zu sein. Marie erinnerte sich schmerzhaft, wie glücklich sie früher gewesen war, wenn sie mit ihm im Auto unterwegs war.

Es war ein beeindruckendes Bild, als die Burg Hohenzollern auf ihrem weißen, wie mit Puderzucker berieselten Berg, in ihrem Blickfeld aufgetaucht war. Der Berg und die Burg waren eine perfekte Einheit, die sich gegen den blauen Himmel, an dem vereinzelt Wolkenfetzen hingen, klar mit der Silhouette ihrer Türme abhob. Der Bergkegel schien nur dafür entstanden zu sein, damit diese Burg darauf gebaut werden konnte.

In der Nähe von Hechingen tranken sie, mit Blick auf den Zoller, einen Kaffee. Das letzte Mal, als Marie dort oben war, war Franz mit ihr hinaufgewandert. Es war im Frühling vor ihrer Hochzeit. Sie erzählte Anton, dass sie mit ihrem Mann einmal auf dem Zoller gewesen war und er sagte schnell: »Wenn du möchtest, können wir auf dem Rückweg auf der Burg Station machen.«

Er hatte also vor, sie wieder zurückzubringen. Marie überlegte, dass es leichtsinnig war, mit ihm wegzufahren, ohne das Ziel zu kennen und ohne jemandem zu hinterlassen, wo sie sich aufhielt. Sie selbst achtete darauf, dass sie nicht mit Anton in Verbindung gebracht werden konnte. Wenn er nun die Absicht hatte, sie verschwinden zu lassen? Was dann? Aber dafür war er zu mitteilsam gewesen und sie glaubte ihm, dass seine Gefühle echt, wenn auch egoistisch waren. Wenn sie für ihn gefährliche Pläne schmiedete, dann brauchte sie sich nicht zu wundern, wenn sie selbst misstrauisch wurde und ihm die gleichen Absichten zutraute. Marie beschloss, auf alle Fälle auf der Hut zu sein.

In der Nähe von Horb verließ Anton die kaum befahrene Landstraße und bog in eine schmale Straße ab. Es war eher ein verschneiter Weg durch einen alten Wald mit hohen Bäumen. Rabenkrähen saßen auf der Fahrbahn und flogen nur widerwillig auf, als das Auto sich näherte. Festgefahrene Reifenspuren zeigten Marie, dass sie nicht die einzigen Benutzer des Sträßchens waren.

Der Wald lichtete sich und ein Berg ragte vor ihnen auf. Nicht so majestätisch wie der Zoller mit seinem Schloss. Aber die Mauern einer mittelalterlichen Burg krönten auch diesen Berg und streckten ihre runden Türme in den Himmel. Die bereits schräg stehende Sonne ließ die Mauern im Schatten grau und dunkel hervortreten und die der Sonne zugewandten Seiten in einem warmen Licht leuchten. Anton hatte angehalten und schaute Marie gespannt an.

»Da schaust du, was? Da werden wir übernachten«, sagte er nicht ohne Stolz und nahm die Serpentinen in Angriff.

Anton fuhr langsam durch ein großes, offenstehendes Tor in einen Burghof. Auf einem verwitterten Schild über dem Tor stand »Schlosshotel«. Er parkte zwischen einem Porsche und einem Jaguar.

Während er sich an der Rezeption anmeldete, schaute Marie sich um. Die Wände bestanden aus großen Steinquadern.

Den Boden bildeten glänzende, in Jahrhunderten abgelaufene, unebene Steinplatten. Eine breite Treppe mit einem fast schwarzen, geschnitzten, wuchtigen Geländer führte nach oben. Marie fühlte sich in eine andere Welt versetzt. Anton hatte ihre Tasche aus dem Auto genommen, und ein junger Mann in Jeans und Blazer trug sie vor ihnen die Treppe hinauf. Marie dachte: Er ist falsch angezogen. Er müsste eine rote Samtuniform mit Goldkanten tragen. Oder zur Burg passend ein Wams wie Robin Hood. Sie folgten ihm. Marie fühlte sich so andächtig wie früher in der Kirche auf dem Weg zur Kommunionbank. Der junge Mann schloss die Tür zu einem runden Turmzimmer auf. Das Erste, worauf Maries Blick fiel, war ein großes Himmelbett. Decke und Himmel waren aus blutrotem Samt. Durch drei bleiverglaste Fenster sah man weit hinunter in ein Tal. Der Diener mit der fehlenden Uniform hatte ihr Gepäck abgestellt und sie noch auf die beeindruckende Aussicht auf den Neckar aufmerksam gemacht, bevor er sie allein ließ. Eine verhältnismäßig niedere Tür führte zu einem Badezimmer, Anton musste sich bücken, um nicht mit dem Kopf am Rahmen anzustoßen. Die Größe und Ausstattung des Raumes machte seinem Namen alle Ehre. Uralte Kacheln, vermutlich aber trotzdem nicht aus der Gründerzeit der Burg, schmückten die Wände. Becken, Wanne und Armaturen sahen ebenfalls sehr alt aus, waren aber so funktionsfähig, wie in einem modernen Badezimmer. Anton stand an die Tür gelehnt, und als sie an ihm vorbei wollte, umarmte er sie und fragte erwartungsvoll: »Und?«
»Schön ist es hier. Du hast mich wirklich überrascht«, musste Marie zugeben.
Dass sie einmal in einem Schloss oder in einer Burg übernachten würde, davon hatte sie bis jetzt nicht mal zu träumen gewagt. Aber dieser Traum hatte seinen Preis und Marie war bereit ihn zu bezahlen. Es war nicht zu übersehen, dass Anton ausgehungert war nach Aufmerksamkeit,

nach Zärtlichkeit, nach Liebe und nach Sex. Er wollte seine Belohnung sofort und er bekam alles, was er sich wünschte. Als Anton vor Lust stöhnte, sah Marie plötzlich ihren Franz vor sich, wie er auf der kleinen Patrizia lag und seinen Geist aufgab. Marie war sicher, dass er einen schönen Tod gehabt hatte. Aber Anton gönnte sie diese Art zu sterben nicht.

Es dämmerte, das Zimmer lag in verschwommenem Licht, als sie außer Atem nebeneinander darauf warteten, dass sich ihr Herzschlag wieder beruhigte. Marie hatte sich vorgenommen, cool zu bleiben. Sie hatte Anton einen Orgasmus vorgespielt und Anton schien im siebten Himmel zu schweben. Ganz ungerührt hatte sie das Spiel nicht gelassen. Es gab zu viele Erinnerungen, die plötzlich wieder aufgetaucht waren. Erinnerungen an Liebe, Zärtlichkeit und Lust. Aber auch an Gespenster, die in einem schwarzen Ballon vorbeizogen: Die Grachten von Amsterdam und die kalte Nässe, die aus ihnen aufstieg, gesellten sich zu Bueles steifem, eiskalten Körper. Marie wollte das alles nicht vergessen, und sie würde es nie vergessen. Nicht solange Anton lebte und seinen Spaß haben wollte.

Anton machte Licht. Der Leuchter sah genauso aus, wie der Leuchter des Jagdzimmers im Schloss in Sigmaringen. Eine schwebende weibliche Figur auf einem Geweih, an dem vier Glühbirnen befestigt waren. Mit dem Licht verflog der letzte Zauber, den Marie vorher nicht ganz hatte verbannen können.

Anton legte sich in die Badewanne und sang aus voller Brust das Volkslied »Ein Jäger aus Kurpfalz«. Lachend versuchte er, Marie zu sich in die Wanne zu ziehen. Sie lachte, flüchtete aus seiner Reichweite und dachte: alter Trottel.

Zum Schlosshotel gehörte ein Restaurant mit ausgezeichneter Küche. Der Speisesaal war das frühere Jagdzimmer, das, wie es sich für ein Jagdzimmer gehörte, reichlich mit

Geweihen und sonstigen Trophäen dekoriert war. Marie setzte sich auf eine dick gepolsterte Bank, die unter einem mit Blei gefassten Fenster stand, und hatte somit den ganzen Raum im Blickfeld. Nach zehn Minuten bat sie Anton, den Platz mit ihr zu tauschen. Sie wollte sich den Anblick eines mächtigen ausgestopften Keilerkopfes, der von der gegenüberliegenden Wand auf ihren Teller starrte, nicht den ganzen Abend antun. Vor allem nicht, nachdem sie sich Wildschweinragout bestellt hatte. Aus ernährungstechnischer Sicht war Wildschweinfleisch ein sehr gesunder, magerer Eiweißlieferant. Wenn sie auch noch sparsam bei den Spätzle zugriff, sich dafür an die dazu servierten Maroni hielt und ein kleines Glas Rotwein trank, hätte sie für ihre Gesundheit an diesem Abend nichts Besseres tun können.
Anton bestellte Champagner zum Aperitif. Er schien vor Glück fast zu platzen. Er schaute Marie pausenlos auf der Suche nach Bestätigung in die Augen. Es schien, als könne er herbeizwingen, was er zu sehen wünschte.
Marie beschloss, den Rest des Abends und der Nacht zu genießen. Sie war sich sicher, dass sie die Situation im Griff hatte. Vorher, unter dem Baldachin des Himmelbettes hatte sie ihr Verstand keine Sekunde im Stich gelassen. Sie brauchte nicht auf der Hut zu sein. Uschi hatte ihr nach dem Tod von Franz den weisen Ratschlag gegeben: »Alles ist irgendwann Vergangenheit. Mach dir nicht so viele Gedanken und lebe jetzt.«
Zu Maries Plan gehörte, dass Anton sich in Sicherheit wiegte. Er durfte nicht misstrauisch werden. Er musste die Waffe, mit der sie ihn töten wollte, selbst mitbringen. Sollte sie einen Fehler machen, würde er ihr bestimmt keine Gelegenheit für eine zweite Chance geben. Sie musste schnell sein. Er durfte nicht an ihr zweifeln, und wenn sie auch nur eine Minute zögerte, würde er begreifen, was sie vorhatte und er würde reagieren.
Aus einer Vitrine neben der Eingangstür zum Restaurant

sah hinter Glas ein ausgestopfter Luchs zu Marie herüber. Sie bekam fast den Eindruck von ausgestopften Tieren verfolgt zu werden. Sie zwang sich, nicht ständig ihren Blick hinüberschweifen zu lassen. Sie dachte an das erste ausgestopfte Tier, das sie in ihrem Leben gesehen hatte. Es war bei einem Schulausflug in den Wildpark Josefslust. Mit Schaudern drängelten sich die Kinder vor der Scheibe, hinter der der letzte, vor über 150 Jahren in der Gegend geschossene Wolf, in voller Lebensgröße, mit offenem Maul, etwas verratzt, aber immer noch fast wie lebendig und gefährlich dastand. Damals fiel ihr das Märchen vom Rotkäppchen ein und Marie war über die Größe des Wolfs enttäuscht. Dann dachte sie, dass das mit der Großmutter, die hinterher wieder ganz aus dem Bauch des Wolfes herausgeholt worden war, nicht sehr glaubwürdig klang.
Marie fragte sich, wo in hundert Jahren ihr Buele sein würde? Dann würde es ihn selbst ausgestopft sicher nicht mehr geben. Obwohl, eine Jagdtrophäe war er ja auch. Anton fragte: »An was denkst du?« Marie sagte mit einem Blick auf den Luchs: »Was meine Katze jetzt wohl macht?« Anton legte seine warme, große Hand auf ihre und es war ihr nicht unangenehm. »Wenn du was zum Streicheln brauchst, bedien' dich bei mir. Ich spiel' gerne den Ersatz.« Nach dem Essen hatte er es eilig, wieder hinauf in das romantische Turmzimmer, mit dem bequemen, großen Bett, zu kommen. Marie dagegen brauchte frische Luft. Etwas widerwillig ließ Anton sich von ihr hinaus in den Burghof ziehen. Der Himmel hatte sich vollständig zugezogen. Keine Sterne standen am Himmel. Als Anton bemerkte, dass Marie fröstelte, schlang er von hinten seine Arme um sie und drückte sie an sich. Er knöpfte seinen dunkelgrünen Blazer auf und zog Marie an seine Brust. Er legte die Jacke um sie und küsste sie. »Komm ich werde dich wärmen«, flüsterte er an ihrem Ohr und zog sie zum schweren Eingangstor zurück. Hand in Hand schlenderten sie die

Treppe hinauf. Neben ihrer Zimmertüre hielt eine silberne Ritterrüstung Wache. Marie puffte sie kameradschaftlich in die Seite. Das Blech schepperte. Mit schmerzverzerrtem Gesicht schüttelte sie ihre Hand. Anton lachte und bot ihr grinsend seinen weichen Bauch an.

Er schien jeden Moment und alles zu genießen. Marie entspannte sich und ließ sich fallen. In einem Bericht, den sie im Fernsehen gesehen hatte, wurde behauptet, dass Sex gut für den Kreislauf und auch sonst für die Gesundheit sei. Menschen mit einem geregelten Sexualleben hatten eine durchschnittlich längere Lebenserwartung als enthaltsam lebende. Das war nicht nur so geredet, sondern das Ergebnis einer wissenschaftlichen Studie. Ihr Franz hätte einfach früher mit einem geregelten Training anfangen müssen, dann wäre ihm die Nacht mit seiner Patrizia vielleicht besser bekommen.

Maries Gefühle wurden von Schmerz und Rache, von Lust und aufgestauter Sehnsucht nach Zärtlichkeit in schon lange nicht mehr erlebte Höhen und gleichzeitige Tiefen katapultiert. Sie vergaß, warum sie an diesem Ort war.

Als sie wieder in die Realität zurücktauchte, lag Anton schwer auf ihr. Im ersten Moment dachte sie entsetzt: Nein ich will nicht, dass es mir auch passiert! Leide ich unter Verfolgungswahn? Ist das jetzt dem Franz seine Rache? Dann erst bemerkte sie das trockene, hemmungslose Schluchzen, das aus Antons Brust kam. »Was ist denn?«, fragte sie erschrocken und schob ihn von sich.

Sie tätschelte ihn und er drückte sein von Tränen nasses Gesicht, wie ein kleines schutzsuchendes Kind, gegen ihre Schulter. Als er sich beruhigt hatte, begann er zu sprechen. Er sprach stockend über seine, ihn seit vielen Jahren belastenden Potenzprobleme. Dass er seit Marie ihn verlassen hatte, nie mehr diese Lust mit einer Frau empfunden hatte. Sie hatte ein Gift in ihm zurückgelassen. Es gab einige Affären nach ihr, aber ohne die große Befriedigung.

Er war immer nur auf der Suche nach ihr gewesen. Er war verletzt, weil sie ihn verlassen und sofort den Franz geheiratet hatte. Er glaubte, ja, er war sich sicher, dass das der Grund für seine Schwierigkeiten war. Es war ihre Schuld. Marie war sprachlos. In ihren Armen hing wie ein Kind, ein alter, vor Selbstmitleid zerfließender Mann mit grauen Haaren, der sie gerade in einen Strudel voll Lust gestürzt hatte. Aber jetzt fand sie ihn nur noch abstoßend. Schuld, wer war denn hier der Schuldige, fragte sie sich. Mit keinem Wort dachte er an sie und ihr Unglück. Es war nur er, der gelitten hatte. Es war unfassbar. Sie begriff, dass es keinen Sinn machte, ihren Schmerz, den sie nun schon so lange mit sich herumtrug, zu beschreiben. Anton hatte nie Verständnis für sie gehabt und er würde es auch nie haben. Es gab nur ihn. Warum hatte sie nicht gleich, als sie sich damals in ihn verliebte, erkannt, was für ein rücksichtsloser Egoist er war. Wenn Marie an eine Waffe gekommen wäre, sie hätte Anton in diesem Moment ohne zu zögern mit Vergnügen erschossen.

Am nächsten Morgen beim Frühstück, das wieder im Jagdzimmer serviert wurde, setzte Marie sich gleich so, dass sie nur das Fenster im Blickfeld hatte. Sie konnte den Anblick der Jagdtrophäen nicht schon am frühen Morgen auf nüchternen Magen ertragen. Selbst auf dem Frühstücksbüfett lagen sie in Form von Jagdwurst und hauchdünn geschnittenem Wildschweinschinken.
Marie drängte zum Aufbruch. Sie wollte nach Hause. »Ich muss nach der Katze sehen«, sagte sie entschuldigend. Anton, der entspannt und zehn Jahre jünger aussah als am Tag zuvor, versuchte ein unglückliches Gesicht zu machen, was ihm aber nicht richtig gelang. Glatt, fast rosig und sichtlich zufrieden, saß er ihr gegenüber und verspeiste mit dem Appetit eines Holzfällers sein Frühstück. Scheinbar vorwurfsvoll sagte er zwischen zwei Bissen: »Dir scheint die Katze

wichtiger zu sein als ich.« Marie tätschelte seine Hand und meinte: »Das weißt du doch, dass das nicht stimmt.«
Maries Herz hing wirklich nicht an dem roten Kater, aber Anton sollte es glauben. Zu ihrem Plan gehörte, dass er nicht gerade liebevolle Gedanken für die Katze hegte. Sie betrachtete es als ein Wink des Schicksals. Das Tier war nicht umsonst gerade ihr zugelaufen und hatte sie auf die Idee gebracht, wie sie Anton dazu bringen könnte, ihr die Waffe in die Hand zu geben.
Anton schaute wehmütig in den Rückspiegel, während sie durch das Burgtor fuhren. »Schade, dass es nur so kurz war. Aber wir können es ja jederzeit wiederholen. Was meinst du?« Er versuchte ihren Blick einzufangen, während er nach Maries Hand griff. Sie entzog ihm ihre Hand und gab ihm energisch zu verstehen: »Schau um Himmels willen auf die Straße. Ich will heil nach Hause kommen.« Anton ließ ihre Hand los, schaute auf den Weg und den Hang, der neben der Straße abfiel und murmelte: »Ich weiß, du hast Sehnsucht nach deiner Katze.«
Bevor sie sich Hechingen, diesmal aus der anderen Richtung, näherten, tauchte die Burg Hohenzollern vor ihnen auf. Selbst bei schlechtem Wetter und verhangenem Himmel bot sie auch aus dieser Richtung einen imposanten Anblick. Beim Brielhof, unterhalb des Zollers, bogen sie von der B 27 ab. Anton war bereits wieder hungrig und brauchte seine Mittagsmahlzeit. Marie schaffte nur die Hälfte ihrer italienischen Gemüsesuppe. Der ständige, eingebildete oder auch wirkliche Hunger von Anton, erinnerte sie an den, bis vor kurzem noch selbst erlebten Stress und Zeitaufwand für die Mahlzeiten für den Franz. Sie schwor sich: Nie mehr in meinem Leben werde ich mir das antun und mich um das Essen eines Mannes kümmern. Es ist blanker Terror, die Verantwortung für die Ernährung eines erwachsenen Menschen einem anderen aufzuzwingen.
Als Anton endlich seine letzten Spätzle durch die Soße ge-

zogen, sein Bier ausgetrunken und bezahlt hatte und dann bereit war aufzustehen, kribbelte es Marie schon lange in den Beinen. Das Herumsitzen machte sie immer ungeduldiger. Marie wäre gerne vom unteren Parkplatz aus zur Burg hinaufgewandert, aber Anton steuerte solange die Straße entlang, bis eine Schranke ihm die Weiterfahrt versperrte. Ohne diese Schranke wäre er sicher bis in den Schlosshof hinein gefahren. Freie Parkplätze gab es um diese Jahreszeit genügend. Es begegneten ihnen nur wenige Besucher. Marie freute sich, dass sie endlich ein Stück zu Fuß gehen konnte. Sie war hungrig nach Bewegung an der frischen Luft. Eine Kette versperrte den Fußweg über die Treppen. Da kaum noch Schnee lag, umgingen sie die Absperrung und machten sich auf den Weg. Nach fünf Minuten ging Anton bereits die Puste aus und er brauchte eine Verschnaufpause. Marie kam das erste Mal seit Franz nicht mehr lebte, der Spruch vom nach dem Essen ruhen oder tausend Schritte tun, in den Sinn. Sie sagte ihn aber nicht. Anton kämpfte sich tapfer nach oben. Marie war sicher, dass er diesen Weg freiwillig nie mehr machen würde. Obwohl er sich gern und oft und bei jedem Wetter an der frischen Luft aufhielt, hatte er keine Kondition. Auf einem Jägerhochsitz auf der Lauer zu liegen und vielleicht auf ein Tier zu schießen, nennt ein Jäger vielleicht Sport, aber Kondition bringt das nicht. Es lag sicher auch an seinem Übergewicht, das er den Berg hinauf schleppen musste.
Als sie endlich am Ende des Weges angekommen waren, überstiegen sie wieder die Absperrung und lösten vor dem ersten Burgtor ihre Eintrittskarten. Sichtlich erleichtert und schwer atmend durchschritt Anton das erste Tor, nur um festzustellen, dass der Weg sich noch weiter zum Burghof und der Burg hinaufwand.
Oben angekommen bestand Marie darauf, dass sie eine Führung mitmachten. Es hieß zwar Burg Hohenzollern, aber das, was auf den Berg gebaut worden war, entsprach

doch eher einem Schloss. Anton trottete ihr zuliebe mit. Es schien, als hätte er außer am Essen, an Jagdtrophäen und an Marie, keine anderen Interessen. Jagdtrophäen gab es in den Räumen, die sie besichtigten keine einzige. Marie dagegen kam voll auf ihre Kosten. Bereits im ersten Raum rankte der Stammbaum aller Hohenzollern über eintausend Jahre, mit allen Haupt- und Nebenlinien über die Wände bis hinauf zur Decke. Während der Schlossführer sprach, hielt sich Anton demonstrativ gelangweilt im Hintergrund. Marie fühlte sich gegängelt. Anton griff nach ihrer Hand und versuchte immer wieder die Aufmerksamkeit auf sich zu lenken. Marie nahm sich vor, diesen Sommer einmal allein hierher zu fahren und sich ungestört alles anzuschauen. Vor allem der Halle mit dem Stammbaum, auf dem auch die Linie der Hohenzollern-Sigmaringen aufgezeichnet war, hätte sie sich gern ungestört gewidmet.
Der Rundblick, der an diesem Tag aufgrund der schlechten Wetterverhältnisse, nicht allzu weit reichte, war trotzdem noch beeindruckend. Häuseransammlungen lagen wie Haufen von ausgestreuten Bauklötzen rings um den Zoller. Der größte Fleck war Hechingen. Die B 27, die unterhalb der Burg vorbeiführte, sah aus wie ein Band, auf dem sich kleine Auto-Käfer entlangbewegten.
Den Schnee vom Tag vorher hatten steigende Temperaturen und der in der Nacht einsetzende Nieselregen verschwinden lassen. Einige weiße Flecken an geschützten Nordhängen erinnerten noch an den kurzen Rückfall in den Winter. Das Thermometer war auf drei Grad plus gestiegen. Marie befürchtete am Abend auf dem Heimweg über die Schwäbische Alb eventuell sinkende Temperaturen und glatte Straßen. Anton beruhigte sie: »Bei mir bist du in guten Händen. Ich bin ein guter, erfahrener Fahrer.« Er überredete sie, noch einen Kaffee in der Schlossschenke zu trinken, bevor sie sich auf den Weg zurück nach Gammertingen zur Bushaltestelle machten.

Zum Parkplatz hinunter nahmen sie die Dienste des Shuttlebusses in Anspruch. Anton war nicht bereit, die vielen Stufen nochmals, wenn auch jetzt bergab, zu gehen. Für ihn war der Zoller kein besonderes Erlebnis. Es fehlten die Jagdtrophäen. Er konnte es nicht fassen, dass die deutschen Kaiser keine Hirschgeweihe oder sonstige Trophäen in einem so großen Schloss zur Schau gestellt hatten. Marie tröstete ihn: »Wir haben doch nur ein paar Räume gesehen. Es wird schon irgendwo ein Jagdzimmer geben. Du hättest den Führer fragen können. Er wollte doch immer wissen, ob noch jemand Fragen hat.«
Anton versuchte, Marie zu überreden mit ihm bis Sigmaringen zum Bahnhof, wo ihr Auto stand, zu fahren. Aber Marie bestand darauf, dass er sie in Gammertingen absetzte. Sie erklärte ihm, dass sie die halbe Stunde Zugfahrt benötigte, um Abstand zu der Nacht mit ihm zu bekommen. Antons Gefühle pendelten zwischen geschmeichelt und verletzt, aber er brachte sie dann doch ohne Murren nach Gammertingen. »Ich ruf dich heute Abend noch an« sagte er und schmatzte einen Kuss in ihre Hand.

Marie wischte sich, sobald er außer Sichtweite war, die Hand ab und holte mehrere Male tief Luft. Ihr Zug fuhr erst in einer halben Stunde. Mit schnellen Schritten, sie musste sich beherrschen, um nicht loszujoggen, ging sie die Bahnhofstraße entlang. Sie hatte ein unbändiges Verlangen nach Bewegung. Die Fahrt nach Sigmaringen war nur eine kurze Bahnfahrt, aber sie weckte Erinnerungen an die lange quälende Fahrt nach Amsterdam. Wie entsetzlich sie sich damals gefühlt hatte. Dann noch Antons Schuldzuweisung in der vergangenen Nacht, dass sie an seinem Unglück und seinen Potenzproblemen schuld sei. Es schien ihr unfassbar, wie rücksichtslos er war. Anton, den sie für ihre große Liebe gehalten und der sie so entsetzlich verletzt hatte. Wenn sie ihn damals nicht so sehr geliebt hätte, würde sie ihn vielleicht heute nicht so sehr hassen und gerade jetzt nach dieser Nacht noch mehr. Alles in ihr schrie nach Rache. Marie erinnerte sich wieder an ihre Verzweiflung und gleichzeitig sah sie den Moment vor sich, in dem sie Anton eine Sekunde geben würde, in der er begreifen sollte, dass sie ihn töten würde. Marie kannte das Sprichwort »Rache wird heiß gegessen.« Ihr würde die Rache auch schmecken, wenn sie bereits kalt war. Hauptsache Genugtuung.

Ihren Mann hatte Marie eigentlich nicht gehasst. Er war ihr nur mit der Zeit immer lästiger geworden. Sie hatte ihn einfach nicht mehr riechen können. Als sie begriff, dass er es war, der ihr Buele erschießen ließ, war sie so außer sich gewesen, dass sie ihn verfluchte. Seine Strafe hatte er ja auch dafür bekommen. Allerdings eine richtige Strafe war sein Tod am Ende dann doch nicht für ihn gewesen. Aber sie war ihn los. Je länger Franz tot war, an umso weniger schlechte Eigenschaften erinnerte sich Marie.

Nachdem Marie ihr Auto vom Parkplatz am Bahnhof abgeholt hatte und wieder am Brunnenberg angekommen war, fuhr sie, wie zufällig dem Fritz sozusagen in die Arme. Marie wusste schon, warum sie sich nicht hatte abholen und zurückbringen lassen wollen. Fritz stand direkt vor ihrer Hofeinfahrt und machte ihr Zeichen, anzuhalten. Er hatte natürlich registriert, dass sie eine Nacht nicht zuhause gewesen war.
»Ich hab mir schon Sorgen um dich gemacht«, sagte er scheinheilig. »Es hätt ja was passiert sein können.«
Im ersten Moment war Marie versucht, sich zu entschuldigen, oder eine Erklärung abzugeben, wo sie die Nacht verbracht hatte. Während sie noch fieberhaft überlegte, was sie jetzt auf die Schnelle sagen konnte, redete Fritz bereits weiter: »Du solltest einen Schlüssel deponieren, damit man nach dir sehen kann, falls du wieder mal die Treppe runterfällst.«

Mit ›man‹, meinte er sicher sich selbst, damit er eine bessere Möglichkeit zum Kontrollieren hätte. Marie schaute aus dem Auto zu Fritz hoch und sagte: »Mach dir keine Sorgen, Uschi hat einen Schlüssel und sie war ja auch sicher da und hat nach dem Rechten gesehen.« Sie wollte an Fritz vorbeifahren. Den Motor hatte sie nicht abgestellt, aber Fritz musste noch etwas loswerden. »Hast du jetzt einen Arbeitslosen beschäftigt?«, schrie er gegen den ersten Gang an, in dem sie gerade anfahren wollte. Marie stoppte verblüfft: »Wieso?« Fritz schien über ihre Reaktion zufrieden. »Weil der Sohn von der Uschi dir den Bürgersteig und den Hof gefegt hat.« Marie streckte den Kopf aus dem Fenster und stellte fest, dass es wirklich sauberer als vorher war. »Find' ich aber nett vom Torsten, jetzt wo es der Franz nicht mehr machen kann«, sagte sie und fuhr los. Im Rückspiegel sah sie noch, wie Fritz eine abfällige Handbewegung machte und missbilligend den Kopf schüttelte.
Marie war noch nicht richtig im Haus, als das Telefon zu läuten begann. Sie wusste, dass es Anton war. Sie nahm nicht ab und hörte auch nicht hin, was er auf den Anrufbeantworter sprach.
Er würde vermutlich an diesem Abend nochmals anrufen. Marie schaltete sicherheitshalber den Anrufbeantworter aus und ging nicht mehr an den Apparat.

Am nächsten Morgen um acht, sie kam gerade mit nassen Haaren aus der Dusche, rief Anton wieder an. Zuerst machte er ihr Vorwürfe, weil sie am Abend nicht mehr ans Telefon gegangen war.
»Du hättest doch wissen müssen, dass ich mir Sorgen um dich gemacht habe.« Marie dachte: Was ist denn plötzlich los, dass sich jeder Sorgen um mich macht? Anton war sogar noch am späten Abend an ihrem Haus vorbeigefahren. »Als ich sah, dass Licht brannte, hätt ich am liebsten geklingelt«, sagte er vorwurfsvoll und gleichzeitig hoffnungs-

voll, dass Marie positiv auf diese Idee reagieren würde. Anton glaubte, mit dieser einen Nacht in dem Schlosshotel, die Zeit um dreißig Jahre zurückgedreht zu haben. Er bildete sich ein, dass sie mitten in ihrer gemeinsamen, glücklichen Zeit weitermachen könnten, so, als ob nichts geschehen wäre.
Marie drohte ihm: »Untersteh dich! Wenn du meine Wünsche nicht respektierst, werde ich mich nie mehr mit dir treffen.« Die Betonung legte sie energisch auf das ›nie‹. Anton zog es vor, nichts mehr zu sagen und wechselte das Thema. Er sprach von früher. Er erinnerte Marie an ihren geheimen Briefkasten, den sie im Wald gehabt hatten. Es war eine Blechdose unter einem Stein in seinem Jagdrevier gewesen. Dort hatten sie füreinander Liebesbriefe und erotische Texte deponiert. Es war immer eine Überraschung, was sie und ob sie überhaupt etwas vorfanden.
»Die Büchse muss noch dort liegen, wenn du sie nicht geholt hast«, sagte Anton.
Er badete in der Vergangenheit und Marie überflog nebenher die Todesanzeigen in der Schwäbischen Zeitung von gestern und dachte: Ich muss noch nachsehen, wie das Wetter heute in Kapstadt wird.

Der Flötengesang einer Amsel weckte Marie. Sie musste im noch kahlen Fliederbusch direkt vor ihrem Schlafzimmerfenster sitzen. Die weiß blühenden Märzenbecher unter dem Strauch zeigten ebenfalls den Frühling an. Früher, als sie noch zur Schule ging, war der März der Monat, in dem es zu tauen anfing. In ihrer Erinnerung lag den ganzen Winter über, von Weihnachten oft bis an Ostern, Schnee. Den März wärmte bereits die Sonne und überall begann es zu rieseln. Von den Hausdächern rutschten sulzige Schneebretter. Die schmutzigen, mit Split gemischten, aufgehäuften Schneeberge an den Straßenrändern wurden stündlich kleiner. In den Straßenrinnen plätscherte das Schmelzwasser und der ›Pflutter‹, wie sie zum nassen Schneematsch sagte, verschwand von der Straße und gab den mit Sand und Steinchen bestreuten Asphalt ganzflächig wieder frei. Mit dem schmelzenden Schnee war meist das Hochwasser gekommen. Aber das war früher, vor der Donauregulierung. Mit dem bisschen Schnee, das in den letzten Wintern gefallen war, hätte es keine Überschwemmung mehr gegeben. Die Winter waren einfach nicht mehr das, was sie einmal waren. So ging es jetzt schon einige Jahre, kein Winter, kein Schnee und dann fiel er im März doch noch an ein oder zwei Tagen so reichlich vom Himmel, dass man Angst um sein Hausdach haben musste.

Marie machte Pläne, wie sie den hinteren Bereich des Grundstückes, das bis zum Wald hinaufreichte, neu gestalten könnte. Aber erst, wenn sie aus Afrika zurück war. In einer Gartenzeitschrift hatte sie gelesen, dass unter lichten Bäumen im Halbschatten Rhododendren und Azaleen gut gediehen, vorausgesetzt man pflanzte sie in die richtige Erde. Sie hatte sich Gartenkataloge besorgt und sich über neue Pflanzen Gedanken gemacht. Jetzt, wo sie uneingeschränkt schalten und walten konnte, bekam sie Lust zum Verändern. Ihr Lilienbeet würde sie ebenfalls vergrößern. Es gab so viele verschiedene Arten von diesen wunderbar duftenden Blumen. Weiße Madonnenlilien und die flammend orangen Feuerlilien wuchsen bereits in ihrem Garten. Das Beet war direkt unter dem Wohnzimmerfester, zwischen Trottoir und Haus. Wenn im Sommer die Fenster offen standen, erfüllte am Abend ihr Duft den ganzen Raum. Bereits bei Maries Mutter wuchsen diese Liliensorten vor dem Haus direkt an der Straße. Die Zwiebeln waren Ableger aus der ehemaligen Krankenhausgärtnerei.

Wenn Marie aus der Stadt kam und den unteren Teil der Hohenzollernstraße auf ihrem Fahrrad hinaufstrampelte, dachte sie immer an die alte Gärtnerei, in die sie sooft geschickt worden war, um Pflanzen zu kaufen.

Als sie noch ein Kind war, schienen ihr alle Straßen groß und die Distanz von einem Ort zum andern unendlich. Jetzt war die alte Brunnenbergstraße, genau wie sie selbst, gewachsen und alt geworden. Die ehemaligen Blumen- und Pflanzbeete waren unter dem Asphalt der neuen, breiten Straße verschwunden. In Maries Erinnerung war die alte Straße immer noch vorhanden. So, wie auf den Fotos von früher, auf denen man, wenn man nicht aufpasste, und vergaß, den Film weiterzudrehen, Motive übereinander knipste. Die alte Brunnenbergstraße und die neue Hohenzollernstraße lagen übereinander. Auf dem unteren Bild war die Krankenhausgärtnerei noch vorhanden. Eine rundliche Schwester mit großer, weißer Flügelhaube flatterte behäbig wie ein satter Schmetterling zwischen den Beeten. Das Gelände um das Haus für die nervenkranken Männer und das Anna-Haus für die Frauen waren Tabuplätze. Aber im Mai, wenn Marie und Lore jeden Abend in die Maiandacht in die Krankenhauskapelle geschickt wurden, gingen sie anschließend nicht sofort nach Hause, sondern nützten die hereinbrechende Dämmerung, um kichernd durch verbotenes Terrain zu schleichen. Ein scheuer, zufälliger, neugieriger Blick durch ein vergittertes Fenster, auf einen aufgebahrten Toten, ließ die Mädchen verstummen und bedrückt heimwärts gehen.

Mit den Stiefmütterchen in allen Farben, aus der Krankenhausgärtnerei, an deren Gesichtchen sie sich nie sattsehen konnte, fing früher das Gartenjahr an. Maries Mutter sagte nicht Stiefmütterchen, sondern ›Pansele‹. Das war die hohenzollerische Ableitung vom französischen Namen Pensée. Marie pflanzte immer noch jedes Jahr Pansele. Nicht nur im Vorgarten als Beeteinfassung, auch für den Friedhof waren es dankbare Blumen.

Das Familiengrab der Strobels pflegte Marie regelmäßig. Die Pflanzen kaufte sie jetzt beim Friedhofsgärtner in

Hedingen oder auch mal im Supermarkt, aber die waren nie so schön und kräftig, wie die aus der Gärtnerei. Marie hatte schon Pflanzen gekauft, die völlig vernachlässigt und kurz vor dem Eingehen waren, nur weil sie ihr leidtaten. Doch manchmal waren gerade diese Blumen besonders kräftig geworden und hatten ihr die Pflege mit extra vielen Blüten gelohnt. Aber bei manchen war ihre Hilfe auch zu spät gekommen. Als sie noch als Verkäuferin gearbeitet hatte, gab es beim Gaissmaier keine Blumen zu kaufen. Aber, wenn sie damals welche verkauft hätten, hätte Marie immer dafür gesorgt, dass sie nicht in den Regalen vertrocknet wären. Sie regte sich auf, wenn sie in einem Supermarkt an den armen Geschöpfen vorbeikam, die niemanden was getan hatten und denen man jetzt einfach nur das Wasser verweigerte. Sahen das die Verkäuferinnen denn nicht?
Marie besuchte ihren Franz regelmäßig jede Woche auf dem Friedhof. Seit er dort lag, hatte sie sich mit ihm ausgesöhnt. Sie sprach mit ihm und bat ihn, ihr keine Alpträume mehr zu schicken. Und wenn das mit dem Gummiband seine Idee war, so sollte er sie freilassen, sodass das Taxi nicht ohne sie abfahren konnte.
Seit ihr Franz tot war, ließ sie nichts auf ihn kommen. Als Fritz Wagner einmal eine dumme Bemerkung machte, dass der Franz faul gewesen sei, nur weil er das Trottoir nicht regelmäßig gefegt hatte, war sie ihm fast ins Gesicht gesprungen.

Für den 2. April, den Tag ihrer Abreise, bestellte Marie für morgens um viertel sieben ein Taxi. Zur Bestätigung sagte sie noch: »Also, sechs Uhr fünfzehn.« Vielleicht war ja eine Norddeutsche am Telefon und das Risiko, dass sie eine Stunde zu spät abgeholt wurde, wollte sie bei dieser wichtigen Reise, nicht eingehen. Ihr Flugzeug ging erst kurz vor elf. Wenn sie pünktlich von Sigmaringen weg kam und es unterwegs keine Überraschung gab, hatte sie ausreichend Zeit, um sich im Flughafen zurechtzufinden. Sie war ja schon einmal dort gewesen, aber das war schon lange her und vermutlich war der Flugplatz in Zürich auch gewachsen.

Dann begann der Telefonterror. Jeden Tag klingelte das Telefon mehrere Male. Wenn sie den Hörer abnahm, wurde aufgelegt. Im ersten Moment dachte sie: Das ist Anton, der will mich kontrollieren. Männer sind doch wie Kinder. Anton schien mit aller Macht in seinem dritten Frühling aufzugehen zu wollen. Er hatte sich mit seiner abhandengekommenen Potenz bereits abgefunden und nicht mehr damit gerechnet, dass die Lust auf Sex und die Möglichkeit, sie auszuleben, ihn in seinem Leben noch einmal so überfallen würde. Anton wurde, trotz seines Alters oder gerade deshalb, vom Verlangen nach Lust beherrscht.
Marie hatte ihm versprochen, sich jeden Tag die Zeit zu nehmen und einmal mit ihm zu telefonieren. Sie ließ ihn am langen Arm fasten, aber nicht verhungern. Sie spielte mit ihm Spielchen, wie es sonst nur Teenager tun. Wenn die Gespräche zu lange dauerten und Anton nur das Eine im Kopf

hatte, fing Marie an von ihrer Katze zu erzählen. Er wurde eifersüchtig auf den Kater. Wenn er dann noch gespielt weinerlich sagte: »Der Kater ist dir scheinbar wichtiger als ich«, legte Marie den Hörer auf. Deshalb ging sie davon aus, dass Anton der anonyme Anrufer war. Aber irgendwann war sie sich nicht mehr sicher. Nur, es fiel ihr sonst niemand ein, der seinen Spaß daran haben könnte, sie ans Telefon rennen zu lassen. Sie ließ den Anrufbeantworter eingeschaltet und nahm den Hörer nur ab, wenn sich jemand meldete. Es war lästig, weil die Anrufe auch nachts kamen. Marie stellte daraufhin am Abend das Telefon und den Anrufbeantworter in die Speisekammer, stülpte eine Obstkiste darüber und legte zur Schalldämmung noch eine Wolldecke darauf. Sie überlegte, ob sie Fritz, der doch bei der Kripo war, ihr Problem schildern sollte, aber damit hätte sie gerade ihm wieder einen Grund gegeben, ins Haus zu kommen. Wenn es wirklich Anton war und Fritz es herausfand, war es keine gute Idee. Marie wollte bei Antons Ableben nicht mit ihm in Verbindung gebracht werden. Oder war es am Ende Fritz selbst, der den Terror veranstaltete. Telefonterror konnte er sich bei seinem Beruf als Polizeibeamter, eigentlich nicht leisten. Marie fühlte sich unwohl. Wenn sie am Abend das Licht anmachte, schloss sie die Vorhänge und ließ die Rollläden herunter.
Anton bettelte um ein Treffen mit ihr. Seitdem er eine Nacht mit ihr verbracht hatte, sehnte er sich nach ihrer Nähe. Er ging sogar soweit, dass er versprach, sich von seiner Frau zu trennen, wenn Marie es wünschte. »Wir könnten doch zusammen an den Bodensee ziehen und die Jahre, die wir vielleicht noch haben, zusammen verbringen. Wir könnten doch zusammenleben. Ich muss mich doch nicht scheiden lassen. Das spielt doch heute keine Rolle mehr.«
Marie dachte: Genau da will ich dich haben, aber nicht am Bodensee.

Der Koffer stand geöffnet neben dem Kleiderschrank am Boden. Die Schranktüren waren mit Jacken, Hosen und Röcken behängt. Daneben auf einer Kommode stapelten sich T-Shirts, Pullis und Unterwäsche. Jeden Tag kam etwas dazu und etwas wurden wieder in den Schrank zurückgeräumt. Marie benötigte für fünf Wochen Kleidung. So lang würde ihre Reise dauern. Sie stellte sich vor, spartanisch im Busch und luxuriöser im Hotel zu übernachten. Das bedeutet unterschiedliche, also doppelte, den Orten angepasste Kleidung einzupacken. Die Wahl fiel ihr schwer und sie stand mehrmals mit Uschi vor ihrem Schrank und sie beratschlagten, was sinnvoll sein könnte und was nicht. Uschi schenkte ihr ›Rei in der Tube‹ und legte die Hälfte der bereitgelegten Unterwäsche und T-Shirts in den Schrank zurück. Marie kaufte im Gegensatz zu Uschi nicht gerne Kleidung ein und wenn, dann waren es Stücke, die zehn Jahre lang hielten und die sie auch so lange trug. Uschi dagegen ging gern auf Shoppingtour. Sie fand immer ein ›günstiges Schnäppchen‹, das dann spätesten im nächsten Jahr in der Versenkung ihrer Schränke verschwand.
In Maries neuen Rucksack sollte ein Stapel Reiseführer. Der Toilettenbeutel durfte nicht hinein, das wusste Marie auch aus dem Fernsehen. Der musste in den Koffer, weil alle Fläschchen, Scheren und spitzen Gegenstände bei der Kontrolle am Flughafen einem abgenommen wurden und in den Müll wanderten. Das war eine Maßnahme, für die sie vollstes Verständnis aufbrachte. Es war auch zu ihrer eigenen Sicherheit. Dadurch bekam niemand die Möglichkeit, eine Bombe zu basteln, oder jemanden mit einer Schere

zu bedrohen und das Flugzeug zu entführen. Die Schokolade, die immer noch in der Nische im Kellergewölbe lag, würde sie im Rucksack mitnehmen. Marie stellte sich vor, wie sie armen, schwarzen Kindern mit ihrer Schokolade eine Freude machen würde. Aber es reichte noch, wenn sie die Blechbüchse nächste Woche, kurz vor ihrer Abreise aus dem Keller holen würde.

Der Kater Patrizia hatte sich in ihr Schlafzimmer geschlichen und war eingeschlossen worden. Als Marie das bemerkte, war es schon zu spät. Er hatte in ihren neuen Koffer geschissen. Zuerst hätte sie ihn fast geschlagen. Aber dann überlegte sie, dass der Kater nichts dafürkonnte und vor allem, sie brauchte ihn noch zahm und nicht verstört. Marie schrubbte den Koffer mit allen möglichen Mitteln aus. Zuerst versuchte sie es mit Spülmittel. Als nichts den Gestank vertrieb, nahm sie WC-Reiniger und spritzte den Koffer anschließend mit dem Gartenschlauch aus. Er war sauber, aber er stank nach wie vor nach Katzendreck. Auch mit Parfüm ließ sich der Geruch nicht übertönen. Entnervt brachte sie ihn in den Holzschopf und Uschi versprach, ihr einen ihrer Koffer zu leihen. Marie hatte sich einen Koffer gekauft und war nicht bereit, das Geld noch einmal für denselben Gegenstand auszugeben.

Anton, der keinen Tag verstreichen ließ, an dem er sich nicht in Maries Bewusstsein telefonierte und sich unbedingt mit ihr treffen wollte, vertröstete sie immer wieder. Sie versprach ihm, den letzten Nachmittag vor ihrer Abreise mit ihm zu verbringen. »Gibt es denn die alte Waldarbeiterhütte draußen in deinem Revier noch? In der wir uns früher so oft getroffen haben?«, fragte Marie scheinheilig, wohl wissend, dass sie mit dieser Frage alte Erinnerungen wach rief. Anton war unglücklich, weil sie für so lange Zeit wegfuhr und er in dieser Zeit keinen Kontakt zu ihr aufnehmen konnte. Marie erzählte ihm nicht, wo sie wann sein würde. Sie hätte es ihm sagen können, denn wenn sie in Afrika war, würde er nicht mehr leben. Aber sie wollte kein unnötiges Risiko eingehen. Es sollte keinen Hinweis auf eine nähere Verbindung von Anton Mezger zu Marie Strobel geben. Deshalb war es nicht notwendig, dass Anton sich ihre Afrikastationen notierte. Im Kopf würde er es sich nicht merken können. Anton war nicht direkt verkalkt, das wollte Marie nicht behaupten, aber eine Art Altersstarrsinn machte sich bemerkbar. Er wusste viel. Er war interessiert, aber nur auf seine egoistische Art. Und er wollte bestimmen. Marie war sich bewusst, dass sie ihn im Moment zu Dingen überreden konnte, die er im Alltag ignorieren würde. Jetzt, nachdem sie die Reise fest gebucht hatte, begann er ihr Vorschläge zu machen, was sie unbedingt noch alles in ihr Programm packen müsste. So, als ob die Reise ohne seine guten Ratschläge ein Misserfolg werden würde. Marie hatte ihre eignen Vorstellungen von ihren Zielen. Sie hatte sich eine Menge Information aus Büchern, Fernsehfilmen und dem Internet zusammengesucht und fand, dass sie gut informiert und sehr gut vorbereitet war.

Mit den Stöpseln ihres CD-Players in den Ohren, die sie mit englischen Wörtern berieselten, streifte Marie fast jeden Tag durch den Wald. Sie besuchte die alten Orte, an denen sie sich früher mit Anton getroffen hatte. Einer dieser Plätze sollte ihr Tatort werden. Sie entschied sich für eine Waldarbeiterhütte. Eine neue Hütte stand an der Stelle, an der es schon früher ein Häuschen gegeben hatte. Vor einigen Jahren war es erneuert worden und Marie fand auf Anhieb den dazugehörenden Schlüssel. Förster, Jäger und Waldarbeiter wussten, wo der Schlüssel für die stabile Holztür mit dem Sicherheitsschloss deponiert war. Es war Ehrensache, dass jeder, der die Hütte benutzte, sie auch wieder ordentlich verließ.

Marie konnte sich den Ablauf des Geschehens an diesem Platz am besten vorstellen. Die Hütte lag abgelegen im Wald, aber so, dass man mit dem Auto bis vor die Tür fahren konnte. Es gab auch einen Platz um ein zweites Auto zu parken. Hinter der Hütte stand eine aus Brettern gezimmerte einfache Sitzbank. Im Innern hatte es Bänke, einen derben Tisch und einen Ofen. Vermutlich waren es Waldarbeiter, die einen Regenwassertank in der Erde versenkt hatten. Dadurch konnte Wasser in ein Becken gepumpt werden. Elektrisches Licht gab es keines, aber Brennholz, Streichhölzer und Kerzen lagen griffbereit. Für normale Spaziergänger war die Hütte zu abgelegen und für ehrgeizige Wanderer war der Weg nicht interessant. Nichts deutete darauf hin, dass in der nächsten Woche dort mit Baumfällarbeiten begonnen werden sollte. Marie war zuversichtlich, dass sie ihren Plan, so wie sie ihn ausgedacht hatte, würde ausführen können.

Wie früher als Kind auf Weihnachten, so fieberte Marie ihrer Reise entgegen. Je näher der Tag der Abreise rückte, desto aufgeregter wurde sie. Sie schlief nicht mehr gut und wachte nachts oft mit Herzklopfen auf, weil sie träumte, dass sie ihr Flugzeug verpasst hatte. Ihr Blutdruck machte ihr zu schaffen. Sie holte den Blutdruckmesser, der noch von Franz im Apothekerschrank lag, und bekam die Bestätigung, dass er wirklich zu hoch war. In ihren vielen Gesundheitsbüchern schlug sie nach, was sie beachten sollte. Obwohl, sie sich noch ganz gut erinnerte, was Franz sollte und was nicht. Sie strich Kaffee von ihrer Getränkeliste und ging sehr sparsam mit Salz um. Ihr Hauptgetränk war sowieso schon lange afrikanischer Rooibush-Tee, natürlich aus Bio-Anbau. Sie nahm an, dass es in Afrika nichts anderes zu trinken geben würde. In allen Filmen und Büchern trank man in Afrika Tee. Marie wusste, dass im Hochland von Kenia und Tansania sehr guter Kaffee angebaut wurde.

Im Heftchen vom Supermarkt hatte sie das gelesen. Nach Kenia und Tansania würde sie nicht reisen. Nicht jetzt, aber wer konnte schon sagen, was sie nächstes Jahr machen würde. Sie war frei.

Wenn sie daran dachte, was vor ihrer Abreise noch alles schief gehen konnte, geriet sie in Panik. Sie ging Treppen nur noch mit der Hand am Geländer hinauf und hinunter. Sie war nun fast am Ziel ihrer Träume. Alle Träume, die sie schon so lange träumte, würden demnächst Wirklichkeit werden. Sie wollte vermeiden, dass durch einen unachtsamen Schritt doch noch etwas dazwischen kam.

Der Gedanke an Antons Tod ließ Maries Blut in den Adern pochen. Sie hatte sich oft ausgedacht, wie sie Anton Schmerzen zufügen könnte. Aber es waren nie Vorstellungen gewesen, die sie hätte verwirklichen können. Jetzt hatte die Katze sie auf eine Idee gebracht. Aus ihren Rachewünschen war reale Planung geworden.

Zum Telefonterror, der nicht aufhörte, kamen regelmäßig Alpträume. Ihre Gespräche mit Franz auf dem Friedhof waren keine wirkliche Hilfe. Marie verpasste fast jede Nacht ihr Flugzeug. Zum Teil waren es nur kleine nichtige Gründe: Weil sie mit Koffer packen nicht fertig wurde. Weil das Taxi nicht kam. Weil sie noch aufs Klo musste und dann wegen der Wasserspülung das Klingeln des Taxifahrers nicht hörte. Ihr schlimmster Traum aber war, dass sie den Treppensturz vom letzten Sommer, vom oberen Stockwerk herunter noch einmal erlebte. Am Ende lag sie hilflos da, konnte sich nicht bewegen und als der Taxifahrer an der Haustür klingelte, um sie abzuholen, brachte sie keinen Ton heraus und krächze nur heiser.

»Daran ist Patrizia Sauter vom Reisebüro schuld. Die hat von einem Treppensturz geredet«, sagte Marie zu Uschi und Uschi sagte: »Mal den Teufel nicht an die Wand. An so was darfst du nicht mal denken. Man bekommt genau das, an was man denkt und von dem man spricht.«

Marie machte Hausputz. Putzen lenkt ab. Zu gründlich musste es nicht sein, weil die Fenster in sechs Wochen, wenn sie zurück war, genauso schmutzig sein würden, wie sie es jetzt waren.
Eine Woche vor ihrer Abreise stand plötzlich Torsten, mit dem von Uschi versprochenen Koffer in der Hand, in ihrer Küche. Sie hatte nicht gehört, wie die Hintertür ging. Er sagte, nachdem sie ihn schroff angeschnauzt hatte, weil er nicht geklingelt hatte: »Ich hab an die Tür geklopft und gerufen, bevor ich hereingekommen bin. Aber ich kann ja wieder gehen, wenn ich nicht erwünscht bin.« Marie dachte: Was geht nur in den Köpfen von manchen Männern vor, dass sie sobald eine Frau allein lebt, keine normale Distanz mehr einhalten können. Sie war ärgerlich, nahm Torsten den Koffer ab und gab ihm einen viel zu großen Geldschein, auch dafür, dass er ihr vor dem Haus gekehrt hatte. Sie wusste, sie würde ihn nicht bitten müssen, solange sie weg war, für Ordnung zu sorgen. Fritz, der selbst ernannte Brunnenberg-Blockwart, würde keinen Grund zum Nörgeln haben. Dann fielen ihr die vielen Beutel mit Lebensmittel ein, die immer noch in ihrer Gefriertruhe lagen und die sie auf keinen Fall mehr essen würde. Sie fragte Torsten, ob er das Gefriergut brauchen könne, weil sie doch die nächsten Wochen verreist wäre. Marie packte alles in vier Plastiktragetaschen, und Torsten zog damit ab. Was er damit machte, war ihr egal. Die Gefriertruhe brauchte sie für sich allein auch nicht mehr. Vielleicht konnte Torsten mit der Truhe ebenfalls etwas anfangen. Aus ihrem Gemüsegarten würde sie einen Blumengarten machen. Sie nahm sich vor, so oft wie möglich zu verreisen. Ein Gemüsegarten würde dabei nur stören. Immer war etwas reif, das geerntet werden wollte.
Während des nächsten Telefongesprächs mit Anton erwähnte Marie beiläufig, dass ihr der Kater schon seit einigen Tagen nicht gefalle. »Er frisst nicht und liegt nur rum.

Seine Augen sind trübe und er jammert so kläglich. Ich mach mir wirklich Sorgen um die Katz. Ich glaub, ich muss nachher noch mit ihr zum Tierarzt.« Anton meinte, Katzen fressen oft etwas Verdorbenes. Der Kater würde sich sicher bald wieder erholen. »Denk lieber an mich und wie ich leide«, klagte er. Marie vertröstete ihn auf den Tag vor ihrer Abfahrt. Sie würde sich den ganzen Nachmittag für ihn Zeit nehmen, und wenn Anton wollte, auch noch den Abend. Anton wollte.

Auf dem Dachboden neben der alten Räucherkammer lag ein Stapel Rupfensäcke, die früher zum Transport von Getreide und Kartoffeln benutzt wurden. Marie suchte sich einen festen, gut erhaltenen aus und nahm ihn mit, immer eine Hand am Geländer, die Treppe hinunter in die Küche. Den Kater Patrizia, dem es nach wie vor sehr gut ging, fütterte sie mit besonderen Leckerbissen. Er bekam aber nur gerade so viel zu fressen, dass er nicht mehr hungrig war und am nächsten Tag ganz sicher dastehen würde und auf mehr hoffte.

Am Montagmorgen, es war der Tag vor ihrer Abreise, hatte Marie zur Sicherheit gleich um acht in der Frühe nochmals bei der Taxizentrale angerufen. Sie ließ sich bestätigen, dass auch ganz bestimmt morgen früh, am Dienstag, pünktlich um sechs Uhr fünfzehn, ein Taxi vor ihrer Türe stehen würde. Der Fahrer durfte auf keinen Fall ohne sie abfahren. Marie hatte sich mit Anton für ein Uhr bei der Hütte verabredet. Um neun Uhr rief sie ihn auf seinem Handy an und klagte, dass es ihrer Katze schlechter ginge: »Ich war am Freitagabend nochmals mit dem Kater beim Tierarzt und der Verdacht auf einen Leukämievirus hat sich bestätigt. Der Arzt hat mir erklärt, dass die Katzenleukose, die der Kater vermutlich hat, ziemlich sicher zum Tod führen wird.« Marie hatte sich vorher im Internet über Katzen-

krankheiten informiert und sie jammerte: »Ich kann doch meine Reise nicht aufschieben, nur weil die Katz krank ist«, und nach einer kleinen Pause: »Ich seh' auch nicht ein, dass ich 100 Euro bezahlen soll, um sie noch ein paar Tage am Leben zu halten und dann doch einschläfern zu lassen« und nach einer weiteren kunstvollen Pause: »Kannst du sie mir nicht erschießen?« Anton druckste herum: »Ja, aber …« Marie unterbrach ihn: »Bei meinem Hund hast du's auch gekonnt und der war nicht krank. Also hab dich nicht so!« Marie zeigte deutlich, dass sie ungehalten war. »Dann geh ich eben heute Mittag zum Tierarzt und er schläfert die Katz ein.« Das würde für Anton bedeuten, dass Marie vor ihrer Abreise keine Zeit mehr für ihn hatte. Also versprach er: »Dann mach ich's halt.« Dann sagte er noch: »Siehst du, genauso hat mich dein Franz unter Druck gesetzt. Ich wollte ja gar nicht.« Marie sagte: »Ja, ja, ich glaub's dir ja«. Sie bestand aber darauf, dass er es nicht mit dem Gewehr machen dürfte. »Bring einen Bolzenschussapparat mit. Der macht nicht so einen Krach. Es muss ja nicht gleich jeder hören, was wir da draußen machen.« Anton sagte: »Da hast du aber Glück, dass ich noch so ein Gerät in meinem Gewehrschrank hab'.«
»Wenn nicht, wird dein Sohn in seiner Metzgerei doch sicher eins haben.« Marie kannte keine Rücksicht. Anton rechtfertigte sich, warum er überhaupt noch einen Bolzenschussapparat besaß, wo er doch schon einige Jahre im Ruhestand war: Freunde von ihm ließen regelmäßig auf einem Bauernhof ein Schwein zum Schlachten artgerecht aufziehen. Durch die Slow-Food-Bewegung war das wieder aktuell. »Die Leute wollen wissen, was sie essen. Sie lassen ein Bentheimer Schwein, das sind die mit den vielen Flecken«, erklärte er und fuhr dann fort, »ganz natürlich mit gutem Futter aufwachsen. Wenn die Sau dann groß und fett ist und glücklich gelebt hat, gibt es ein großes traditionelles Schlachtfest und das Schwein wird mit Freunden gemein-

sam verspeist.« Fast entschuldigend sagte Anton noch: »Ich mach dann für meine Freunde den Metzger, gelernt ist halt gelernt!« Marie sagte: »Für wen du das machst ist mir egal, Hauptsache, du bringst den Apparat mit.« Anton meinte noch: »Für die Katze würde auch ein kleines Gerät reichen, so eines das man für die Kaninchen nimmt. Aber so eines habe ich nicht zuhause. Da müsst ich meinen Sohn fragen. Aber ich glaub nicht, dass er sich mit so was abgibt.« Marie sagte: »Dann ist es womöglich nicht das richtige und die Katz überlebt es.« Dabei dachte sie, hoffentlich kommt er nicht mit so einem kleinen Apparätchen.

Als Marie am Morgen die Hintertür geöffnet hatte, saß die Katze bereits auf der Fußmatte und drängte sich an ihr vorbei ins Haus. Sie lief schnurstracks zum Fressnapf in die Küche. Marie schloss die Tür hinter ihr, bevor sie die Schüssel füllte. Die Katze durfte den Raum nicht mehr verlassen. Der Kater Patrizia war ihr Gefangener.

Der Reisekoffer stand gepackt und verschlossen im Hausflur. Es war nicht einfach gewesen, die 20 Kilo Gewicht einzuhalten. Am Ende waren es dann auch 22 Kilo geworden. Marie hatte zusammen mit Uschi immer wieder ein- und ausgepackt. Irgendwann hatten sie dann einfach beschlossen: »Das, was jetzt drin ist, muss reichen!« An diesem letzten Tag vor ihrer Abreise, für den Marie Antons Ende geplant hatte, war Uschi noch kurz vor dem Mittagessen vorbeigekommen. Marie verabschiedete sich jedoch bald von ihr mit der Begründung, dass sie am Nachmittag noch einiges für den Steuerberater zusammenstellen müsse, und schickte Uschi nach Hause. Uschi war ihre Freundin, aber Marie wollte nicht, dass sie von ihren nachmittäglichen Plänen etwas mitbekam. Uschi hatte sich bereit erklärt, die nächsten fünf Wochen nach dem Haus und der Katze zu sehen. »Was sind schon fünf Wochen Afrika«, sagte sie. »Ich glaube, du hast sicher schon einmal in einem Leben dort gelebt, oder du wirst im nächsten dort zur Welt kommen.« Marie meinte: »Ich will jetzt dort hin. An ein vergangenes Leben kann ich mich nicht erinnern und auf das nächste Leben will ich nicht warten. Du sagst doch immer zu mir: Jetzt musst du leben.«

Die Katze im Sack und Uschis Besuch hatten Maries Zeitplan nicht ernstlich auf die Probe gestellt. Marie war mit ihrer Freundin für elf Uhr verabredet gewesen. So gegen zehn Uhr hatte sie die Katze nochmals mit Streicheleinheiten und rohen Leberstückchen verwöhnt. Dann schnell im Genick gepackt und in den Sack gesteckt. Bis der Kater wusste, wie ihm geschah, war er schon drin. Marie band den Sack extra fest zu, damit Anton auch beschäftigt sein würde, wenn er ihn aufzumachen versuchte. Die Katze zappelte wild, wurde dann aber schnell ruhig. Marie brachte sie in ihr Auto, das in der Garage stand.
Der Himmel war den ganzen Tag schon bewölkt, aber es regnete nicht. Nach der Wettervorhersage sollte es auch so bleiben. Für Kapstadt dagegen war richtig viel Regen angesagt. Auf dem Bild von der Webcam waberten graue Wolken wie schmutzige Schlagsahne über den Tafelberg und die zwei kleinen Berge daneben. Marie stellte sich so den Aufzug des Nebelteppichs im Krieg über Sigmaringen vor. Das eingeblendete Thermometer zeigte 19 Grad. Es war ihr egal. Ihr war nur wichtig, wie an diesem Tag das Wetter in Sigmaringen und Umgebung war. Sie hatte keine Lust, am Ende mit ihrem Auto im Wald stecken zu bleiben und noch Hilfe holen zu müssen, um wieder aus dem Schlamm zu kommen. Sie wusste, wie man sich mit Tannenzweigen ganz gut helfen konnte. Aber dazu brauchte man unter Umständen eine Säge. Marie legte vorsorglich eine kleine Klappsäge zur Katze ins Auto. Als sie die Heckklappe öffnete, klang ein Jammern wie das eines Kindes aus dem Sack.

Marie sprach beruhigend auf die Katze ein: »Dafür, dass ich dich so gut gefüttert habe und dich auch weiterhin füttern werde, kannst du mir auch mal einen Gefallen tun.« Der Kater war still.

Marie hatte mehrmals getestet, wie lange sie brauchen würde, um zur Hütte zu gelangen. Als es Zeit war aufzubrechen, um den, wie sie dachte, letzten Akt in Angriff zu nehmen, stellte sich dann doch Nervosität ein. Sie verdrängte den Gedanken, dass etwas schief gehen könnte. Sie konzentrierte sich nur auf das, was sie im Moment tat. Sie zog einen alten Goretex-Mantel an und steckte sich Lederhandschuhe in die Taschen. Sie nahm ihre Handtasche, die sie wie einen Rucksack auf den Rücken hängen konnte, packte ein feuchtes Handtuch in eine Plastiktüte und steckte es ein. »Man kann nie wissen, wozu es gut ist.« Marie sprach mit sich selbst. Das war ihre Technik, um sich genau auf den Punkt zu konzentrieren. Sie plante, den Mantel und die Handschuhe noch am Abend im Kachelofen zu verbrennen. Sie hatte schon alles hergerichtet und Papier, Kartonstücke und Anfeuerholz in den Ofen eingeschichtet. Sie musste dann nur noch ein brennendes Streichholz an das Papier halten.
Ihre bequemen, fast neuen Schnürschuhe, würde sie hinterher unter fließendem Wasser putzen, anschließend am warmen Ofen trocknen und morgen auf den Flug anziehen. Sie hatte nicht vor, sie aus Afrika zurückzubringen. Im Fernsehen nahmen die Kommissare zuerst immer die Schuhe als Beweismaterial mit. Marie nahm nicht an, dass Anton noch am selben Tag gefunden werden würde. Vielleicht dauerte es auch ein paar Tage, bis jemand das Auto auffallen und man deshalb hinter die Hütte schauen würde. Dann war Marie schon im Flieger auf dem Weg nach Afrika, oder bereits unterwegs auf der Gardenroute. Warum sollte man ausgerechnet sie mit Antons Tod in Verbindung bringen. Sie hatte vor, es wie einen Selbstmord aussehen zu lassen.

Zur Sicherheit plante sie anschließend auch noch einen Besuch in der Autowaschanlage ein. Eine Großwäsche mit allen Schikanen. Das Auto hatte es dringend nötig. In der letzten Zeit war sie oft irgendwo im Wald, meist auf verbotenen Wegen, unterwegs gewesen. Es war ihr nicht immer ganz wohl dabei, weil es teuer werden konnte, wenn man sich unbefugt auf Waldwegen erwischen ließ. Da Marie nach dem Tod von Franz alleinige Besitzerin von sechs Hektar Wald war, hätte sie versucht, sich mit beruflichen Interessen rauszureden. Für ihr Vorhaben war es allerdings besser, erst gar nicht aufzufallen.
Marie fühlte sich allmächtig. Alles, was sie tat, war neu und sie war sicher, planmäßig ihr Ziel zu erreichen. Jeder Tag würde ab sofort ein Entdeckertag sein. Früher fühlte Marie sich oft, als lebe sie unter einer dicken Folie. Jetzt war alles aufregend und hautnah und genau wie in ihrem Schlachtplan würde es ablaufen. Sie musste ihre Rachegedanken nicht mehr pflegen. Der schwarze Ballon würde bald ein Loch bekommen und pfeifend aus ihrem Leben verschwinden.

Anton wartete bereits, als Marie bei der Hütte im Wald ankam. Er hatte sein Auto mitten auf dem Weg abgestellt. Marie hielt direkt dahinter an. Sie würde den Weg nachher rückwärts zurückfahren müssen. Anton kam ihr entgegen und umarmte sie stürmisch. Er hatte den Ofen in der Hütte angefeuert, aber es war noch kalt in dem kleinen Raum. Marie zog Anton um die Ecke hinter das Häuschen und meinte: »Lass uns einen Moment auf die Bank sitzen und reden.« Sie setzte sich gezielt auf seine rechte Seite und er legte den Arm um sie: »Was gibt es denn jetzt so Wichtiges?« Marie sagte ernst und glaubhaft: »Ich möchte, dass du, solange ich in Afrika bin, dir ernsthaft Gedanken über uns, unsere Beziehung und die Zukunft machst. So, wie es früher war, wird es nicht mehr gehen. Du brauchst dich nicht scheiden zu lassen, aber entweder lebst du mit mir oder mit deiner Frau. Wenn du dich für mich entscheidest, bin ich bereit mit dir an einen anderen Ort, von mir aus an den Bodensee, zu ziehen. Aber ich will nicht, dass Inge erfährt, dass ich der Trennungsgrund bin. Erzähl ihr, was du willst, aber nicht, dass du dich wegen mir von ihr trennst. Es wird dir sicher etwas einfallen.« Anton schien Maries Bedingungen nicht lustig zu finden. Er machte ein betretenes Gesicht.

»Wie stellst du dir das denn vor? Wie soll ich das der Inge denn beibringen?« So, wie Anton diesen Satz sagte, zeigte es ihr, dass er sich nicht ernsthaft mit dem Gedanken an eine Trennung von seiner Frau befasst hatte.

»Schreib ihr einen Brief«, schlug Marie vor.

»Ich bin nicht gut im Schreiben von solchen Sachen. Ich hab keine Übung«, sagte Anton kleinlaut.

»Du hast fünf Wochen Zeit darüber nachzudenken und dir was zu überlegen. Ich helfe dir auch. Wenn du willst, gebe ich dir gern ein paar Tipps.«
»Ich hab doch gar nichts dabei zum Schreiben«, warf Anton ein.
»Komm, hol dein Notiz- und Adressbuch raus. Du sollst ja keinen Roman schreiben. Ich sag dir ein paar Stichwörter und daraus machst du in fünf Wochen einen Brief. Das wirst du doch noch hinkriegen, oder? Wenn du es dir in dieser Zeit noch mal anders überlegst, dann ruf mich an und sag es mir, wenn ich zurück bin. Du musst dich nicht von deiner Inge trennen. Aber dann kannst du mich vergessen.«
»Na ja, schaden kann es ja nichts, wenn ich mir ein paar Wörter aufschreib.« Wenn Anton vor Marie noch glaubhaft dastehen wollte, musste er wenigstens so tun, als ob er auf Maries Forderungen einginge. Er zog umständlich sein Handy und dann sein Adressbuch aus der Brustinnentasche seiner Trachtenlodenjacke. Es war völlig abgegriffen und speckig.
»Einen Kuli hast du doch sicher auch noch irgendwo?« Marie sprach mit ihm wie mit einem Kind. Sie wusste, dass er diese Dinge immer bei sich trug.
»Was soll ich denn deiner Meinung nach schreiben?« Anton war genervt.
»Schreib: Liebe Inge, es tut mir leid, wenn ich dir wehtun muss.« Marie sagte ihm genau die Worte, die er damals vor 26 Jahren zu ihr gesagt hatte. Anton bemerkte es nicht. Er hatte es vergessen. Auf die letzte Seite in seinem Adressbuch schrieb er, was Marie zu ihm sagte. Sie diktierte weiter: »Aber ich will und kann so nicht mehr leben.«
»Sterben will ich aber noch nicht«, warf Anton ein, schrieb es aber trotzdem. Für Marie waren diese zwei Sätze das Wichtigste. Bevor Anton weiter nachdenken und vielleicht protestieren konnte, lenkte sie ab und fragte: »Steh ich auch in deinem Adressbuch?«

»Natürlich nicht!« sagte Anton empört. »Deine Nummer weiß ich auswendig«, dann grinste er: »Aber dein Franz steht noch drin, sogar mit seinem Handy. Du könntest mir doch auch deine Handy-Nummer geben. Ich versteh nicht, warum ich sie nicht haben kann?«
Marie sagte geduldig: »Weil ich kein Handy habe. Jetzt glaub es mir doch. Ich brauch keines. Ich habe ein Telefon zuhause, und aus Afrika anrufen ist doch sowieso viel zu teuer. Du hast keinen Computer, weil du sagst, dass du keinen brauchst. Ich habe kein Handy, weil ich keines brauche. Wenn wir vielleicht eines Tages zusammenleben, dann bist du für das Handy zuständig und ich für den Computer. Ist das okay?«
Anton steckte sein Adressbuch wieder ein. »Ich glaub, ich sollte noch mal Holz nachlegen, damit wir es nachher schön warm und kuschelig haben.« Er stand auf und Marie sagte: »Dann hol ich solang die Katz. Hast du deinen Apparat dabei?« Anton schlug sich mit der flachen Hand an die Stirn und machte ein erschrockenes Gesicht: »Hab ich doch glatt vergessen.« Marie verschlug es für einen Moment die Sprache. In ihrem Kopf purzelten die Gedanken durcheinander. Es war wieder wie bei den alten Fotos, die dreifach übereinander geknipst waren. Es war alles vorhanden, nur wo war es einzuordnen?
Wenn Anton den Bolzenschussapparat nicht dabei hatte, dann war alles umsonst gewesen. Dann gab es für sie nur noch den Rückzug. Marie versuchte, ein gleichgültiges Gesicht zu machen und sagte: »Dann war's das, dann fahr ich jetzt zum Tierarzt.« Sie wollte sich bereits umdrehen, als Anton lachte: »Ich hab doch nur Spaß gemacht. Der Apparat liegt in der Hütte.« Anton legte Holz nach. Marie holte den Sack mit der Katze aus ihrem Auto. Sie ging wieder hinter die Hütte und setzt sich auf die Bank. Den Sack legte sie vor sich auf die mit Rindenstückchen bedeckte Erde. Diesmal knurrte die Katze wie ein Hund, bewegte sich aber

nicht. Anton kam mit dem Apparat in der Hand um die Ecke und setzte sich auf Maries rechte Seite. Marie stand auf. Als Anton nach dem Sack griff, fragte sie: »Wie funktioniert das Ding eigentlich?« Marie setzte sich wieder und achtete darauf, dass sie nun auf Antons rechter Seite zu sitzen kam. Er war schließlich Rechtshänder und würde sich auf keinen Fall mit der linken Hand in den Kopf schießen. Er erklärte ihr den Mechanismus. Marie sagte: »Ich möchte die Katze selber töten. Ich glaube, ich bin es ihr schuldig.« Anton sah sie erstaunt an und fragte mit gerunzelter Stirn: »Sehe ich da Mordgelüste in deinen Augen?«
Er erklärte Marie noch einmal, worauf sie auf alle Fälle zu achten hatte. Sie achtete vor allem darauf, dass sie nichts berührte. Sie nahm ihre Lederhandschuhe aus ihren Manteltaschen und zog sie sich mit der Bemerkung an: »Ich will mir nicht die Hände verkratzen lassen.« Anton gab ihr den Apparat in die Hand und sagte: »Ich hol die Katz raus und halte sie. Wenn sie so krank ist, wie du sagst, wird sie nicht gerade wild reagieren.« Er reichte Marie das Gerät, beugte sich zum Sack hinunter und versuchte den dreifachen Knoten zu lösen. »Man könnte meinen, du hast den Sack für die Ewigkeit zugebunden.« Anton sprach vor sich hin. Marie drückte den Apparat oberhalb des rechten Ohres gegen seinen Kopf. Er hielt in der Bewegung inne und schaute vorsichtig, mit etwas zur Seite gedrehtem Kopf zu Marie hinauf. Sein Gesicht war ihr leicht zugewandt. Er bewegte sich nicht. Nur seine Augen sahen sie ungläubig an. Er öffnete seinen Mund und sagte: »Mach keinen Unfug.« Dann, bevor er noch etwas sagen konnte, zog Marie an dem Ring. Das Geräusch war nicht so laut wie ein Schuss, aber sie schrak doch zusammen. Anton verharrte einen Augenblick in seiner vorgebeugten Haltung. Er fiel langsam, wie in Zeitlupe, nach vorn auf sein Gesicht und kippte dann auf die linke Seite. Die Katze begann zu fauchen und zappelte. Antons Hand lag auf dem Sack. Marie stellte sich

breitbeinig über den wackelnden Sack. Sie nahm Antons rechte Hand und legte sie um den Apparat. Sie war froh Handschuhe zu tragen und dabei seine Haut nicht spüren zu müssen. Irgendwo zwischen den Wipfeln der Bäume verschwand ein schwarzer Ballon im wolkenverhangenen Himmel.

Marie hob den Sack mit der immer noch zappelnden Katze auf und ging, ohne sich noch einmal umzudrehen, um die Hütte. Sie schloss die Tür ab, ließ den Schlüssel stecken und lief an Antons Auto vorbei zu ihrem Wagen. Die Katze legte sie auf den Rücksitz. Bis zur nächsten Weggabelung, wo sie wenden konnte, musste sie zurücksetzen. Im Wald begegnete ihr niemand. Sie fuhr direkt zur Autowaschanlage bei der Tankstelle und dann mit einem vor Sauberkeit glänzenden Auto nach Hause.

Der Brunnenbergaufpasser Kommissar Fritz Wagner war nirgends zu sehen, als Marie in ihre Garage fuhr. Es war Montag und er sicher bei der Arbeit. Sie schloss das Tor ab. Den Sack mit der Katze brachte sie in die Küche und öffnete ihn. Marie wollte den Kater mit seinem Lieblingsfutter versöhnlich stimmen, aber er stand mit gesträubtem Fell vor der Tür, schaute unentwegt zur Klinke hoch und miaute jämmerlich. Wenn Marie sich ihm näherte, kam ein gefährliches Grollen aus seinem Bauch.
Während sie noch beruhigend auf den Kater einredete, wurde ihr plötzlich sterbensübel. Sie dachte, sich übergeben zu müssen. Sie rannte zur Spüle und würgte. In ihrer Brust, von dort, wo ihr Herz zu rasen anfing, breitete sich ein Druck aus, der bis in den Kopf hinaufreichte. Marie dachte: »Jetzt bekomme ich einen Herzinfarkt und meine Reise kann ich abschreiben.« Das Telefon klingelte. Marie schleppte sich zum Apparat. Als sie den Hörer abnahm, legte der Anrufer auf. War es Zufall? Anton konnte es nicht

gewesen sein. Aber wer dann? Marie fühlte sich nur noch elend. Sie überlegte, ob sie den Notarzt rufen sollte? Jetzt noch nicht. Vielleicht war es nur eine kurze Schwäche. Sie öffnete das Küchenfenster. Der Kater Patrizia nutzte die Möglichkeit zur Flucht und sprang aus dem Stand hinaus und rannte, als ob der Teufel hinter ihm her wäre, den Berg hinauf Richtung Wald.

Marie setzte sich auf einen Stuhl vor das weit geöffnete Fenster und versuchte ruhig, tief ein- und auszuatmen. Nach kurzer Zeit verschwand der Druck aus Kopf und Brust. Das Übelkeitsgefühl löste sich langsam auf. Sie blieb noch einen Moment sitzen, stellte dann den Fressnapf des Katers neben den Hintereingang und hoffte, dass er sich wieder beruhigen und von Uschi, die ihm nichts getan hatte, Futter annehmen würde, solange sie in Afrika war.

Marie zündete das Feuer im Kachelofen an. Sie schrubbte die Sohlen ihrer Schuhe unter fließendem Wasser solange, bis sie wie neu aussahen. Als das Feuer richtig brannte, zerschnitt sie ihren Mantel und warf im Laufe des Abends immer wieder ein Stück in den Ofen. Zum Schluss verbrannte sie noch ihre Handschuhe. Sie legte noch einmal kräftig altes, trockenes Tannenholz nach, das sofort knackend in Flammen aufging. Danach ließ sie das Feuer ausgehen. Ihre Schuhe trocknete sie gut aus und stellte sie auf den Kachelofen.

Als sie glaubte, alle Spuren beseitigt zu haben, goss sie sich ein letztes Glas Rotwein ein und setzte sich an ihren Schreibtisch. Neben ihrem Computer stand ein Foto von Buele. »Jetzt hab ich uns beide gerächt. Wenn ich aus Afrika zurück bin, hole ich dich ab und dann kannst du immer auf dem Franz seinem Sessel liegen«, sprach sie mit dem Bild.

Marie schaltete ein letztes Mal ihren Computer ein und klickte auf ihren Favoriten, die Webcam, die irgendwo am Atlantischen Ozean mit Blick auf den Tafelberg stand. In Kapstadt war es ebenfalls dunkel geworden. Die Lichter der

Küstenstraße leuchteten wie eine Reihe kleiner Sterne auf dem sonst schwarzen Bildschirm. Den Tafelberg hatte die Dunkelheit verschluckt. Marie klickte zurück auf die Bilder des Nachmittags. Die Sonne war doch noch herausgekommen. Die Temperatur lag jetzt am Abend bei 19 Grad. Für die nächsten Tage war die Vorhersage heiter bis wolkig und bis 26 Grad. Auf den Bildern von 17 Uhr hatten der Ozean und der Tafelberg fast die gleiche Farbe. Der Ozean war nur eine Spur heller blau. Spätestens übermorgen würde sie diesen Blick in natura erleben. Sie klickte sich weiter auf die Webcam im Mashatu Game Reserve in Botswana. Dort herrschte völlige Dunkelheit. Kein künstliches Licht gaukelte Sterne vor. Sie klickte auf 17 Uhr zurück und beobachtete, wie eine Löwin am Wasser trank. Affen blieben in respektvoller Distanz. Die Geräusche von unzähligen Vögeln und Insekten schwirrten durch den Raum. Es war so, als ob Marie mit einem Fernglas aus ihrem Haus am Brunnenberg in Sigmaringen an der Donau bis dort an die Wasserstelle im südlichen Afrika sehen konnte. Wenn der Wind gegen den Metallmasten blies, an dem die Kamera vermutlich befestigt war, klapperte es bei ihr im Zimmer. In Botswana hatte es noch 27 Grad. Eine Affenherde unterhielt sich lautstark in einem fast kahlen Baum mit nur noch wenigen Blättern. Die Bilder waren so deutlich, dass Marie erkennen konnte, dass es ein Akazienbaum war. Sie riss sich von Afrika los, schaltete den Computer aus und zog den Stecker aus der Dose. Morgen früh würde sie keine Zeit mehr haben, um im Internet zu surfen, dann war sie endlich auf dem Weg in das wirkliche Afrika.
Marie war voller Unruhe. Sie war aufgekratzt und beschäftigte sich ohne Pause mit irgendwelchen Dingen. Die Gedanken an den Nachmittag verdrängte sie, sobald sie auch nur ansatzweise in ihrem Kopf auftauchten. Sie empfand Befriedigung. Müde war sie nicht. Sie kontrollierte zum hundertsten Mal ihr Handgepäck mit allen Reiseunterlagen. Sie

ging ihre Kleidung durch, die sie auf die Fahrt und den Flug anziehen wollte. Sie brauchte nur noch ihren Schokoladentresor aus dem Keller heraufzuholen, dann waren alle Dinge, die noch auf ihrer ›Zu-erledigen-Liste‹ standen, getan. Marie streifte ihren Koffer, der bereits seit dem Vormittag neben der Haustür stand, mit einem zufriedenen Blick. Sie ging die zwei Stufen zur Kellertür hinunter. Sie kontrollierte, ob der Riegel der hinteren Eingangstür zugeschoben war, und schloss die Kellertür auf. Außer von Mäusen und Spinnen war kein Besuch durch diese Tür zu erwarten. Leider wohnten ganze Mäusefamilien als lästige Untermieter in dem alten Bauernhaus. Die halbherzige, sparsame Renovierung vor einigen Jahren, hatte sie nicht vertrieben. Früher gehörte immer eine Katze zur Familie. Aber irgendwann starb ein Tier nach dem andern. Es war nicht möglich Katzen zu halten und gleichzeitig Giftweizen in der Scheune und im Keller auszulegen. Für die toten oder auch lebenden Mäuse war Franz zuständig gewesen. Aus Angst vor einer Maus wäre Marie früher aus dem Stand auf einen Stuhl gesprungen.
Seit sie ihre Afrikareise ernsthaft plante, versuchte sie sich mit Mäusen und vor allem den Spinnen zu arrangieren. Sie war sich bewusst, dass zu Afrika nicht nur große Tiere aus einer bestimmten Distanz gehörten, sondern dass ihr dort auch Spinnen, Schlangen, Skorpione und wahrscheinlich eine ganze Reihe anderer unbekannter Tiere über den Weg laufen würden und nicht jedes Mal ein Stuhl oder ein Tisch bereitstand, auf die sie flüchten konnte.
Sie drehte an dem alten Vorkriegslichtschalter. Die schwache Funzel einer nackten, verstaubten, mit Spinnweben verzierten 25 Watt Glühbirne bemühte sich, etwas Licht am Fuße der Treppe zu verbreiten. Glühbirnen dieser Stärke waren vermutlich gar nicht mehr im Handel. Als Marie Franz einmal gebeten hatte, die Birne auszutauschen, meinte er kurz: »Solange sie brennt, bleibt sie. Das kostet nur. Außerdem geht niemand zum Zeitunglesen in den Keller.«

Marie hatte es eilig. Sie wollte nur noch schnell ihre Schokoladendose holen. In dem Moment, in dem sie einen Schritt von der ersten Stufe zur zweiten Stufe machte, war es, als ob eine Hand nach ihrem linken Fuß griff. Ihr Körper war auf eine schwungvolle Vorwärtsbewegung eingestellt, aber ihre Füße kamen nicht mit. Als ihr Kopf den alten, ausgetretenen Steinstufen entgegensauste, streckte sie instinktiv ihre Hände aus, um den Sturz abzufangen. Sie drehte den Kopf zur linken Seite, um nicht mit der Nase aufzuschlagen. Ihre Hände konnten die Energie, mit der sie den Stufen entgegenflog, kaum abbremsen. Schmerzblitze zuckten durch ihre Handgelenke. Ihre rechte Kinn- und Backenseite schlug auf einer Stufe auf. Ihre Hausschuhe blieben irgendwo hängen. Ihr rechtes Knie knallte auf eine Kante und auf der rechten Hüfte schrammte sie die restlichen Stufen hinunter. Marie verfolgte ihren Körper. Jeden Aufschlag und jede Bewegung erfasste ihr Kopf bereits bevor sie sie spürte. Sie wusste genau, was als Nächstes passieren würde. Ihr Verstand schrie verzweifelt: Bitte, bitte keine kaputten Knochen. Eine unsichtbare Kraft hatte ihr Hinterteil in Bewegung gesetzt und Schubkraft entwickelt. Sie wurde die Treppe hinuntergeschoben. Als die Abwärtsfahrt zum Stillstand kam, lag Marie zerschlagen am Fuß der Treppe. Vom Kopf bis hinunter zu ihren kleinen Zehen hatte sie jeden Aufprall registriert. Zuerst spürte sie keinen richtigen Schmerz. Einen langen Moment lag sie ruhig da. Es war unglaublich, wie schnell alles passiert war und was sie in der kurzen Zeit alles glasklar gedacht und registriert hatte. In Stresssituationen schienen sich Gedanken übereinander zu schieben und zu verdoppeln. Es schien ihr plötzlich möglich zu sein, auf mehreren Ebenen zu denken.

Marie lag still. Der Steinboden war hart und kühl. Es herrschte absolute Stille. Außer ihrem Herzklopfen und dem Rauschen ihres Blutes hörte sie keinen Laut. Sie wusste mit Bestimmtheit, dass sie etwas gebrochen hatte. Dieser

Sturz konnte nicht ohne Folgen geblieben sein. Sie würde morgen nicht nach Afrika fliegen. Das war gewiss und so sicher wie das Amen in der Kirche. Sie dachte daran, dass es gut war, eine Reiserücktrittversicherung abgeschlossen zu haben.

Aber genauso sicher war sie, dass sie nicht sterben würde. Keinen Gedanken verschwendete sie an den Tod. Marie versuchte, ihre einzelnen Glieder zu spüren und zu bewegen. Ihr Mund war voll harter Teile, die nicht hineingehörten. Sie spuckte sie mühsam aus, um nicht etwas davon zu verschlucken. Ihre Zahnprothese war zertrümmert und von ihren restlichen Zähnen schienen sich auch einige verabschiedet zu haben. Sie schmeckte Blut. Dann setzten die Schmerzen ein. Sie kamen zeitverzögert, aber plötzlich stürzten sie mit einer solchen Heftigkeit auf sie ein, dass sie wünschte, ohnmächtig zu werden. Sie wurde nicht ohnmächtig, nicht gleich. Sie bekam noch genügend Zeit, um sich ihrer Lage bewusst zu werden. Sie versuchte, um Hilfe zu rufen. Wie in ihren Träumen brachte sie nur ein Krächzen heraus. Die Chance, dass jemand sie hörte, war sehr gering. Es war unnötige Energieverschwendung. Ja, wenn der Fritz zufällig in diesem Moment um das Haus unterwegs wäre. Aber damit konnte sie nicht rechnen. Mit den Männern war es doch immer so: Wenn man einen braucht, war keiner da. Vor morgen früh würde sie nicht gefunden werden. Marie konnte nur hoffen, dass der Taxifahrer nicht, wie in ihren Träumen, einfach wieder weiterfuhr, sondern dass er irgendetwas tun würde und man sie entdeckte. Ihre Träume hatten sie gewarnt. Oder hatte sie durch ihre Träume und Gedanken das Unglück heraufbeschworen?

Marie blieb in dieser Nacht viel Zeit zum Nachdenken. Es war ihr bewusst, dass sie über ein Hindernis gefallen war. Sicher waren weder Franz noch Anton aus dem Jenseits gekommen und hatten ihre Füße festgehalten, damit sie die Treppe hinunterstürzte. Marie versuchte, sich durch die

Schmerzwellen hindurchzudenken: Wann war sie das letzte Mal diese Kellertreppe hinuntergegangen? Schon sehr lange nicht mehr. Seit Franz tot war, hatte sie nicht mehr unter dem Verlangen nach Schokolade gelitten. Außerdem hatte Lore sie immer reichlich damit versorgt. Dann erinnerte sie sich an den Sturz im Sommer auf der Treppe vom ersten Stock herunter. Es war das gleiche Gefühl gewesen. So, als ob sie über ein Hindernis gestolpert wäre. Dann damals die fadenscheinige Ausrede von Franz. »Es wird der Hund gewesen sein.« Er selbst hatte ihr ein Hindernis in den Weg gelegt. Nur, auf der Treppe nach oben gab es auf halber Höhe, dort wo das Fenster war, einen Absatz. Außerdem war diese Treppe aus Holz. Darum war der Sturz damals so glimpflich abgelaufen. Marie war sicher, ihr Mann Franz hatte für sie eine Stolperfalle gebaut. Er hatte sie genauso loswerden wollen, wie sie ihn. Marie hatte ihn einmal mehr unterschätzt. Aber sein Plan war nicht aufgegangen. Marie war zäh. Tränen aus Schmerz und Hilflosigkeit machten sie blind. Marie schwor sich: »Ich überleb das!«, und dann zog ein grauer Nebel vor das bisschen Licht, das die schwache Glühbirne verbreitete. Sie ließ sich in die Bewusstlosigkeit fallen.

Am nächsten Morgen wollte Uschi ihre Freundin überraschen und ihr zum Abschied winken. Sie war der Meinung, dass wenn man sich auf eine große Reise begab, wenigstens ein Mensch einem nachschauen sollte. Uschi hoffte, noch eine Tasse Tee mit Marie trinken zu können. Vielleicht konnte sie auch Maries Aufregung, unter der sie sicher litt, etwas dämpfen. Punkt sechs drückte sie auf den Klingelknopf an der Haustür. Nachdem ihr niemand öffnete, versicherte sie sich nochmals mit einem Blick auf ihre Armbanduhr, dass Marie, nach dem Zeitplan, den sie ihr mitgeteilt hatte, noch nicht abgeholt sein konnte. »Vielleicht hat sich ja etwas geändert, oder sie steht noch unter der Dusche«, überlegte Uschi und schloss die Haustür auf. Sie war froh, zur Sicherheit ihren eigenen Schlüssel eingesteckt zu haben. Der Koffer stand noch da, also musste Marie auch im Haus sein. Im Flur, in der Küche, dem Esszimmer und dem Schlafzimmer brannte Licht. Uschi rief Maries Namen. Zuerst leise und dann schrie sie ihn so laut durch das Haus, dass man ihn auch im letzten Winkel des oberen Stockwerks hätte hören müssen. Sie bekam keine Antwort. Es herrschte eine unheimliche Stille. Nach mehrmaligem Rufen kamen vom Hintereingang seltsame Geräusche. Es klang wie ein Stöhnen. Uschi ging die zwei Stufen hinunter und sah die geöffnete Kellertür. Zuerst bemerkte sie nur einen Hausschuh, der auf einer Stufe lag. Dann erkannte sie am Fußende der Treppe, im schummrigen Licht, Maries Körper. Sie bewegte sie nicht. Uschi machte vorsichtig einen Schritt über Maries Schuh und stieg ungläubig die Treppe hinunter. Sie wollte Maries Puls am Handgelenk fühlen, zog ihre Hand aber sofort wieder zurück, nachdem ein fast unmenschliches, entsetzliches Stöhnen aus Maries zerschlagenem und entstelltem Gesicht drang. Uschi hastete die Treppe hinauf und stolperte zur Tür hinaus. Sie rannte zum Telefon und wählte die Nummer 112. Fünf Minuten später waren der Notarzt und ein Sanitäter vor der Tür.

Marie wurde versorgt. Sie war kurz vor dem Ersticken, weil ihr Gaumen durch die Verletzungen angeschwollen war.
Uschi war in dem Kellerraum überflüssig. Sie konnte nicht helfen. Plötzlich stand Fritz Wagner im Flur und wollte wissen, was passiert war. Dann kam auch noch das Taxi. Uschi schickte den Fahrer wieder weg. Marie brauchte jetzt andere Dinge als ein Taxi nach Afrika. Der Fahrer meinte, dass das nicht ganz umsonst gehen würde. »Schicken sie halt eine Rechnung. Sie werden ihr Geld schon bekommen«, versicherte ihm Uschi ungeduldig.
Uschi berichtete Fritz, wie sie Marie gefunden hatte. Er be-

trachtete die Treppe und besann sich dann auf seinen Beruf. »Da müssen die Kollegen her. Das ist doch kein normaler Unfall«, sagte er und bestellte die Spurensicherung.
Marie kam ins Krankenhaus und wurde durch mehrere Operationen nach allen Regeln der ärztlichen Kunst zusammengeflickt.

Einige Wochen später war Marie immer noch im Krankenhaus. Sie lebte. Sie lernte wieder laufen. Aber ganz ohne Rollstuhl ging es noch nicht. Fast verbissen trainierte sie ihre schlaffen Muskeln. In ihrem Mund hatte sie endlich wieder, wenn auch nur provisorische Zähne. Sie gewöhnte sich mühsam daran, damit zu essen. Feste Nahrung konnte sie noch nicht ohne Schmerzen zu sich nehmen. Brei, weich gekochtes Gemüse und Suppen waren die Hauptbestandteile ihrer Mahlzeiten. Uschi brachte ihr frisch gepresste Gemüse-und Obstsäfte und kochte für sie ihre Spezial-Hühnerbrühe.
Maries rechtes Kniegelenk war zertrümmert und durch eine künstliche Knieprothese ersetzt worden. Es bestand die Gefahr, dass das Gelenk nicht mehr richtig beweglich wurde. Maries Oberschenkelhals war gebrochen und mit einer Metallplatte zusammengeschraubt. Die Narbe war dabei, gut zu verheilen. Ihre beiden gebrochenen Handgelenke waren soweit zusammengewachsen, dass sie sich endlich wieder den Hintern, wenn auch mit Mühe, selbst abputzen konnte. Das, was Marie am meisten belastete, war ihre Hilflosigkeit. Wie ein kleines Kind lag sie da und war immer auf jemanden angewiesen. Diese Abhängigkeit war genauso bedrückend wie die Schmerzen. Ihr Bewegungsdrang ließ ihre Glieder zucken. Manchmal befürchtete sie, verrückt zu werden. Jeder Knochen tat ihr weh, auch die, die beim Treppensturz nicht verletzt worden waren und davon hatte sie mehr, als sie je gedacht hatte. Aber Marie hatte überlebt. Sie war oft verzweifelt, aber sie war froh, noch am Leben zu sein.

Uschi war ihre gute Seele. Sie kümmerte sich rührend um sie. Fast immer wenn Marie ihre Augen aufgeschlagen hatte und ihr von Schmerzen und Medikamenten umnebelter Verstand sich in die Realität zurückkämpfte, saß die Freundin an ihrem Bett.
Marie hatte sich geschworen, nie mehr in das Haus am Brunnenberg zurückzukehren. Uschi konnte es verstehen. Sie würde das Bild von Marie, wie sie zerschlagen unten an der Kellertreppe lag, auch nie vergessen.
Die Polizei, vertreten durch Fritz Wagner, war einige Male zu Marie ins Krankenhaus gekommen, um sie zum Hergang des Unfalls zu befragen. In den ersten zwei Wochen war das noch nicht möglich gewesen. Die Ärzte hatte Marie in ein künstliches Koma versetzt, und als sie daraus erwachte, konnte sie weder richtig sprechen, noch mit ihren gebrochenen und mit Metallstäben geschienten Händen, eine Antwort aufschreiben.
Der Unfall war von der Polizei untersucht worden und Maries verstorbener Ehemann wurde der Tat verdächtigt. Er hatte vermutlich böswillig eine Perlonschnur über die Stufen gespannt. Da Franz nicht mehr lebte, wurde der Fall zu den Akten gelegt. Einen Toten konnte man schlecht zur Rechenschaft ziehen. Uschi und ihr Sohn Torsten waren Maries Verbindung zur Realität. Fritz Wagner bot seine Hilfe ebenfalls an und sie nahm sie in Anspruch.

Marie hatte sich lange Zeit geweigert, in einen Spiegel zu sehen. Sie erschrak vor ihrem eigenen Anblick. Seit sie wieder allein aufs Klo gehen konnte, begegnete sie sich täglich im Spiegel über dem Waschbecken, ob sie wollte oder nicht. Marie versuchte, ihr Aussehen zu ignorieren. In der Zwischenzeit war der Frisör einmal bei ihr im Krankenzimmer gewesen. Uschi hatte sie auch schon im Rollstuhl hinunter in den kleinen Salon im Erdgeschoss des Krankenhauses gefahren. Ihre Haare waren ein ganzes Stück grau nachgewachsen. Marie hatte beschlossen, sie nicht mehr färben zu lassen. Es war ihr nicht mehr wichtig, wie sie aussah. Es spielte keine Rolle mehr. Die Ähnlichkeit mit Sharon Stone war nicht mehr vorhanden, höchstens noch mit deren Mutter. Seit Marie wieder Zähne im Mund hatte, war ihre Optik zwar besser, aber an das Gefühl hatte sie sich noch nicht gewöhnt. Manchmal hätte sie aus lauter Selbstmitleid heulen können. Sie fragte sich immer wieder, warum gerade an diesem Tag?, und gerade dieser Unfall?

An Anton dachte Marie kaum. Er war ihr in der Zeit des künstlichen Komas abhandengekommen. Danach war sie fast 24 Stunden am Tag mit dem Funktionieren ihres Körpers beschäftigt. Wenn sich die Erinnerung an ihn in ihr Gedächtnis schob, empfand sie Zufriedenheit. Das Bild, als er sie mit seinem letzten, ungläubigen und doch verstehenden Blick angesehen hatte, war in der Zwischenzeit so ausgeblichen, dass es hätte, vor zwanzig Jahren aufgenommen sein können. Es wurde von vielen anderen Bildern bereits überlagert.

Als Marie endlich über dem Berg war, erzählte Uschi ihr vom letzten Sigmaringer Drama: »Du wirst es nicht glauben, Anton Mezger hat Selbstmord begangen. Eine Zeit lang war sich die Polizei nicht sicher. Sie zogen wohl auch einen Mord in Betracht.« Uschi sah Marie erwartungsvoll an und Marie versuchte, ihre Gesichtszüge unter Kontrolle zu halten. Uschi redete weiter: »Sie waren der Meinung, dass ein Jäger sich mit einem Gewehr erschießt. Aber Anton war ja auch Metzger und vielleicht deshalb der Bolzenschussapparat. Niemand weiß, was ihn dazu gebracht hat, sich da draußen im Wald umzubringen. Einen richtigen Abschiedsbrief hat man nicht gefunden, aber so etwas wie, dass er nicht mehr leben möchte, soll er geschrieben haben.« Uschi ereiferte sich: »Was man so hört, hat seine Frau gesagt, dass er krank war. Manisch depressiv soll er gewesen sein. Er war vor seinem Tod auffällig aufgekratzt, dazu gleichzeitig mürrisch und eigenbrötlerisch. Das hat die Inge der Polizei gesagt.«

Marie fragte, ob man auch von ihr und ihrem Treppensturz und der geplatzten Afrikareise redete? Sie ging davon aus, dass es schadenfreudige Bemerkungen gegeben hatte. Und dann sagte Uschi: »Bin gespannt, wann die nächste Sau über den Markt getrieben wird?« Sie schlug sich schuldbewusst die Hand auf den Mund und sagte: »Gell, das war jetzt nicht nett!«

Marie wäre ohne Uschi einsam gewesen. Der eine oder andere hatte schon gelegentlich bei ihr hereingeschaut. Sie war sogar überrascht, wer alles nach ihr gesehen und Hilfe angeboten hatte. Sogar der Ali und seine Frau aus der Nachbarschaft am Brunnenberg hatten sie besucht. Aber am meisten war sie über den Besuch von Patrizia König, der Freundin ihres Mannes überrascht gewesen. Sie stand an einem verregneten Nachmittag an Maries Bett, als sie nach einem Nickerchen die Augen aufschlug. Zuerst waren beide Frauen etwas verlegen, aber dann unterhielten sie sich doch noch ganz nett. Patrizia erzählte Marie, dass das schöne, teure Auto ihr kein Glück gebracht hatte. Sie musste es gleich wieder verkaufen, weil man ihr sofort Hartz- IV gestrichen hatte. Jetzt arbeitete sie wieder. Kein Traumjob, aber sie war nicht mehr arbeitslos. Ein Teil von dem Geld, das sie für das Auto bekommen hatte, war ihr geblieben. Patrizia brachte Marie den neuesten Allgäukrimi mit, in dem Kommissar Kluftinger seinen Fall, wie üblich, mit einigen Hindernissen löste. Marie fragte sich, ob Franz seiner Geliebten erzählt hatte, dass seine Frau gerne Krimis las. Außerdem legte ihr Patrizia einen Margeritenstrauß von der Wiese auf den Nachttisch. Marie freute sich wirklich. Aber die Blumen stanken so, dass sie am Abend auf den Flur gestellt werden mussten. Als Uschi dann kam, war Patrizia mit den roten Haaren, die am Ansatz grau nachwuchsen, gegangen. Uschi kam fast jeden Tag. Sie rieb Marie den Rücken mit Franzbranntwein ein. Das kühlte so schön. Es war Sommer und an manchen Tagen lästig warm. Uschi wusch sie. Aber ein paar Stunden später war sie bereits wieder verschwitzt. Die Freundin kümmerte sich um ihre Wäsche und sie las ihr vor. Am Anfang konnte Marie kein Buch halten und keine Seiten umblättern. Fernsehen machte sie kribbelig. Sie war nicht mal in der Lage, das Programm selbst zu wählen. Sie konnte keine Fernbedienung halten. Uschi legte Marie die Bücher ihres Gurus ans Herz. Aus denen las sie am liebsten vor. Marie war dankbar für Abwechslung, auch wenn sie einen Krimi vorgezogen hätte. Die Worte von Uschis indischem Weisen gaben ihr zu denken. Wenn alle Menschen danach leben würden, gäbe es nur Frieden und Eintracht auf der Welt. Uschi hatte für den Herbst ihre Indienreise gebucht. Sie bekam jedes Mal einen verklärten Blick, wenn sie davon sprach. So, wie Marie früher bei dem Gedanken an Afrika. Uschi und Torsten kümmerten sich darum, dass die Reiserücktrittversicherung die bereits bezahlten Reisekosten zurückerstattete. Es war nicht einfach gewesen. Uschi musste einige Bescheinigungen und Atteste besorgen. Fritz Wagner stand ihr dabei hilfreich zur Seite. Marie bezahlte zum Dank für Uschis Hilfe das Ticket nach Indien. Sie wollte es zuerst nicht annehmen, tat es dann aber doch und meinte: »Na ja, es trifft ja keine Arme.« Um Torsten musste sich Uschi auch weniger Sorgen machen. Er hatte einen Entzug mitgemacht und war jetzt bei den Anonymen Alkoholikern. Er trank keinen Tropfen Alkohol mehr und er war weg von seinen früheren Freunden. Weil Maries Haus leer stand, war er dort eingezogen. »Es ist nur vorübergehend«, sagte Torsten. Es gab so viel zu erledigen im Haus und im Garten. Er fütterte auch den Kater Patrizia, der jeden Tag an die Hintertür, aber nach Uschis Erzählung seltsamerweise nie mehr ins Haus kam. Für Uschi hatte Marie eine Bankvollmacht erteilt. Als Torsten meinte, er bräuchte auch eine, hatte sie das aber abgelehnt. Marie hatte ihn vorübergehend angestellt. Er bekam ein Gehalt und war nun nicht mehr ar-

beitslos. Dafür musste Marie nicht mehr bitten: »Kannst du mir dieses oder jenes machen?« So konnte sie sagen: »Mach dieses, oder kümmere dich um das!« Ein Bitte, konnte sie ja trotzdem noch anhängen. Uschi war glücklich und meinte: »Damit ist doch euch beiden geholfen.« Torsten benutzte auch Maries Auto. Uschi hatte keinen Führerschein. Torsten war mit seiner Mutter zum Tierpräparator gefahren und sie hatten das Buele abgeholt. Torsten hatte ihn auch gleich zu Marie ins Krankenhaus geschmuggelt, damit sie ihren Liebling wenigstens kurz sehen konnte. Er war wirklich ihr Buele. Sie dachte, gleich muss er sich bewegen. Aber er hat sich natürlich nicht bewegt. »Das Leben ist schon was Wichtiges und das fehlt ihm halt«, sagte Marie bedauernd. Sie bat Torsten, er solle das Buele zuhause auf dem alten Fernsehsessel von ihrem Franz legen. So, wie auf dem Foto, das auf ihrem Krankenhausnachttisch stand. Die wechselnden Bettnachbarinnen hatten immer Fotos ihrer Männer, Kinder oder Enkelkinder auf ihrem Nachttisch stehen. Bei Marie stand ein Bild von ihrem Hund. Wenn sie nach Kindern gefragt wurde, sagte sie: »Es hat nicht sollen sein.«
Es war ein Zweibettzimmer, in dem Marie lag. Sie hatte das Bett am Fenster. Ihr Blick fiel auf alte, hohe Bäume, das Schloss konnte sie nicht sehen. Aber sie konnte am Himmel die Flugzeuge zählen. Alle Flieger, deren Kondensstreifen in den Süden führten, ließ sie nach Afrika fliegen. Flugzeuge, die aus dem Süden kamen, waren für Marie auf der Rückreise von Afrika nach Stuttgart, Frankfurt oder Hamburg. An manchen Abenden lag ein von der Abendsonne angestrahltes, leuchtendes Gitterwerk aus Kondensstreifen am Himmel. Bei Sonnenaufgang war das Gitterwerk aus leuchtend gelbem Licht und um die Mittagszeit waren die Kondensstreifen weiß, wie frisch gefallener Schnee, vorausgesetzt es waren keine Wolken am Himmel. Dann ließ Marie den Flugverkehr einfach einstellen.

Marie hatte Heimweh nach der Donau und dem Schloss und sie nahm sich vor, sobald sie wieder laufen konnte, würde sie die nächste Schlossbesichtigung machen. Über eine Bewerbung als Schlossführerin brauchte sie nun nicht mehr nachzudenken. Mit dem Treppensturz hatte sich etwas Grundlegendes geändert. Eine neue Zeitrechnung hatte begonnen. Alles was in ihrem Leben geschehen würde, oder geschehen war, würde sie in die Zeit vor und die Zeit nach dem Sturz einordnen. Dementsprechend würde alles seine Bedeutung haben. Marie dachte viel über ihr Leben nach. Sie fragte sich, während sie untätig in ihrem Bett lag: »Warum ist alles so gekommen?« Sie kam dabei immer mehr zu der Einsicht, dass was in der Gegenwart geschieht, auf die Vergangenheit aufbaut. Sie glaubte, sie war zu angepasst gewesen. Sie hatte sich zu schnell gefügt, aber nur äußerlich. Bei allem, was sie getan hatte, hatte sie im Innern rebelliert und dabei gefragt: »Was denken die andern?« Marie hatte ihre Gegenwart in die Vergangenheit eingewickelt. Der Unterschied zwischen dem, zu was sich Marie gezwungen fühlte zu tun und zu dem, was sie wirklich wollte, war zu groß gewesen. Sie hatte gegen den Strich gelebt. Sie brauchte sich nun nicht zu wundern, wenn auch ihr die Rechnung dafür ins Leben geflattert war.
Für die Zeit nach ihrer Entlassung aus dem Krankenhaus wurde Marie ein mehrwöchiger Aufenthalt in eine Rehabilitations-Klinik nahegelegt. Ihre Beweglichkeit konnte dort unter professioneller Anleitung weiter gefördert werden. Sie sollte sich eine Klinik aus drei verschiedenen Empfehlungen aussuchen. Sie entschloss sich für die Birkle-Klinik

in Überlingen. Torsten hatte für Marie im Internet recherchiert und ihr Informationen zu den verschiedenen Institutionen ausgedruckt. Marie vermisste ihren Computer. Es war höchste Zeit, dass sie auch auf diesem Gebiet wieder selbständig wurde.

Nachdem ihre Gehversuche Fortschritte machten, drängte es sie, das Krankenhaus zu verlassen. Aber wohin sollte oder konnte sie? Nach reiflichen Überlegungen und Abwägen der Möglichkeiten schien ihr in ihrer jetzigen Situation ›Betreutes Wohnen‹ die beste Lösung zu sein. Ein Apartment im Josefinenstift, wenn möglich ebenerdig oder mit Aufzug, das konnte sie sich vorstellen. Treppen waren zu einem Horror für sie geworden. In ein sogenanntes Heim wollte sie nicht. Sie mochte schon das Wort nicht, es klang nach Hilflosigkeit. Betreutes Wohnen hörte sich auch nicht gerade sportlich an. Aber das war sie auch noch nicht wieder. Den Vorteil, den diese Wohnform bot, war, dass sie dort selbständig leben konnte und gleichzeitig war immer jemand da, wenn sie Hilfe bräuchte. In ihr Haus zurück, das kam auf keinen Fall infrage. Marie hatte sich geschworen, es nie mehr zu betreten und dabei blieb es auch.

Uschi machte den Vorschlag, dass sie sich doch gemeinsam und zusammen mit Torsten eine große, behindertengerechte Wohnung mieten könnten. »Das kannst du dir doch leisten«, versuchte Uschi sie zu überreden.

»Ich brauch keine Rollstuhlwohnung«, sagte Marie energisch. »Nächstes Jahr renn ich wieder!« Nach der Reha würde sie ins Stift ziehen und damit basta. Irgendwo musste sie hin. Danach würde sie weiter planen. Vorerst war sie dort gut aufgehoben. Wenn es ihr in absehbarer Zeit wieder gut gehen sollte und sie wirklich noch einmal unabhängig würde leben können, wollte sie auf Reisen gehen. Wozu brauchte sie dann eine große Wohnung?

In der Zeitung hatte sie Sonderangebote für Schiffsreisen entdeckt und dabei festgestellt, dass wenn man sich gut schlaumachte, für einen Monat unterhaltsame Kreuzfahrt weniger zu bezahlen bräuchte, als für einen Monat in einem langweiligen Altersheim. Warum eigentlich bot das noch niemand professionell an? Ein im Mittelmeer schwimmendes Seniorenzentrum? Na ja, was Marie so im Fernsehen gesehen hatte, waren die meisten Schiffe auch jetzt schon nichts anderes.

Marie hatte vor, alles zu tun, um wieder beweglich zu werden. Sie wusste, joggen so wie früher, das würde sie nie mehr können. Aber sie würde nächstes Jahr wieder ohne Hilfe gehen. Den Gefallen, im Rollstuhl zu sitzen, würde sie Franz nicht tun. Außerdem beschloss sie, sein Grab auf dem Friedhof nicht mehr zu pflegen. Und zu ihm würde sie sich nach ihrem Tod schon gar nicht legen lassen. Das war das Erste, das sie schriftlich niederlegte, nachdem es ihr mit der rechten Hand wieder möglich war zu schreiben.

Die Zusage für ein Apartment im betreuten Wohnen klappte schneller als Marie dachte. Sie hatte schon die Befürchtung auf einer Warteliste hängenzubleiben. Ihr Glück hatte sie dem Tod einer Bewohnerin zu verdanken. Das Wort Altersheim sprach sie im Zusammenhang mit ihrer Wohnung nicht aus. Aber es war ihr bewusst, dass auch betreutes Wohnen eine Art Wartezimmer auf den Tod war. Nur es gab, wie in jedem Wartezimmer, lange und kurze Wartezeiten. Marie hoffte auf eine noch sehr lange Wartezeit.

Sie machte eine Liste ihrer Möbel und Gegenstände, die sie in ihrem neuen Heim um sich haben wollte. Ihr Schreibtisch mit dem PC war nach dem Sessel mit Buele das Wichtigste. Es war höchste Zeit, dass sie Torsten den Zugriff auf ihren Computer entzog. Obwohl, Marie machte sich keine Illusionen, er hatte sicher alle ihre Daten kopiert und gespeichert. Seit er ihren PC im Stift aufgestellt hatte, trug er demonstrativ einen USB-Stick an einem Band um den Hals. Marie hatte zu ihrem Bedauern den Zugang zu ihrem Computer nie mit einem Passwort gesichert. Sie nahm an, dass Torsten und auch Uschi ihre Vermögensverhältnisse in der Zwischenzeit genau kannten. Marie konnte sich Torstens blasses Gesicht mit den schmalen Lippen gut vorstellen, wie seine kleinen Augen immer größer wurden, während er in ihren Daten wühlte. Dass er ohne zu fragen in ihr Haus eingezogen war, war Beweis genug, dass er sich stark fühlte, weil er zu viel wusste. Er hatte sicher keine Ruhe gegeben, bis er alles was ihn interessierte, ausgeschnüffelt hatte. Im Moment war Marie noch bereit, gute Miene zum hoffentlich nicht all zu bösen Spiel zu machen. Sie brauchte Uschi. Wenn sie erst mal das Krankenhaus verlassen konnte, würde sie sich etwas einfallen lassen. In der Reha würde sie schon wieder auf die Beine kommen. Marie spürte nur kleine Fortschritte, aber sie spürte jeden Tag, es ging aufwärts.

Ihr neues Heim hatte sie bereits besichtigt. Mit Taxi und Rollstuhl hatte sie sich hinbringen lassen. Die Wände waren nach ihrem Wunsch ganz hell, in einem warmen Sandgelb gestrichen. So wie sie sich die Farbe und das Licht in der Wüste in der Mittagshitze vorstellte. Gleich neben der Eingangstür stand der alte Fernsehsessel von Franz und darauf lag ihr Buele. Marie waren bei seinem Anblick die Tränen gekommen. Er lag wirklich so da, als hätte er geschlafen und nur die Augen geöffnet, um einen kurzen Blick auf sie zu werfen.
Das alte Ölbild mit Maria, Anna und dem Jesusknaben hinter dem unsichtbaren Schleier fehlte noch. Marie wollte es über ihrem Schreibtisch sehen. Torsten sagte entschuldigend: »Ich wusste doch, dass ich etwas vergessen habe.« Er versprach, das Bild gleich am nächsten Tag aufzuhängen. Das Apartment bot nicht viel Platz. Aber es war bedeutend größer als das Zimmer im Krankenhaus, in dem sie schon so viele Wochen lebte. An ihr Bett mussten noch höhere Beine geschraubt werden, damit sie leichter daraus aufste-

hen konnte. Ein Krankenhausbett wollte sie auf keinen Fall, das hatte immer noch Zeit. Wenn Marie ihr Afrikanest mit Himmel und dem morgendlichen Blick auf die Sanddüne aufgeben würde, würde sie auch ihren Traum aufgeben und soweit war sie noch lange nicht. Bevor Torsten Marie nach Überlingen in die Klinik fahren sollte, wollte sie noch einmal an der Donau sitzen und zum Schloss hinüberschauen.

Der Tag begann sonnig, aber leicht bewölkt. Ideal für einen Ausflug. Marie rief Uschi an und bestellte Torsten mit dem Auto zum Krankenhaus. Gleich nach dem Mittagessen sollte er kommen und sie zum Bootshaus hinunterfahren. Uschi war pünktlich da, nur sie kam zu Fuß. Torsten hatte sich mit Freunden verabredet. Sie waren nach Stuttgart zu einem Fußballspiel vom VFB gefahren. Seine Freunde hatten kein Auto und deshalb hatte er keine Zeit für Marie.
Sie war wütend. »Was glaubt er denn, wem der Mercedes gehört?« Uschi beschwichtigte sie. »Ich fahr dich im Rollstuhl runter, wenn es so wichtig für dich ist. Oder wir rufen ein Taxi. Die paar Euro spielen bei dir doch keine Rolle, oder?« Die ständigen Anspielungen auf ihr Vermögen machten Marie noch wütender. Es war höchste Zeit, dass sie sich aus den Klauen von Uschi und vor allem aus denen ihres Sohnes befreite.
Fast jede Minute benutzte Marie, um ihr immer noch schmerzendes Knie zu bewegen. Sie übte laufen und sie übte ihre Hände wieder zu gebrauchen. Der Arzt hatte sie gewarnt, es nicht zu übertreiben. Am Ende erreichte sie gerade das Gegenteil, wenn sie zu verbissen am vermeintlichen Fortschritt arbeitete.
Wenn sie erst aus Überlingen zurück war und im Josefinenstift ihre eigenen vier Wände hatte, dann musste sie Torsten loswerden. Bis jetzt hatte es doch früher oder später mit allen Männern geklappt. Sie war Franz und Anton losgeworden. Für das Problem Torsten würde es auch eine Lö-

sung geben. Es musste allerdings eine baldige sein. Allzu lang konnte sie nicht mehr warten.
Das alte Strobelhaus am Brunnenberg wollte Marie verkaufen. Ein Makler würde das für sie erledigen. Keine zehn Pferde würden sie noch einmal über diese Schwelle bringen.
Marie bestellte ein Taxi. Sie hatte sich vorgenommen, ihren letzten Tag im Krankenhaus, nicht in ihrem Zimmer zu verbringen. Sie hatte von allem die Nase voll. Das Angewiesensein auf fremde Hilfe machte sie zornig auf sich selbst und ihren schwachen Körper. Im nächsten Jahr würde alles anders sein. Das schwor sie sich.
Der kurze Weg vom Parkplatz hinunter zu einem Tisch vor dem Bootshaus an der Donau strengte sie an. Das rechte Knie schmerzte und Marie konnte sich wegen der gebrochenen Handgelenke immer noch nicht voll auf ihre Krücken stützen. Als Uschi ihr beim Aussteigen aus dem Taxi helfen wollte, stieß Marie Uschis Hand erst zurück. Sie musste dann aber doch danach greifen, weil sie verzweifelt einsah, dass sie noch nicht in der Lage war, das Auto ohne Hilfe zu verlassen.
Marie maulte Uschi an und Uschi fühlte sich ungerecht behandelt. Als sie endlich an der Donau saßen, schwiegen die zwei Freundinnen sich an und vermieden es, sich anzusehen. Marie hatte sich so gesetzt, dass sie freien Blick auf das Schloss hatte. Sie saß still. Sie spürte in diesem Moment keine Schmerzen. Sie nippte an ihrem Cappuccino und versuchte, ihren Kopf von allen Gedanken freizumachen. Marie wollte nur spüren, dass sie lebte und den Moment genießen.
Uschis Stimme holte sie in die Wirklichkeit zurück: »Wenn du weiter so Fortschritte machst, dann kannst du nächstes Jahr doch noch deine Afrikareise machen.« Uschi zögerte einen Moment, bevor sie weitersprach: »Wenn du mich und Torsten als Begleiter mitnimmst, hast du jederzeit Hilfe. Wenn es sein muss, würde Torsten dich sogar tragen.« Uschi blickte dabei herausfordernd in Maries Augen.

»Im Moment denk ich nur an meine Gesundheit und ob ich überhaupt wieder richtig laufen kann.« Marie sah Uschi dabei nicht an. Sie hielt ihren Kopf zum Schloss gewandt und dachte, mit deinem Torsten werde ich ganz bestimmt nicht nach Afrika reisen. Wer weiß, was ihm dort einfällt.

Die Fahrt nach Stuttgart zum Fußballspiel wollte Torsten nutzen und Maries altes Ölgemälde einem Antiquitätenhändler zeigen. Torsten hatte vor, es zu verkaufen. Sollte Marie zu hartnäckig danach fragen, so war es eben verschwunden, vielleicht gestohlen worden. Aber er hatte keine Lust, sich übers Ohr hauen zu lassen. Seine Freunde setzte er am Bahnhof ab und machte sich auf die Suche nach einer guten Galerie oder einem Antiquitätengeschäft. Er hoffte, viel Geld für das Bild angeboten zu bekommen. Im Fernsehen hatte er in den Nachrichten schon von Traumsummen gehört, die bei Versteigerungen für alte Bilder erzielt worden waren.
Das Antiquitätengeschäft, das er entdeckte und das seiner Meinung nach seriös wirkte, hatte mehrere alte Bilder in den Auslagen hängen. Torsten zeigte sein Bild der sehr schick gestylten, nicht mehr ganz jungen Verkäuferin und diese telefonierte ihren Chef herbei. Er stand fünf Minuten später im Laden, stellte sich als Inhaber des Geschäftes mit ›Breitscheider‹ vor und begrüßte Torsten freundlich. Er war sicher schon siebzig und wirkte mit seinem graumelierten Haar und in einem Anzug, der fast dieselbe Farbe hatte, sehr vertrauenswürdig. Wie ein alter Professor, dachte Torsten. Der Mann besah sich das Bild mit einer Lupe unter einer hellen Lampe. Er fragte Torsten, ob er der Besitzer des Bildes wäre. Torsten versicherte ihm, dass es ein Familienerbstück ist und ihm und seiner Mutter gehört. »Gestatten Sie mir, dass ich die Holzplatte, die auf der Rückseite auf den Rahmen genagelt ist, vorsichtig ablöse? Ich würde gerne einen Blick auf die Rückseite des Gemäldes werfen.«

Torsten sah keinen Grund, das abzulehnen. Ihm schien nur, dass der Mann die Sache sehr umständlich anging. Aber er konnte schlecht nein sagen und einfach wieder gehen. Herr Breitscheider verschwand irgendwo im Hintergrund und kam kurz darauf mit Werkzeug zurück. Er entfernte die dünne, gewellte Holzrückwand und das Erste, was Torsten sah, war vergilbtes Papier.
»Darf ich?«, fragte der Händler, und bevor Torsten danach greifen konnte, hatte er es bereits in den Händen. Er faltete es sorgfältig auseinander und begann zu lesen. Torsten versuchte ihm dabei über die Schulter zu schauen, konnte aber mit dem Gesehenen nicht viel anfangen. Außerdem hatte sich der Professor zur Seite gedreht. »Heißt Ihre Mutter oder Großmutter Amalie März?«, wollte er wissen und schaute über den Rand seiner Brille Torsten fragend an.
»Ich weiß nicht…, ja natürlich«, verbesserte er sich schnell.
»Ich glaube, Ihre Frau Mutter wird das Schreiben interessieren.« Herr Breitscheider machte eine Pause und Torsten wartete ungeduldig darauf, dass er nun einen guten Preis nennen würde. »Ich mach Ihnen einen Vorschlag. Sie zeigen das Schriftstück Ihrer Frau Mutter, und wenn Sie das Bild dann noch verkaufen möchten, kommen Sie doch zusammen her und wir sprechen gemeinsam darüber.« Er legte die Holzplatte wieder auf die Rückseite des Rahmens und drückte ein paar kleine Nägel in die alten Löcher. Er steckte das alte Papier in eine durchsichtige Schutzhülle, und während er sie Torsten reichte, sagte er: »Ich habe vorher Ihren Namen nicht richtig verstanden.« Torsten erinnerte sich nicht, seinen Namen genannt zu haben sagte aber: »Torsten Winter«. »Sind Sie aus Stuttgart?«, fragte Herr Breitscheider beiläufig. Torsten sagte: »Nein«. Herr Breitscheider blieb hartnäckig: »Darf ich fragen, wo Sie wohnen?« Torsten konnte nicht wieder nein sagen. Er raffte sein Bild und das Papier zusammen und wollte den Laden verlassen.
»In Freiburg«, sagte er.

Er war bereits unter der Tür, als Herr Breitscheider ihm nachrief: »Dann kennen sie sicher auch meinen Kollegen Greiner am Münster?« Torsten dachte, nichts wie weg. Ohne einen Gruß verließ er das Geschäft. Er brachte das Bild im Laufschritt zum Auto ins Parkhaus, versteckte es unter einer Decke im Kofferraum und legte ein paar alte Handschuhe und leere Plastiktüten darüber.

Dann setzte er sich hinter das Steuer und holte das geheimnisvolle Papier hervor. Er versuchte, die Schrift auf dem Papier zu entziffern. Je mehr er von dem Gelesenen verstand, desto sicherer war er, dass er ein kleines Vermögen in den Händen hielt. Ihm war klar, dass Marie viel Geld für dieses Schriftstück bezahlen würde. Die Gerüchte, die um die Abstammung ihrer Mutter im Umlauf waren, hatte auch er gehört. Er kannte Maries Vermögensverhältnisse und er wusste, dass er für dieses Dokument einiges verlangen konnte. Torsten befürchtete, dass wenn Marie erst in ihrer kleinen Wohnung im Stift lebte, sie ihn nicht mehr beschäftigten würde. Von einer Sekunde auf die andere war diese Sorge wie weggeblasen. Wenn er es schlau anstellte, wäre dieses Papier gleichbedeutend mit einer Rente. Torsten war stocknüchtern und gleichzeitig wie beschwipst von den Möglichkeiten, die sich vor ihm auftaten. Er steckte sich die Folie mit dem Papier unter das Hemd auf die bloße Haut, um es auf keinen Fall zu verlieren.

Er sah sich das Fußballspiel an. War aber nicht richtig bei der Sache. Wenn er sich bewegte, knisterte die Folie auf seiner Brust. Seine Freunde hatten, solange er beim Antiquitätenhändler war, reichlich Bier konsumiert. Auf der Rückfahrt nach Sigmaringen musste er an der ersten Raststätte anhalten, weil sie Nachschub an Alkohol und Zigaretten verlangten. Er nutzte den Halt, um vollzutanken. Benzinkosten spielten keine Rolle. Sie wurden, dank einer Karte, von Maries Konto abgebucht. Torsten blieb eisern. Er trank nur Cola. Seine drei Freunde lösten später während der

Fahrt die Sicherheitsgurte. Als einer von ihnen nach hinten fasste, um nach dem Biernachschub zu greifen, entdeckte er das große, alte Bild und wollte es nach vorn zerren. Torsten sah im Rückspiegel, dass er mit einer Zigarette in der Hand dem Bild zu nahe kam. Er griff verärgert, ohne abzubremsen nach hinten. Das Auto schoss Richtung Gegenfahrbahn. Torsten riss das Steuer herum und mit 140 Stundenkilometern flog der Mercedes über den rechten Randstreifen, eine Böschung hinunter und gegen einen Baum.
Torsten wurde von Helfern aus dem Auto geborgen, bevor es zu brennen anfing. Aber er war bereits tot oder er starb kurz darauf an der Unfallstelle. Seine drei nicht angeschnallten Freunde überlebten den Unfall ebenfalls nicht. Das Auto brannte aus und mit ihm verbrannte das alte Ölgemälde, mit Maria, Anna und dem Jesuskind hinter dem kaum sichtbaren Schleier.

Uschi war, nachdem sie Marie in ein Taxi gesetzt hatte, über die Donaubrücke zu ihrer Wohnung gegangen. Sie begleitete Marie nicht zum Krankenhaus zurück. Marie war immer noch verstimmt gewesen. Sie hatte kaum mit Uschi gesprochen. Aber sie rechnete fest damit, dass Torsten sie am nächsten Morgen nach Überlingen in die Klinik fahren würde.
Uschi machte sich Sorgen. Wenn ihr Sohn mit seinen alten Freunden unterwegs war, ließ sie die Befürchtung nicht los, dass er wieder mit dem Trinken anfangen könnte. Sie versuchte deshalb mehrere Male, in Maries Haus am Brunnenberg anzurufen. Torsten ging nicht ans Telefon, oder er war noch nicht zurück. Sie war unruhig und konnte nicht schlafen. In der Nacht klingelte es an ihrer Wohnungstür. Sie wollte nicht aufmachen, weil sie Angst davor hatte, ihr Sohn könnte betrunken da stehen und alles würde wieder so sein, wie es vor seinem Entzug war. Als Uschi endlich öffnete, sah sie sich zwei Polizisten gegenüber, die ihr die Nachricht vom Tod ihres Sohnes überbrachten.

Uschi rief Marie am frühen Morgen an und teilte ihr unter Tränen mit, was mit Torsten passiert war. Marie tat es leid, dass sie am Tag zuvor so unfreundlich mit Uschi umgegangen war. Mit Torsten selbst hatte sie kein Mitleid. In ihren Augen hatte er einen schlechten Charakter und er war faul. Marie war nicht traurig, ihn los zu sein. Wer konnte schon wissen, auf was für Ideen er noch gekommen wäre. Es war ihr nicht möglich, zu seiner Beerdigung zu gehen, und sie war froh darüber. Dafür unterstützte sie Uschi bei den Bestattungskosten. Wieder hatte sich das Problem Mann gelöst, wie Herbstnebel über der Donau. Dass Torsten schuld war, dass sie ihr Bild, an dem sie so sehr hing, verloren hatte, erfuhr sie erst später.
Auch die Zeit in der Klinik in Überlingen ging vorüber. Als Marie sich nach vier Wochen Abwesenheit Sigmaringen näherte, hatte sie das Gefühl, lange weggewesen zu sein und jetzt endlich wieder nach Hause zu kommen. Sie hatte in der Reha Fortschritte gemacht. Sie konnte besser laufen und hatte weniger Schmerzen. Sie war zuversichtlich. Das Zimmer in der Klinik war nochmals ein vorübergehendes zuhause gewesen und jetzt freute sie sich darauf, einen Platz zu haben, der ihr gehörte und der nach ihren Wünschen gestaltet war.
Kurz bevor das Taxi von der Umgehungsstraße nach Sigmaringen abbog, fuhren sie über die Donau. Früher war an diesem Flussabschnitt das Schwimmbad gewesen. Heute badete man nicht mehr im Fluss. Eine moderne Badelandschaft war oberhalb des alten Bades angelegt worden. Als Siebenjährige hatte Marie unten am Fluss von einem Holzsteg aus das Schwimmen gelernt. Sobald die Donau mehr als 15 Grad hatte, war sie zum Baden gegangen. Es gab damals nur ein Kleinkinderplanschbecken neben dem Fluss. Die Möglichkeit zu schwimmen bestand nur in der Donau. In einem Fluss zu schwimmen erforderte eine andere Technik, als in einem See oder in einem Becken. Man musste

immer gegen den Strom kämpfen, um nicht abgetrieben zu werden. Fast so wie im richtigen Leben, dachte sie.
Dann tauchte das Schloss in ihrem Blickfeld auf. Es stand vertraut und unverrückbar auf seinem Felsen. Die Blätter der Bäume am Flussufer begannen, sich herbstlich zu verfärben.
In Maries neuem Heim wartete nur ihr Buele auf sie. Sein Anblick war vertraut und doch machte er sie traurig. Buele würde für den Rest ihres Lebens auf sie warten. Sie unterdrückte das Verlangen, ihn zu streicheln.
Uschi war in Indien. Marie und Uschi hatten ab und zu telefoniert. Ihre Beziehung hatte sich verändert. Sie hatten sich beide verändert. Uschi sagte beim letzten Gespräch vor ihrer Abreise: »Ich habe ein Papier auf deinen Schreibtisch gelegt. Es gehört vermutlich dir. Torsten hatte es. Wie er dazugekommen ist, weiß ich nicht. Man hat es mir mit allem, was er bei seinem Tod bei sich trug, gegeben.« Was darin stand, wollte sie Marie nicht sagen. Sie sollte es selbst lesen.
Bevor Marie ihre Taschen auspackte, setzte sie sich zum ersten Mal in ihrer neuen, kleinen Wohnung an ihren Schreibtisch. Sie war neugierig. Was hatte Torsten bei seinem Tod bei sich gehabt, das ihr gehörte? Ganz oben auf einem Stapel Post lag eine Karte von Uschi mit einem Gruß. Sie hatte ihr geschrieben: Vergiss nicht! Man ist erst dann alt, wenn man keine Träume mehr hat! Auf der Rückseite der Karte stand der Spruch aus dem neuen Testament, den Marie auf die Todesanzeige von Franz, in der Schwäbischen Zeitung, hatte drucken lassen.
›Was Gott gereiniget hat, das mache du nicht gemein.‹
Direkt darunter lag ein Umschlag. Als sie ihn öffnete, sah sie dem Papier bereits an, dass es sehr alt sein musste. Vorsichtig nahm sie das zerknitterte, mit braunen Flecken übersäte Papier in die Hände und begann zu lesen. Es war eine Botschaft aus einer anderen Welt. Dem Datum nach war sie vor mehr als 80 Jahren geschrieben worden. Es wa-

ren Worte, die ihr leiblicher Großvater an seine Tochter Amalie, ihre Mutter, gerichtet hatte.
Aus dem Brief ging eindeutig hervor, dass er vom Vater ihrer Mutter stammte. Sein Name war Otto Wilhelm von Bergenburg und zu der Zeit, als er diesen Brief geschrieben hatte, arbeitete er als Geheimrat und Berater des Fürsten in Sigmaringen. Er war kein Mitglied des Hauses Hohenzollern. Marie wusste im ersten Moment nicht, ob sie es bedauern sollte oder ob es gut war. Es war nun auch nicht mehr so wichtig. Wichtig war, Gewissheit zu haben, endlich zu wissen, woher sie stammte. Es tat ihr leid, dass ihre Mutter diesen Brief nicht mehr lesen konnte. Vielleicht hätte er sie versöhnlicher gemacht und sie wäre nicht so hart geworden. Sicher wäre Maries Leben dadurch auch anders verlaufen. Marie nahm sich vor, sobald sie dazu in der Lage sein würde, Nachforschungen über die Familie von Bergenburg anzustellen. Vielleicht verstand sie danach auch über sich selbst einige Dinge besser.
Marie war noch mitten in ihren Überlegungen, als es an der Tür klopfte. Von der Hausleitung war jemand gekommen, um sie mit einem Blumenstrauß willkommen zu heißen. Es gab einiges zu besprechen, aber das hatte Zeit. Marie konnte in Ruhe auspacken. Kurz darauf war sie wieder allein. Marie stellte sich einen der gepolsterten Stühle so, dass sie ihr rechtes Bein darauf legen konnte. Als sie halbwegs bequem saß, schaltete sie gespannt ihren Computer ein. Er funktionierte. Torsten hatte gute Arbeit geleistet, das musste sie zugeben. Sie klickte auf ihre Favoritenliste und dann auf Cape Town. Augenblicklich ging die Seite auf. Hinter der mit Palmen gesäumten Bucht, unter einem strahlend blauen Himmel, ragte der Tafelberg mit seinen zwei kleinen Gesellen auf. Die Temperatur war mit 24 Grad angezeigt. Es war Frühling in Südafrika und Herbst an der Donau.